Federica De Paolis

LE IMPERFETTE

DeA
Planeta

Prima edizione: giugno 2020
Redazione: via Inverigo 2 - 20151 Milano
www.deaplanetalibri.it

Bisogna ritornare sui passi già dati, per ripeterli, e per tracciarvi a fianco nuovi cammini. Bisogna ricominciare il viaggio. Sempre.

José Saramago

A mia madre,
con gli occhi aperti e gli occhi chiusi.

Il vento ululava contro i vetri, eppure a valle, in autostrada, Anna lo aveva sentito sibilare come un canto. Aveva quasi timore a scendere dalla macchina, pensava che una raffica l'avrebbe portata via. La ruota anteriore sinistra era bloccata, infilò la retromarcia schiacciando l'acceleratore, ma il ghiaccio impediva l'attrito: il motore rombò nel vuoto come se l'auto fosse in folle.

Aprì lo sportello di slancio e posò un piede a terra, la ballerina di velluto affondò in una pozza di ghiaccio. Chiuse la portiera e si guardò intorno. C'era la busta con i pannolini di Natalia, la usò per avvolgere il piede fradicio; con la plastica della confezione coprì l'altro. Afferrò il cellulare ma non c'era campo; era sparito da quando aveva preso a inerpicarsi sulla montagna. Il cuore le batteva veloce da troppo tempo. Era la paura.

Pensava di meritarla. Anna intimamente sapeva che, se fosse stata più attenta, presente, vigile, ora non si sarebbe trovata lì. No, certo.

Quando scese dall'auto il gelo la investì. Si chinò a terra e vide che la ruota era divelta, incastrata nel guardrail. Un pick-up bianco le sfilò davanti. Si sbracciò, saltando sul posto, «Aiuto!» gridò, ma la sua voce graffiata cadde nel vuoto. L'auto era appena sparita dietro un tornante. Le corse dietro, pochi passi scomposti, il freddo e la salita le tagliarono il fiato. Si piegò sulle ginocchia, aveva la gola secca, osservò le luci a valle: non aveva idea di quanto ci volesse per raggiungere l'albergo. Non riusciva a misurare le distanze. Tornò a guardare la Panda; aveva lasciato i fari accesi; si avvicinò, tolse le chiavi dal quadro e inserì l'allarme. Qualcuno salendo si sarebbe insospettito di fronte a quell'auto abbandonata, forse l'avrebbero cercata.

Guido la stava aspettando.

Tirò su il cappuccio e con le mani in tasca, a passo svelto, si incamminò lungo il ciglio della strada; dopo poco fu costretta a liberarsi delle buste: la plastica scivolava sull'asfalto ghiacciato. Il rumore di una macchina in lontananza si fece tangibile, vide una jeep arrivare lenta, con gli sci montati sul tetto. Aprì le braccia avanzando lungo il centro della carreggiata e si ritrovò con gli abbaglianti puntati addosso. Quando l'auto si fermò, lei uscì dal cono di luce. L'uomo alla guida era biondo, con i capelli rasati e gli occhi duri, il mento affondato in uno scaldacollo di pile. Aveva abbassato di poco il finestrino.

«Mi aiuti, la prego, ho bisogno di un passaggio, può portarmi su?»

L'uomo chinò il capo di lato, ora aveva un'espressione meno asfittica. Si sporse leggermente, gettò uno sguardo alle ballerine. «*Ist das Auto deins?*»

«Cosa?» Si era aggrappata al vetro con le dita, batteva i denti per il freddo. Lui continuò a studiarla senza dire una parola. Poi fece un gesto con la testa che lei non comprese, e finalmente sbloccò le portiere. Anna salì dal lato del passeggero, sedendosi cauta. Ringraziò, lui ingranò la retromarcia e, stringendo gli occhi, partì.

«Che fai?» gridò lei, ma l'uomo le fece segno di fare silenzio e gettò uno sguardo verso il sedile posteriore. Anna si voltò e vide una donna che cingeva un bambino addormentato sulle sue gambe; il piccolo aveva un braccio che pendeva nel vuoto e la bocca semiaperta. Doveva avere quattro anni, più o meno l'età di suo figlio. Anna deglutì per soffocare il pianto. La donna la fissava interdetta. Era chiara, scialba e seria.

L'uomo procedeva in retromarcia. Anna gli posò una mano sulla gamba, non riuscì a trattenersi. «Perché vai indietro? Devo salire, portami su, portami su...»

«*Ist es deins?*» disse lui dopo aver accostato. Stava indicando la Panda ferma contro il guardrail.

«Sì, è la mia macchina, ma non posso riprenderla ora, devo salire, portami su, ti prego.» Corrugò la fronte, poi voltandosi cercò implorante gli occhi della donna. Il capo del bambino ciondolava, la madre la guardava con un'espressione indecifrabile. «*Please, bring me up*» azzardò, ma l'uomo fece per aprire lo sportello. Lei insistette: «*Go on! Go on!*». Gli indicava la strada, puntando l'indice verso il buio. Aveva la sensazione che il viso le si stesse deformando. Si strofinò un polso sugli occhi. «*Go on!*» ripeté piangendo, come se fosse sola.

«*Lass es uns zu den Pflanzen bringen...*» sentì dire alla donna. Subito dopo la jeep cominciò ad avanzare lenta. Fuori erano solo tornanti e ghiaccio. Anna si infilò cauta la cintura e rimase tesa sul sedile, senza poggiare la schiena. L'uomo la squadrò un paio di volte. Il suo sguardo era insopportabile. Tutto lo era. L'incertezza. Lo sgomento. Il senso di colpa.

A un tratto la donna sgusciò dal buio e le disse: «*Was ist los?*». Anna si voltò, vide che il bambino si era svegliato, era in posizione fetale e la osservava. Avrebbe voluto rispondere ma non capiva la domanda.

La strada adesso era dritta, leggermente in salita. C'erano due baite, distanti tra loro poche centinaia di metri, con le finestre accese e i caminetti che tiravano; un albergo, un piccolo supermercato, una farmacia.

Un elicottero volò rado sputando luce sulla neve, che splendeva. L'uomo accostò quando sentì sopraggiungere la sirena di un'ambulanza. Anna si portò le mani al petto, il cuore saltò due, tre battiti. Pensò di morire. Vide la luce del lampeggiante colpire l'uomo sul volto, lesse nei suoi occhi lo stupore; non immaginava cosa stesse succedendo, lei invece lo sapeva eccome. Seguirono la Croce Rossa con lo sguardo, si fermò a un centinaio di metri e l'allarme cessò. Anna tirò un sospiro di sollievo. Avvistò la fine della strada. Gli impianti. Decine e decine di persone. E una transenna. Una linea di plastica arancione varcata solo da uomini in divisa. Gli spazzaneve salivano dalla valle punteggiata di boschi fitti e distanti.

«Stop!» gridò Anna. L'uomo spaventato inchiodò, lei aprì la portiera e si precipitò fuori. Camminò veloce tra corpi sconosciuti, i volti erano tutti coperti, sciarpe, cappelli, maschere da sci. Nell'aria c'era puzza di smog e bruciato, le auto erano accese, i tubi di scappamento sputavano veleno. Si strinse il cappotto al collo e avanzò verso la transenna. Cercava disperatamente Guido. Rimase immobile a osservare quella gente che si muoveva veloce, sembrava che tutti avessero un compito. Provò ad avvicinarsi a una ragazza in tenuta mimetica: «Scusi...», ma quella non le prestò attenzione. Un uomo con un passamontagna la urtò: «Non si può stare qui, deve allontanarsi» la rimproverò.

Infine lo vide. Guido. Suo marito. Era completamente bardato, irriconoscibile, ma i gesti erano i suoi: decisi, perentori. Si lanciò sotto il nastro arancione per raggiungerlo, non sentiva più i piedi ma affondò nella neve fino alle ginocchia. Avvertì una fitta alla schiena e una presa che la abbrancava: alzando lo sguardo vide un carabiniere. Le si rivolse con tono autoritario: «Signora, non si può superare la transenna... cerchiamo due bambini dispersi e la madre, vada in albergo...».

Lei lo fissò per qualche istante, poi volse gli occhi su

Guido, sulla montagna. Il carabiniere insistette: «Signora, ha capito?».

Anna si voltò smarrita e con una voce sottile mormorò: «Sono io la madre, mi lasci passare».

1

La sera in cui alla clinica Sant'Orsola si festeggiava il nuovo incarico di Guido, era lo stesso giorno in cui si era consumata *la colpa*. Anna non riusciva a ricordare molti dettagli di quella serata e non perché fosse un evento lontano, appena due mesi prima, ma perché quella mattina aveva fatto l'amore con Javier. Di fretta, il fiato corto, come due ladri. La sua mente continuava a riavvolgere il nastro, tornava ai gesti, ripercorreva ogni azione. Aveva la sensazione che il tradimento le si potesse leggere sul volto. Era stata la prima volta. Per questo era rimasta in silenzio quasi tutto il tempo. L'unico a notare qualcosa era stato suo padre, Attilio. «Tutto bene, Anna?» aveva chiesto offrendole un bicchiere di champagne, lo sguardo benevolo incorniciato dalle enormi sopracciglia bianche e selvatiche.

C'era odore di zucchero, festeggiavano nel giardino sul retro. La clinica era un villino degli anni Quaranta, decadente ma fascinoso, piantato nel ghiaino e circondato da palme e oleandri. Per scaldare l'ambiente avevano sistemato dei funghi che facevano lievitare gli aromi dei dolci; c'erano tavolini tondi con orchidee, candeline, vino bianco. Partecipavano i medici, le infermiere, il personale dell'amministrazione, i pazienti. E naturalmente il nuovo primario, Guido, suo marito. Indossava un gessato blu, con una cravatta dal nodo grande color porpora, e si muoveva tra i tavoli come fosse la sua festa di matrimonio, faceva gli onori di casa: la mascella squadrata e il naso da imperatore romano, gli occhi grandi e vigili, il portamento elegante. Anna lo osservava senza più far caso alla sua avvenenza. La coppia aveva corroso l'attrazione, masticato la curiosità; ormai era solo suo marito. Eppure un tempo era stata soggiogata da Guido, soprattutto quando lo vedeva muoversi in quell'ambiente; le piaceva sapersi sposata a una persona ambita, un chirurgo eccellente, un professionista impeccabile, proprio come suo padre, venerato da un nutrito numero di donne. Non era tanto il prestigio quanto la sensazione di aver "ritrovato" Attilio in un giovane uomo; perché il sentimento edipico in Anna era fondante, un muscolo involontario che l'aveva indirizzata alla vita.

Vide Guido lanciarle un occhiata d'intesa mentre offriva un calice a una bruna procace, un gesto che non aveva a che fare con la spontaneità, piuttosto con una forma di rassicurazione che Anna cercava di continuo in quelle circostanze. Lei sorrise di rimando, ma senza quell'abituale gratitudine che un tempo avrebbe provato. No. In quel momento la premura di suo marito la fece sentire ancora più a disagio, perché per Anna quello che era accaduto al mattino equivaleva all'Apocalisse. Le parve di percepire il battito cardiaco di Guido tra la gente, come un metronomo cadenzato, un suono perfetto. Scorse il sorriso che non era genuino, ma voluto, efficace. Riconobbe il sopracciglio destro alzato, la sua espressione più seduttiva. Provò una strana tenerezza, un sentimento anomalo. Come una sentinella. Quando aveva smesso di amarlo? E perché? Al desiderio si era sostituita la consuetudine, all'ascolto il già detto, alla curiosità l'indifferenza. Certi amori muoiono un giorno dopo l'altro. Senza scampo. Anna non lo sapeva. Non sapeva neanche perché era finita a letto con un altro.

Si accomodò – per distogliere gli occhi da suo marito – accanto a Gigliola Capotondi, un'ottantenne che lavorava nell'amministrazione da oltre trent'anni. Attilio l'aveva operata diverse volte, liposuzione e minilifting. Era considerata un'amica di famiglia.

«Come stanno i bambini?» le chiese la signora, avvolta in una giacca di volpe color miele.

«Bene, grazie» farfugliò Anna. E una lama le si conficcò nello stomaco.

Il pensiero dei suoi figli le doleva più di tutto. Quel pomeriggio era tornata a casa per cambiarsi e si era infilata subito sotto la doccia. Era la prima volta che non correva da loro; la prima volta che rientrando sgattaiolava nella sua camera. Pensava che la doccia avrebbe lavato il peccato, cancellato gli odori di bosco bagnato (odori osceni), fino a farla resuscitare nella realtà. E invece erano iniziati i pensieri. Non riusciva a togliersi certi dettagli dalla testa. Il malleolo sporgente, le ascelle come fiori carnosi, l'addome teso. Si era guardata nuda allo specchio del bagno, valutando il proprio corpo come se a guardarla fosse Javier. Aveva tirato la pancia in dentro: doveva dimagrire, e anche in fretta; le due gravidanze avevano lasciato il segno. Eppure Javier aveva affondato il viso nel suo ventre, infilato la lingua nell'ombelico, stretto i fianchi morbidi.

Mentre si vestiva le era montata un'eccitazione palpabile, quell'amplesso sbrigativo cominciava ad assumere proporzioni imponenti nella sua rielaborazione, quasi che i gesti rallentassero e si gonfiassero. Si era stretta il sesso con un pugno, come per imprigionare il desiderio. Trattenerlo. Poi era andata nella camera dei figli. Natalia era seduta nel box, Gabriele impilava una torre di cubi di legno; Cora, la filippina, spolverava una mensola. Aveva detto: «Ciao». Solo un gesto, senza avvicinarsi. Da quando erano nati i bambini, Anna si sentiva sempre in difetto, sempre in ritardo, sempre altrove. Non le era chiaro da dove nascesse quel sentimento. Lei era stata una figlia unica e una giovane sposa. Aveva passato la sua vita a dedicarsi esclusivamente a se stessa. Anche Guido, prima che arrivassero i bambini, non richiedeva alcuno sforzo, pratico o sentimentale. E quel tempo era stato un tempo felice: Anna sentiva di essere sempre dove avrebbe voluto, mai altrove. Il suo presente aveva coinciso con i suoi desideri, scarni di ambizioni, piuttosto tangibili e semplici. Era stato l'arrivo dei figli a farla sentire improvvisamente fallibile. Come se la responsabilità di quelle due creature fosse "troppo". Ogni attimo che Anna dedicava a se stessa sembrava strappato a Natalia e Gabriele: aveva il sapore del torto o, peggio, di una condanna. La colazione, la doccia, una telefonata con l'amica, tutto veniva compiuto alla velocità della luce. Quando rientrava correva ad abbracciarli, con il cappotto addosso, la borsa a tracolla; sollevava Natalia e poggiava le narici sulla peluria sottile e morbida del suo capo, che sapeva di caramello, mentre con Gabriele consumava un saluto eschimese, i loro nasi strusciati almeno cinque volte. La presenza dei suoi figli la placava dall'ansia stessa che le generavano. Un paradosso. Confinandola però in una prigione.

Quel giorno invece non aveva tollerato l'idea del contatto: le era parso che una linea immaginaria le impedisse di entrare nella camera. Una camera bianca, incontaminata. Improvvisamente le era venuto da piangere. Un nodo alla gola le aveva levato il fiato. Più di tutto, le sembrava di aver tradito loro: i bambini. Non avevano protestato e lei era uscita, ricacciando il dolore in tasca.

La domanda di Gigliola l'aveva portata via con la testa, tanto che quando le parve di riemergere dai suoi pensieri la sentì dire: «Io avevo suggerito dello Chardonnay ma tuo padre vuole fare sempre le cose in grande...».

«Anna, sei arrivata!» le disse Guido avvicinandosi. «Ti piace come abbiamo sistemato?» Accanto a lui c'era una ragazza bionda, gli stava dietro di un passo, era snella, elegante, chioma riccia e scarpe con il tacco a spillo.

«Un incanto» commentò Gigliola. «Sembra maggio.»

«Ho pensato che nel giardino era meglio. Papà è d'accordo.»

«È fantastico» si lasciò sfuggire Anna.

La donna alle spalle di Guido fece un passo in avanti, lui disse: «Anna, ti presento Maria Sole Meli, la nostra nuova assistente».

«Buonasera signora...»

«Molto lieta.» Anna le tese la mano, che la ragazza strinse con una presa decisa, abbassando gli occhi; poi scivolò di nuovo dietro a Guido, che intanto si era voltato per salutare Casati, l'architetto con il quale sognava di far resuscitare Villa Sant'Orsola.

Da quando Attilio aveva smesso di operare, Guido era sempre assente, non solo fisicamente. Tornava a casa stremato, crollava sul divano, la poltrona, il letto. I weekend li passava davanti al cellulare, i messaggi risuonavano a grappoli. Era dimagrito, più esuberante, infinitamente più sicuro di sé. Autoritario.

Un dettaglio del pomeriggio apparve, involontariamente, come un movimento gastrico: Javier che le afferrava le natiche, le dita forti, nodose. «*Bésame aquí.*» Anna si alzò di scatto, non riuscendo a contenere il turbamento, aveva paura che l'onda di sensazioni salisse in superficie, tradisse l'epidermide, si trasformasse in un'emozione congrua, visibile. Nessuno le aveva mai detto cose come quelle. Il sesso con Guido era una silenziosa duna nel deserto.

«Scusate, vado un attimo in bagno» si giustificò.

Si chiuse nella toilette e slacciò alcuni bottoni della camicia, inspirando con forza; l'euforia era sempre in bilico, stava per trasformarsi in un sentimento oscuro, il battito cardiaco non le dava pace.

La luce automatica del bagno si spense, avrebbe dovuto alzarsi per riattivare il sensore, ma rimase seduta al buio, cercando di trovare la quiete attraverso dei respiri grandi.

Poco dopo, uscendo si trovò davanti Maria Sole.

«Oddio...»

«Mi scusi, l'ho spaventata?»

«No, è solo che non l'avevo sentita...» Ebbe paura di apparire turbata.

«Tutto bene?» le domandò.

Anna annuì.

Maria Sole indossava un tailleur grigio perla che sembrava uscito dagli anni Ottanta. Era incredibilmente magra. I polsi così sottili che i braccialetti d'oro le cadevano sulle mani. Prima le era parsa più attraente, aveva una bella figura e una criniera di ricci selvaggi. Un biondo caldo e morbido. Ma adesso Anna avvertì qualcosa di strano. La magrezza, gli occhi mesti. Quel viso aveva qualcosa di familiare. Si erano già viste?

«Lavora qui da molto?» le chiese, tamponando la fronte con l'acqua fresca.

«Abbastanza, sì...»

«E si trova bene?»

«Bene, molto bene, grazie.»

Maria Sole aprì la borsa e tirò fuori un lucidalabbra. C'era qualcosa di efficiente e affettato nei suoi modi. Si raccolse i capelli sulla nuca, li appuntò con una forcina con una perla e una raggiera di brillantini, che sparì nella grande chioma. Aveva una cicatrice sottile sulla tiroide.

Anna cercò di ricordare dove potessero essersi incontrate. Non metteva piede in clinica dall'estate, e sicuramente Maria Sole non frequentava il loro entourage, doveva essere di almeno dieci anni più giovane.

«Mi perdoni, ma ci siamo già viste?»

«Assolutamente no. Nel senso, io mi ricorderei di lei...» Scrollò la testa all'indietro, i riccioli si ricomposero sulla schiena. Lo sguardo non era più triste, piuttosto spaurito.

Anna si sistemò la frangetta allo specchio, le parve che quella sera i suoi occhi nocciola fossero più luminosi: lei lo sapeva perché. Il sesso, quel sesso, era come una palla stroboscopica nascosta nella sua cassa toracica che irradiava tutto. Si passò le dita sulle labbra e chiuse un cerchio d'oro che le si era slacciato. Quando aprì la porta, Maria Sole la precedette con un sorriso: era troppo magra, sì, eppure Anna avrebbe pagato per essere come lei. Da quando erano nati i bambini aveva sempre fame, una fame nervosa fatta di noia e giornate tutte uguali a spegnere le nenie dei figli. Era colpa anche dei loro pasti: mangiava mentre facevano merenda, finiva le loro mele, rosicchiava i torsoli, divorava i Plasmon; all'inizio persino gli omogeneizzati.

Tornando in giardino vide Guido impegnato a fare gli onori di casa con un gruppo di donne: abbienti, grandi ma anche giovani, facevano un gran baccano, ridevano e brindavano in continuazione, erano brille. Anna detestava le clienti della clinica Sant'Orsola. «Le imperfette», come le chiamava suo marito. C'era qualcosa di malevolo in quel nomignolo. Guido, nonostante amasse il suo lavoro, in fondo deprecava chi ricorreva alla chirurgia. Il sentimento opposto animava Attilio: per lui tutte le donne erano imperfette, tutte erano in cerca di qualcosa che le completasse. E per il padre di Anna il discorso non si limitava alla bellezza: era un'inquietudine dell'anima che portava le donne a cercare di migliorarsi, come se la condizione del femminile fosse votata a una ricerca perpetua, una spinta costante. Lo vide avanzare cauto verso il suo tavolo e Anna bevve un altro bicchiere, questa volta di rosso. Lo trangugiò velocemente, e un'ebbrezza leggera allontanò tutto. C'era ancora Gigliola con lei. La vecchia donna faceva silenzio, sorseggiava whisky e osservava. Attilio si sedette con loro. «Gigliola, cara, tutto bene?» sussurrò, sfiorando le dita con le labbra.

«Una noia mortale...»

«E tu, tesoro... Anche tu ti annoi?» chiese rivolto ad Anna con una tenerezza infinita.

I suoi occhi buoni le ricordarono quelli di Natalia, lo stesso sguardo che nel pomeriggio l'aveva seguita mentre andava via. Aveva tradito i suoi figli e suo padre. Più di Guido. Attilio aveva riposto in quel matrimonio tutte le sue speranze, aveva fatto di tutto per renderla felice. Era sua figlia, e una figlia "encomiabile" certe cose non avrebbe dovuto farle. E per Anna era vero. Non aveva mai tradito un uomo, suo marito, poi... Con uno sconosciuto.

«No, papà, anzi... e questo vino è stupendo.»

«Io sono stanchissimo invece» disse lui, accomodandosi tra le due donne e allungando le gambe sotto il tavolo. Indossava un blazer blu con i bottoni d'oro, sembrava un ammiraglio più che un chirurgo; forse anche per via di quella chioma bianco latte.

«La biondina si dà parecchio da fare. Stasera si è messa su... E guarda come chiacchiera...» Gigliola stava indicando Maria Sole. All'anulare indossava un vistoso anello a forma di granchio, il corpo dell'animale era un corallo lucido.

«Sì, stasera sta benissimo...» replicò Attilio.

«Stasera sta benissimo...» Gigliola gli fece il verso, con la voce bassa.

«Come sei petulante... Gelosa e petulante.»

Anna li osservò punzecchiarsi, si parlavano mentre la biondina si sorreggeva allo schienale di una sedia, la vertiginosa altezza dei suoi tacchi doveva pesarle.

«Cosa fa esattamente?» domandò Anna con un filo di voce, le immagini di Javier tornavano a farle visita.

«Lambisce le clienti.» La Capotondi sorseggiò altro Jack Daniel's.

«Riceve le pazienti, illustra i programmi, spiega il post-operatorio, segue le degenze. Ha fatto un corso di formazione specializzato sui nuovi programmi di medicina estetica, a Londra, Guido vuole aprire un reparto... E ha ragione, il nuovo business è tutto lì: ialuronico, criolipolisi, tossina botulinica, minilifting» puntualizzò Attilio.

«Secondo me non bisognerebbe aprire un reparto del genere. Rischiamo di confondere i pazienti, qui si fa chirurgia, non la ceretta.»

«Non hai idea di quanti soldi si guadagnano facendo la ceretta, Gigliola cara.»

«Ma lavorava in un centro estetico prima?» domandò Anna. Era certa di averla già vista.

«Tesoro, ma no! È una professionista con grandi capacità: è accattivante, rassicurante, molto persuasiva.»

«Una discreta leccaculo...» concluse Gigliola.

Anna sorrise, lei e suo padre erano in eterno conflitto, come una vecchia coppia che batte sempre sugli stessi tasti.

Maria Sole in quel momento parlava con una donna mora che si indicava il naso; aveva preso un trench color sabbia e se l'era messo sulle spalle. Anna era sempre più convinta di averla già vista. Provò a spostarla come un trasferello su diversi scenari. Il supermercato. Il salotto della sua amica Alex. Il pilates. La farmacia. Il parco.

Ecco, sì, il parco. Forse l'aveva vista al parco, con indosso quello stesso identico trench color sabbia.

Il parco era quello lontano da casa, ci era andata con i bambini l'estate precedente, nel periodo in cui Cora era tornata nelle Filippine per il mese di riposo. Il caldo era esploso all'improvviso, loro andavano laggiù per il lago. Anna portava le briciole di pane e i bambini le lanciavano da dietro lo steccato, le papere si azzuffavano per un granello di mollica. Gabriele era incantato dalla loro vista, le osservava ipnotizzato; Natalia si reggeva appena in piedi, lei la teneva per le braccine, facevano dieci, venti, trenta passi. Un giorno la piccola era scattata dietro un piccione, determinata; aveva un carattere forte e duro, cadeva e si rialzava come se niente fosse, una bambina di bronzo. Erano passati, quanti? Due minuti? Tre al massimo. Finalmente era riuscita a ricondurla verso il laghetto, ma Gabriele non c'era più. Ricordava perfettamente il senso di spaesamento, lo sguardo che si spostava come uno zoom su tutti i visitatori del parco, peruviani perlopiù (doveva esserci una chiesa nelle vicinanze). Avevano tutti la stessa faccia, gli stessi tratti somatici. Per un istante era caduta nell'abisso. Forse era stata quell'onda di paura a incrinare la realtà, perché Gabriele non si era allontanato di molto, era vicino a un albero secolare, in ginocchio, guardava a terra. Accanto a lui c'era una donna, si era accasciata sui talloni per raggiungere la sua altezza. Anna aveva preso in braccio Natalia ed era corsa verso di loro. Aveva ringraziato la ragazza con il fiatone.

Quella aveva accennato un sorriso scattando in piedi, poi si era girata ed era andata via. E Anna aveva abbracciato suo figlio con un senso di profondo sgomento, come se l'avesse ritrovato dopo giorni.

Poteva essere Maria Sole, la donna del parco? Si erano guardate negli occhi per pochi istanti, infatti non era stato tanto il suo volto a rivangarle il ricordo, piuttosto la figura; quel giorno aveva osservato la donna allontanarsi, chiedendosi come mai non le avesse rivolto neanche una parola. Eppure di donne così, bionde, ricce, magre, non ce ne sono molte, ma quelle che esistono si somigliano tutte.

«Andiamo?» chiese Attilio, sollevandosi a fatica dalla sedia.

«Vuoi un passaggio, papà?»

Si avvicinarono a Guido, che parlava con il responsabile del catering. «Sono stravolto» le sussurrò, con la bocca serrata. «Non vedo l'ora che finisca.»

Attilio alzò il braccio e salutò Maria Sole, la ragazza parve mettersi sull'attenti, li raggiunse affondando con i tacchi nel ghiaino. «Buonanotte professore.» Subito dopo porse la mano ad Anna: «Buonanotte signora».

«Forse mi sono ricordata dove ci siamo viste.» Anna la fissò allargando gli occhi. «A luglio, al parco vicino lo zoo, io avevo...» Non voleva ammettere davanti al padre e al marito di aver perso – seppure per un attimo – suo figlio.

«Non può essere, signora. Io non ero in città a luglio.»

Non c'era un filo di esitazione nella sua voce, tanto che Anna pensò di essersi sbagliata. Eppure qualcosa nel tono non le era piaciuto. O forse era solo quella parola, "signora", che quella sera, riferita a lei, le dava i brividi.

2

Da quando era iniziata la storia con Javier, la sua vita aveva preso un'altra piega. L'angoscia sottile che attanagliava le sue giornate si era dissolta, e così la precisione ossessiva con cui compiva certi rituali: tutto sembrava più semplice, fluido, *normale*. Non pativa più le assenze di Guido sul lavoro e non soffriva di quella gelosia petulante che la faceva vivere sul chi va là, con la sensazione opaca che il suo matrimonio fosse sotto una continua minaccia. Tutte le insicurezze erano svanite, era tornata a essere quella di prima. Prima quando? Prima dei bambini: era la loro presenza ad averla resa vulnerabile. Adesso però si sentiva bene. Tre settimane erano bastate per perdere quattro chili, lo stomaco si era chiuso, un'aura di leggerezza aveva preso il sopravvento; non solo una leggerezza fisica, ma anche mentale. Aveva smarrito le chiavi di casa, non aveva ancora ritirato le tende che aveva fatto cucire alla sarta, aveva dimenticato di versare i contributi a Cora. E poi aveva deciso di aiutare Valentina nello showroom dove vendeva borse, collane e calzini di cachemire fatti a mano. Era un modo per uscire di casa, la quotidianità le stava stretta. Lo showroom non era troppo distante, ci andava il sabato mattina: prendeva il 10 percento dell'incasso, praticamente nulla. Aveva anche cominciato a curare il profilo Instagram della sua amica. Faceva foto e le postava aggiungendo tutti gli hashtag del caso, ci stava prendendo gusto; e ci sapeva fare. Si divertiva. Parlava poco, non si confidava con nessuna di quelle donne, doveva stare attenta: alcune erano anche clienti della clinica. Madri, mogli, sorelle, amanti, professioniste, alcune benestanti altre meno. Erano sempre in affanno, fuori fuoco, come se non riuscissero a stare dietro a tutto. Sì, erano imperfette, come le chiamava suo marito, ma non perché desiderassero correggere un difetto o perché sperassero di prolungare la giovinezza, piuttosto perché ambivano a una completezza irraggiungibile. Anna ascoltava le loro chiacchiere, conversazioni di gruppo che si svolgevano in una stanza disseminata di specchi in cui le donne si guardavano, le perline scintillavano e le parole si sollevavano nella camera. Alle volte erano pettegolezzi, altre confessioni, risate oppure pianti. Erano come un branco. Quelle situazioni erano benefiche, soprattutto perché dopo la nascita dei figli Anna si era isolata, la persona che vedeva più spesso era Cora: Cora, suo marito, i bambini. Alcune sembravano soddisfatte delle loro vite, invece certe avevano il chiodo della carriera, il desiderio di viaggiare, la fissa del corpo, il terrore di essere tradite, oppure uno, due amanti. Altre, come lei, erano invase dai sensi di colpa nei confronti dei figli.

Nello scorrere di quei giorni Anna sentì che essere madre non significava necessariamente dimenticarsi di sé. Una sera che era a casa da sola aveva lasciato piangere Natalia nel suo letto per almeno un'ora. Si svegliava sempre verso mezzanotte e lei la calmava con un biberon di camomilla. Anche se aveva quasi due anni, anche se il pediatra le aveva spiegato che non era una buona abitudine, Anna insisteva con quel rituale che spezzava il pianto e placava il sonno agitato della sua bambina inquieta. Di tutte le cose, questa era la più straordinaria: il fatto che adesso non sentisse più l'urgenza di correre da sua figlia, come se d'un tratto quel lamento si fosse trasformato in un brusio di sottofondo al quale si poteva resistere facilmente, pensando che in fondo andava bene così.

Anche lei si addormentava prima – non aspettava più Guido – e dormiva un sonno lungo e solido. La mattina si sentiva più forte, si vestiva con cura per accompagnare Gabriele a scuola. Avrebbe incontrato Javier. Aveva una bambina della stessa età di Gabriele, Galy.

Le prime volte che l'aveva visto non aveva provato alcun tipo di attrazione. Javier accompagnava la bimba a scuola a piedi, Anna lo vedeva ogni mattina levarle il cappellino, ravvivarle i boccoli, tenerla per mano, piegarsi sulle ginocchia per baciarle la fronte, come aveva fatto Attilio con lei. E vedeva come il suo sguardo accarezzava Galy mentre la piccola varcava la porta dell'aula. Come se lasciarla andare equivalesse a morire. I primi giorni dell'asilo, nel periodo d'inserimento, i genitori andavano insieme al bar; Javier, invece, restava seduto a terra dietro la soglia. Portava mocassini scamosciati senza calze e giacche di lino a righine, era giovane, sembrava uno studente universitario. Quando lei tornava a prendere Gabriele, lo ritrovava lì, era sempre il primo. Galy usciva dall'aula correndogli incontro, lui la sollevava e le alzava la maglietta, le mangiava la pancia e la bambina rideva quasi fino a soffocare; oppure la prendeva in braccio, la faceva roteare, tempestandola di baci. Anna era così affascinata che a volte si scordava persino di chinarsi a salutare Gabriele: lo teneva per mano e fissava padre e figlia che uscivano insieme da scuola. C'era qualcosa di appassionato e totalizzante in Javier che lei, in principio, non aveva riconosciuto. La sua carica erotica. Non ammetteva neanche con se stessa che a eccitarla in modo ambiguo fossero la forza nella presa, l'intensità dello sguardo, i baci che dava alla figlia. Le piaceva il giovane padre solitario che si sdilinquiva per la sua bambina (Guido con i figli era tiepido, spesso autoritario), le piacevano i nomi esotici, la lingua degli sguardi, le piaceva l'assenza protratta della madre. Mai avrebbe pensato di trasformarsi in Galy (eppure si era identificata in lei), mai avrebbe pensato che la bocca di Javier avrebbe baciato, morso, divorato la *sua* di pancia, come aveva fatto con quella della figlia. Con la stessa intensità, la stessa fame. E tutto era accaduto dal giorno alla notte, dopo poche parole e qualche sciocco convenevole.

Il lunedì e il venerdì: sempre in quei giorni. Anna non aveva fatto domande, pensando che fossero i giorni di riposo della donna di servizio. Aveva saputo che Maya, sua moglie, lavorava alla FAO; si erano trasferiti lì per seguire lei. Javier era l'uomo di casa: era la mamma, la casalinga, l'angelo del focolare. Abitavano davanti all'asilo. Dalla finestra della camera da letto si vedeva l'aula dove giocavano i bambini. Era una zona a nord della città. Palazzi nuovi in calcestruzzo, vetrate grandi, il verde addomesticato in aiuole squadrate. La prima volta Javier l'aveva invitata per un caffè e lei lo aveva seguito convinta che fossero diretti al bar dall'altra parte della strada, e invece dopo aver attraversato si era ritrovata davanti a un cancello. Aveva sorriso, imbarazzata. Era un'abitudine spagnola invitare la gente a casa per un caffè? Lui aveva detto soltanto: «*Nuestra casa...*».

Nuestra.

Che fosse andaluso l'aveva scoperto dopo il sesso. Tutte le parole – poche – masticate male, miste a un inglese elementare, arrivavano quando erano nudi, con i gesti scolpiti addosso. Sul comodino c'era una foto di Maya, i capelli lunghi che incorniciavano il volto di una donna che non poteva dirsi bella, con gli occhi piccoli e la fronte alta, ma un sorriso magnifico che avrebbe conquistato chiunque. Lei e Javier si somigliavano: capelli neri, gli occhi dal taglio mediorientale e la pelle olivastra e lucida. Ma quelli di Javier avevano il colore delle piscine californiane. Anna ricordava di aver guardato a lungo la foto. E non solo in quella circostanza, anche in seguito. Provava una strana attrazione per quel ritratto. Si era chiesta perché Javier la tradisse, ma dopotutto le piaceva l'assenza di confidenze colmata appieno dall'amore che si consumava tra le pareti di una casa che non esibiva nulla di troppo personale. Luminosa, bianca, con mobili moderni, scintillanti e puliti. Solo la stanza di Galy emanava un po' di calore: i disegni attaccati con lo scotch, i pupazzi colorati, il tappeto di moquette azzurra – al fianco del quale avevano scopato; Anna si era tenuta con le mani ai piedi del lettino – con le stelle in rilievo.

Lo facevano due, tre volte. Senza dirsi nulla, avevano stabilito di entrare e uscire dall'appartamento separati. Tornavano a prendere i bambini, lui sempre dopo. Anna era indolenzita dal sesso, l'acido lattico le bruciava l'inguine. Javier le mordeva le mandibole e le stringeva le natiche, piantandosi dentro di lei. Si portava addosso quel dolore invisibile per tutta la settimana, e quando stava per alleviarsi lui ci passava di nuovo sopra.

Anna non l'aveva confidato a nessuno, era un meraviglioso segreto incarcerato in quell'appartamento, da cui ogni tanto, con un lenzuolo legato ai fianchi, aveva visto Gabriele giocare, cadere, piangere e ridere. Mentre andava a riprenderlo si domandava se potesse sentire l'odore che aveva addosso. Era un odore proibito e preciso, così prepotente che Anna manteneva le distanze con il figlio, mentre Javier eseguiva con ancora più slancio il suo copione, sollevava Galy e affondava la testa nei suoi riccioli color castagna. Aveva occhi solo per sua figlia, quegli stessi occhi che fino a pochi istanti prima avevano bucato lei, e che ora, appena varcata la porta dell'asilo, non la guardavano più, come fosse diventata invisibile. Invece di offenderla, però, tutto questo ignorarsi la eccitava. Non aveva nessuna pretesa nei confronti di Javier, l'unica cosa che desiderava era un'altra mattina a settimana, o un pomeriggio. Non avrebbe voluto passeggiate, cene al ristorante, serate al cinema: non le interessava una relazione. No. L'appartamento bianco era tutto quello che chiedeva.

Aveva cominciato a correre nel parco, non andava più spedita da Natalia, ci avrebbe pensato Cora. Pranzava con i bambini, poi li metteva a riposare e dormiva un po' anche lei, spossata. Usciva con loro il pomeriggio, non sempre. Gennaio era arrivato, inamidato dal gelo. Li portava in piscina due volte alla settimana, li lasciava ore davanti alla televisione, contro la quale si era battuta fino a poche settimane prima, e adesso invece era una buona alleata. Da poco avevano il permesso di usare l'iPhone, che maneggiava soprattutto Gabriele: i suoi occhi si perdevano sul piccolo monitor, collezionava punti, vinceva bottini, Natalia osservava senza avere il coraggio di giocare, saziata dalla destrezza del fratello. I pomeriggi passavano mentre lei pensava a Javier.

Una volta a settimana, il giovedì, andava al corso di cucina che le aveva regalato Guido, in un palazzo d'acciaio lungo come un grissino vicino alla stazione. Prendeva un taxi e al ritorno Guido passava a recuperarla. Si concedevano una serata tutta per loro. A lui piaceva una trattoria blasonata del centro, famosa per la pasta alla carbonara. Anna la conosceva bene, ci andava con suo padre da quando era piccola; il marito aveva preso il posto di Attilio nell'angolo a destra sul divanetto rosso con i leoni veneziani. Durante quelle cene non si dicevano molto, spesso lei rimaneva in silenzio a fissare il vuoto e Guido non faceva niente per riportarla sulla Terra. Insieme ma altrove. Crudité e pollo ai ferri era il loro unico argomento di conversazione.

La stanchezza si era mangiata i giorni. Da quando era rimasta incinta di Natalia, Guido non l'aveva più toccata. Aveva avuto un problema con la prima gravidanza, ed era bastato saperla incinta di nuovo per evitare ogni contatto. Certo, era un medico, si rendeva conto che la cosa non aveva alcun senso, eppure non riusciva a fare l'amore con lei. A periodi alterni lei aveva pensato fosse fisiologico, altre volte si era ritrovata a piangere e basta. Si sforzava di capire, cercava la pazienza. Questa impasse si sarebbe diluita nei mesi a seguire. Ma intanto dormivano ciascuno dalla propria parte del letto, i lembi dei lenzuoli ben rimboccati. E quando Guido aveva un intervento la mattina presto, e per comodità si fermava in clinica, lei si sentiva sollevata. Si addormentava in un soffio, stesa su un fianco, e con la mente tornava all'appartamento davanti all'asilo e si dimenticava chi fosse. Una moglie e una madre.

3

Una domenica notte le era sembrato di sentire suo marito camminare in punta di piedi, aprendo gli occhi per un momento aveva visto scivolare via un'ombra. Pochi istanti dopo, il bagliore del cellulare l'aveva svegliata di nuovo: Guido era lì accanto, vicino al suo comodino. Appena il tempo di registrare la cosa ed era precipitata nel sonno.

Quando si svegliò, al mattino, lui era già vestito di tutto punto, i capelli con la riga da una parte, il volto rasato. L'odore del dopobarba fluttuava nella stanza da cui filtrava una luce fredda. Controllò l'orologio: le sette. Lunedì. A quell'ora avrebbe dovuto svegliarla la filippina, che dopo averle portato la colazione si sarebbe occupata di Gabriele.

«Dov'è Cora?» sobbalzò.

«Non lo so...»

Prese il telefono e vide il messaggio della domestica: le chiedeva scusa, era in ritardo, sarebbe arrivata un'ora dopo. «Oddio!»

«Che c'è?»

«Cora arriva alle otto e mezzo...»

«E allora?»

«Devo portare Gabriele a scuola.»

«È un asilo, mica la scuola dell'obbligo. Se arrivi più tardi non succede niente.»

«Sì, certo...»

«Va bene, allora io vado...» Guido si era alzato come una molla ed era uscito dalla stanza.

Sotto la doccia Anna pensò che avrebbe fatto tardi. Doveva portare con sé Natalia, la maestra sarebbe stata disponibile a tenerla per qualche ora.

Andò nella stanza dei bambini e tirò su le serrande, cominciò a vestirli nei lettini, cercava di muoversi in fretta. Natalia pianse. Era abituata a bere il suo biberon di latte tiepido tra le lenzuola, invece Anna l'aveva spogliata e lasciata nuda tra le sbarre, non riusciva a trovare le canottiere di cotone, solo quelle di lana, della montagna. Alla fine le infilò una di quelle insieme alla maglia di filanca, il golf e i pantaloni di velluto.

Li portò in salotto, accese la televisione e mise dei biscotti sul tavolo. Si vestì rapidamente, non aveva idea di cosa mettersi. Era abituata a presentarsi a quegli incontri clandestini con qualcosa che riteneva speciale, con cui sentirsi attraente; come il golf di angora a pelle. Ma quella mattina non trovava nulla, se non magliette lise, mutande forate, calzini diversi. Si arrese ai jeans con le ballerine senza calze, anche se sarebbe morta di freddo.

Mise i cappotti ai bambini, che si lasciarono vestire con le bocche semiaperte davanti alla tv, e poi tornò in bagno per la crema, il fondotinta, giusto un filo di mascara. Prese il cellulare dal comodino e lo trovò staccato dal caricatore. Che fosse stato Guido? Cercò la borsa, le chiavi e vide Natalia che si era avventurata in corridoio con la sua andatura sbilenca, si sorreggeva ancora al muro. Si rese improvvisamente conto che non avrebbe potuto lasciarla all'asilo, si sarebbe ribellata, avrebbe pianto, gridato. Davanti a Javier. Lui non sapeva che avesse un'altra figlia. E Anna non voleva che lo scoprisse. Lei non provava alcuna vergogna nei suoi confronti, e del resto aveva messo a tacere il senso di colpa, ma lasciar scoprire a quell'uomo che aveva una bambina così piccola la metteva a disagio, la faceva sentire una puttana. Javier doveva continuare a credere che entrambi tradissero lo stesso numero di persone: una moglie, un marito, e *un* figlio a testa.

Tolse il cappotto a Natalia e la portò in cucina, la sistemò sul seggiolone e le diede il biberon. Le venne da piangere. Un pianto nervoso e aspro, come un capriccio. Quando Cora arrivò erano le otto e quarantacinque. Gabriele era sdraiato a terra, Anna scattò in piedi e lo afferrò per un polso: «Avanti, andiamo». Aveva i capelli bagnati per quanto aveva sudato, la fronte imperlata. Gli infilò un cappello di pile con le orecchie da orsetto. Senza salutare Cora si precipitò per la strada, legò Gabriele sul seggiolino e partì alla volta dell'asilo. C'era traffico, una pioggia trasversale e persistente aveva anchilosato la città, le sembrava di impazzire. Suonava il clacson a ripetizione dietro alla macchina immobile al semaforo rosso.

«Mamma?»

«Che c'è?»

Gabriele non rispondeva. Continuava a ripetere "mamma".

Quando furono sotto la scuola, Anna corse trascinandoselo dietro. Javier non c'era. Bussò alla porta dell'aula con il fiato corto, aveva un sorriso teso: «Siamo arrivati, scusate il ritardo».

La maestra si piegò sulle ginocchia: «Gabri, eccoti!». Il bambino si era riparato tra le gambe della madre, le aveva arpionato un ginocchio, piagnucolava.

«Gabri, lasciami.» Anna fu perentoria.

«Vieni, Gabri...» lo invitava invece l'altra, con i palmi aperti e il sorriso di una Madonna.

Anna liberò la gamba con un colpo brusco. Poi, pentita, scese anche lei alla sua altezza e gli levò il cappello. Gli occhi le parvero colmi di tristezza. «Amore, vai con la maestra, torno tra un paio d'ore, stai tranquillo.»

«No!» protestò il bambino, con le lacrime che ora gli scendevano senza che emettesse un lamento.

«Ho un appuntamento urgente dal medico, sono in ritardo» mentì.

«Gabri... dai, vieni, facciamo la torre.»

«No!»

«Ti prego, Gabri...» Anna continuava ad asciugargli la fronte con il dorso della manica.

«Mamma...»

«Che c'è, amore... che c'è?»

La maestra in un istante riuscì ad aprire la porta e a tirarlo dentro. Anna si mosse veloce mentre sentiva le grida di suo figlio che esplodevano. Quando fu fuori, alzò la testa verso la finestra: Javier era lì ad attenderla, come una certezza. Attraversò senza guardare, un passo dietro l'altro, rapida. I piedi gelati nelle ballerine che affondavano nelle pozzanghere. Il cancello si aprì quando fu prossima, non prese l'ascensore, si affrettò per le scale. In genere quegli stati ansiosi erano legati ai bambini, dover far ritorno da loro, le volte in cui li osservava al parco e temeva che potessero farsi male, il senso di colpa per non essere stata presente tutto il giorno; ora invece l'ansia era generata dalla situazione opposta: il pensiero che la sua libertà le venisse sottratta, il desiderio di disfarsi di loro. Mentre saliva le scale le parve che quella sensazione crescesse. Quando vide Javier, i suoi occhi che l'aspettavano sull'uscio, capì che lui aveva provato un sentimento molto simile al suo. La possibilità che quell'incontro potesse saltare aveva suscitato sgomento in entrambi. La medesima paura.

Non le tolse neanche il cappotto, chiuse la porta d'ingresso ed entrò dentro di lei, e finalmente il tempo cominciò a rallentare. Era rimasto fermo, senza muoversi, a presidiare uno spazio che sembrava una salvezza. Il sesso prima di quel giorno, per quanto selvaggio, era sempre stato cauto, quieto. Dominato dal desiderio, non dall'urgenza.

Anna lo aveva stretto a sé, aveva ripreso fiato e, quando il respiro si era fatto regolare, gli aveva sussurrato nell'orecchio: «Ho un'altra figlia, una bambina di due anni, si chiama Natalia, per questo ho fatto tardi...».

4

Attilio l'aveva convocata per farle firmare *certe carte.*

Si erano dati appuntamento dal solito notaio, Leopoldo Vassalli. Anna sedeva su una dormeuse di broccato, stretta nel suo cappotto blu, scrutando, da dietro gli occhiali da sole, il severo corridoio intervallato da statue romane. Si chiese se suo padre si fosse accorto di cosa stesse succedendo nella sua vita. Se Guido era distratto e assente, Attilio era fin troppo attento; la conosceva meglio di chiunque altro, intuiva la filigrana dei suoi pensieri, leggeva i mutamenti del corpo.

Arrivò con dieci minuti di ritardo, baciandola sulla fronte. «Tutto bene, tesoro?»

«Bene, papà.»

Il notaio li fece accomodare nella sala delle stipule, appesantita dalla brossura di mogano e dal filare dei tomi di giurisprudenza con le costole bordeaux, dove – tranne che per una piccola luce verde accesa – sembrava notte fonda.

«Sei dimagrita» le disse Attilio vedendola sgusciare dal cappotto.

«Stai un fiore, Anna» intervenne Leopoldo, che subito si appuntò gli occhiali sul naso e iniziò a leggere. Attilio le sfiorò il ginocchio.

«Ma me lo dite perché siamo qua?»

Venne fuori che desiderava intestare ai nipoti il suo appartamento.

«Perché, papà?»

«Se succede qualcosa, vai a pagare un quantitativo di tasse di successione improponibile. Quella è la casa di famiglia... Che fai, la vuoi vendere?»

«No, certo...»

«Ci andrete voi, tesoro.» Attilio aveva settantanove anni. Non era certo un ragionamento peregrino.

Anna mise a fuoco il sontuoso appartamento ornato dai marmi di Carrara in cui era cresciuta insieme al padre; sua madre, Orsola, era morta che aveva due anni, l'aveva trovata lei di notte (Attilio operava), era rimasta accanto al corpo della madre e poi era tornata nel suo letto. Fino ai sei anni non era più entrata nella camera dei genitori, poi con il tempo ci aveva rimesso piede. Amava quella casa, ma non riusciva in alcun modo a vedersi proiettata in quello spazio enorme con Guido e i bambini, un pensiero che pure a volte aveva accarezzato, immaginando Natalia crescere nella stanza che era stata la sua, con la finestra che affacciava sull'albicocco; quella stanza ora le appariva melanconicamente spoglia. Come accettare l'idea che suo padre potesse morire?

Una luce accecante e tersa li investì una volta fuori.

«Prendiamo un caffè?» le propose Attilio affondando il mento nella sciarpa.

«Gabriele esce all'una, devo scappare.»

«Come va?»

«Bene, papà, va tutto bene.»

«Guido sta tirando, lo so... devi avere pazienza.»

«Non è un problema.»

«Davvero?»

«Sono abituata.» Aveva sorriso. Si riferiva alla *loro*, di vita.

«Ho notato che spesso dorme in clinica.»

«Una questione di praticità.»

«Sì?»

«Sì.»

«Marito e moglie dovrebbero sempre dormire assieme. Il sonno concilia il corpo e l'amore.» Non era un rimprovero, piuttosto un consiglio.

Disse che li aspettava presto per una cena, poi si voltò e si incamminò pian piano verso l'auto. L'altezza, che un tempo aveva fatto di lui un giovane sensazionale, risaltava con maggiore prepotenza ora che i lunghissimi arti scricchiolanti sembravano di vetro soffiato.

Salendo in macchina, Anna pensò di nuovo a Javier; lo avrebbe visto per una manciata di secondi, probabilmente si sarebbero ignorati – al massimo un cenno di saluto –, eppure il calore dei loro corpi si sarebbe espanso come all'interno di un campo magnetico.

Aveva mentito al padre, stava cominciando a macchiare la sua vita di menzogne e omissioni, era la prima volta che lo faceva, eppure le veniva così naturale. Con Guido era ancora più semplice, non le chiedeva nulla e anche lui diceva poco.

Guidò piano, con circospezione, sebbene fosse in ritardo. Dopo aver parcheggiato nel solito posto, si ravviò i capelli. Poco fuori la scuola intercettò la madre di un compagno di suo figlio, un piccolo despota di tre anni che mordeva i compagni, compreso Gabriele. Era successo qualche tempo prima. Anna lo detestava, e detestava lei per non aver dato alcun peso all'incidente, non si era nemmeno scusata. Ogni volta però insisteva nell'invitarla a stupidi appuntamenti sociali cui Anna si sottraeva con destrezza.

«Eccoti! Non ti becco più, che fine hai fatto?»

«Nessuna...» Aveva fretta, voleva vedere Javier.

«Sei la donna invisibile. Allora, due cose importanti. La prima: volevo sapere se ci sarete all'inaugurazione delle Fendi. La seconda: che dici, portiamo i bambini a vedere *I Fantastici 4*? O è troppo presto? Magari ci facciamo una merenda... Lo sai che hanno aperto questo posto geniale, Nails kids, dietro la moschea... I bambini giocano e noi ci facciamo la manicure, che dici?»

Anna afferrò il cellulare dalla tasca e finse di rispondere: «Sì, mi scusi, l'avrei richiamata io...» mentre alzava gli occhi al cielo e le faceva segno che si sarebbero sentite.

A un tratto vide Galy saltellare fuori dal portone. «Ciao» le disse la bambina avvicinandosi. Ma un istante dopo venne afferrata e strattonata con forza da una donna con i capelli a caschetto, un taglio stiloso e deciso; piccola piccola di statura, come un carillon, indossava una pelliccia sintetica color prugna. Era Maya.

Anna riuscì a sentirla mentre rimproverava la figlia con voce controllata e sottile, una lingua aspirata incomprensibile. Aveva uno sguardo duro, severo. Non c'era traccia dell'incantevole benevolenza che affiorava dal suo ritratto. Quegli occhi affilati l'avevano lasciata di pietra.

Maya strinse a sé la figlia e la portò via attraversando la strada. Anna d'istinto guardò verso la finestra: Javier non c'era. Imboccò il portone strisciando come una ladra.

Gabriele era rimasto per ultimo, la maestra stava rassettando la stanza, lui era a terra come un pupazzo dimenticato. Nel vederla scattò in piedi e corse sorridendo.

Lo abbracciò con tutte le forze che aveva in corpo, baciandogli il viso fino a sfiancarlo.

«Com'è andata oggi?» chiese alla maestra. Non ricordava se si chiamasse Adelaide o Aidi.

«Tutto bene. Vero, Gabri?»

Lui non rispose. Mentre gli infilava il cappotto Anna sussurrò: «Ottimo», per poi scusarsi: «Mi dispiace, ho fatto un po' tardi».

«Ma noi ce la siamo cavata benissimo...»

Noi.

«Fantastico.»

Quando fu di nuovo fuori, Anna avrebbe voluto alzare ancora lo sguardo verso la finestra, ma trovò il coraggio di farlo solo dopo aver legato Gabriele al seggiolino e messo in moto l'auto, compiendo una torsione con il collo mentre usciva dal parcheggio. Vide Maya al posto di Javier. Era all'angolo della finestra, con le braccia incrociate. Guardava il mondo.

In genere alla terza curva Gabriele, cullato dalle vibrazioni della macchina, prendeva la via del sonno, quel giorno invece era estremamente vigile.

«C'era la mamma di Galy, oggi» gli disse, sperando in chissà quale reazione.

Il bambino sembrava rapito dal paesaggio.

«Hai visto che non c'era il papà, ma la mamma di Galy?»

«...»

«Gabri, mi senti?»

«Sì.»

Incrociò il suo sguardo nello specchietto retrovisore. Suo figlio sapeva dov'era, aveva capito benissimo la domanda. Il cuore le si fermò. Una precisa aritmia. Cosa stava facendo? Tirava dentro Gabriele? Non era il caso di sottolineare. Anzi, tutto andava taciuto.

Non disse più nulla per il resto del tragitto, a casa salutò Cora e portò Natalia e Gabriele con sé nel letto. Sentiva freddo, come se le ossa fossero gelate. Si addormentarono come sassi.

Al risveglio restò incollata a lungo al termosifone, mentre controllava il telefono; i bambini giocavano con i pesci magnetici, dovevano prenderli con una cordicella sottile dotata di una calamita.

Maya sapeva, era evidente da come l'aveva guardata. Anna sentiva ancora i suoi occhi addosso. E perché non salutarla, se lo aveva fatto la figlia? Li aveva scoperti, ecco perché. Ma come?

L'ultima volta lei e Javier avevano parlato più del solito. In quella mattina in cui si erano ritrovati dopo la paura di essersi mancati, gli abiti erano andati via poco alla volta. Lui nudo a gambe incrociate e lei sopra che lo conteneva come una conchiglia. Movimenti impercettibili, respiri lunghi.

«Mi piaci» aveva detto Anna.

«Tu...»

«Tu?»

«Tu mi piaci.» Le sue prime parole italiane.

Le ammissioni erano state ancora più forti del sesso. C'era stata la certezza da parte di entrambi di provare le stesse emozioni, erano come una bilancia con due pesi in perfetto equilibrio. Anna parlava, lui assentiva. Era d'accordo.

«Dobbiamo stare attenti.»

«Sì.»

«Non vorrei mai uscire da questa stanza...»

«No.»

«Andiamo avanti così...»

«Sì.»

Non avevano detto nulla, eppure tutto. C'era un patto. Per ora bastavano quegli incontri, ma non si dovevano mancare: il territorio dell'asilo era il loro, quella strada, il parcheggio, tutto.

E invece adesso c'era Maya.

Natalia non riusciva a prendere i pesci, batteva i palmi sul cartone, succhiava con più foga il ciuccio. Gabriele teneva la cordicella dritta. Non c'era nessuna relazione tra di loro, erano come amebe.

«Facciamo il bagno» propose Anna. «Facciamo il bagno tutti insieme...» Forse Gabriele aveva capito, perché sorrise. «Sì, sì!»

Erano appena le cinque del pomeriggio. Anna riempì la vasca con le bolle, le paperelle e i polipetti glitterati azzurri. Era una festa, un party in acqua. Per scongiurare la paura. Per ritrovare un po' di calore.

La vasca era una jacuzzi, bianca, tonda, grande come la luna. Entrò prima Natalia, poi Gabriele, infine Anna. Era la prima volta che si spogliava davanti ai figli, di solito faceva sempre tutto in camera da letto. C'entrava Javier in qualche modo, come se grazie a lui si fosse scrollata di dosso quella sua pudicizia atavica, l'essere cresciuta sola con un padre; il pudore era un mantello.

Si sistemò tra i bambini, Gabriele sembrava elettrizzato dalle bolle. I loro bagni non erano mai così scenografici, piuttosto veloci, di servizio. Natalia le salì a cavalcioni su una gamba, le toccò un seno, lo strinse troppo forte, perlustrò il petto indicando con la punta dell'indice i nei.

Anna ripensò a Maya, a quanto fosse piccola e dura. Non le piaceva. Osservandosi le gambe lunghe nella vasca, si disse che doveva sembrare gigante agli occhi di Javier. Era alta come lui, e aveva muscoli tesi e longilinei come i suoi. I loro corpi aderivano perfettamente, lo stesso numero di centimetri, gli stessi impulsi, tempi e desideri. Tutta quella corrispondenza doveva dipendere anche dall'assenza di parole, come se i corpi cercassero altre forme di linguaggio.

«Ma che fate?» Guido era apparso sulla soglia. Il tono era rafforzato da una postura rigida. Li guardava sorpreso. Natalia si era voltata di scatto e subito era scoppiata a piangere, mentre Gabriele si era mosso appena. Anna si coprì istintivamente, c'era qualcosa di proibito in quella circostanza: i suoi pensieri per Javier, la nudità condivisa con i figli, l'assoluta assenza di vergogna.

Lui sparì dalla porta e Anna s'affrettò a uscire, indossò l'accappatoio stringendo il nodo intorno alla vita, come fosse una punizione. Doveva giustificarsi. Ma di cosa?

Non poteva lasciare i bambini soli nella vasca, erano troppo piccoli, però lo stesso cercò Guido, in salotto, in cucina, in camera. Lo trovò lì, era di spalle, chino sul suo cellulare. Lui le stava controllando il telefono. Perché? Cosa cercava? L'aveva scoperta? Era stata Maya? Aveva avvertito anche lui?

«Che stai facendo?»

Lui non rispose. Anna scivolò via dalla stanza, tornò dai bambini e li tirò fuori dalla vasca, le gambe le tremavano; solo allora sentì dall'altra stanza Guido dire perentorio: «Ti devo parlare, Anna».

5

Cora aprì la porta. Anna fu sorpresa di vederla. «Che ci fai qui?»

«Mi ha chiamato il signore...»

«Davvero?»

«Sì» intervenne Guido. Non si era ancora tolto il giubbotto. «Andiamo?»

«Dove?»

«Dobbiamo parlare.»

«Mi metto qualcosa addosso.»

In un'altra circostanza Anna avrebbe protestato, ma il pensiero che suo marito avesse scoperto tutto la rese docile e obbediente. Si infilò i vestiti della mattina e subito si accorse che la maglietta aveva ancora gli aloni di sudore disegnati sulle ascelle. L'incontro con Maya l'aveva fatta sudare. Si sentiva sporca, sgualcita e stanca.

Non salutarono i bambini, imboccarono le scale e attraversarono la strada a distanza l'uno dall'altra; tirava un vento così forte e basso che aveva la voce da lupo.

Chiusero a fatica gli sportelli della macchina, Anna si tirò via i capelli dalla fronte. «Dove andiamo?» chiese.

«Dove vuoi...» Guido non avviò il motore e rimase a fissare fuori, stringendo gli occhi come tentasse di mettere a fuoco qualcosa. Tremava impercettibilmente, era pallido.

«Va tutto bene?» Anna si fece forza, aveva paura di chiedere.

«No, direi di no.»

Aspettò che continuasse. Dalla sua espressione non trapelava nessun livore, nessuna rabbia. Sembrava, più che altro, triste.

«Anna, non so da che parte cominciare...» Si voltò verso di lei. «Penso che dovremmo prenderci una pausa...»

«Una pausa è un modo per dire che dovremmo separarci?»

Guido tornò a guardare fuori. «Ci sono troppe cose che non vanno, ormai... Siamo troppo lontani, lo sai. Potremmo andare avanti all'infinito, io vivo in clinica, tu cresci i bambini, ma così non ci siamo. È passato troppo poco tempo...»

«In che senso?» Anna lasciò andare la schiena sul sedile.

«In fondo non siamo sposati da molto, eppure ci comportiamo come se lo fossimo da una vita. Non c'è entusiasmo tra di noi.»

Aveva sentito dire frasi del genere solo alle donne dello showroom. «Sei tu che...» provò a ribattere.

«Lo so, lo so» la interruppe lui. «Non voglio accusarti di nulla. Ma il punto non è questo, il punto è che andiamo avanti con il pilota automatico e abbiamo smesso di amarci...» Abbassò gli occhi.

Quelle parole non le suscitarono nessun tipo di emozione. *È vero*, pensò, *abbiamo smesso di amarci.*

«Forse abbiamo fatto tutto troppo in fretta, non lo so. Ho la sensazione che ci allontaniamo ogni giorno di più, vedo che anche tu non ci stai con la testa... Non ti voglio colpevolizzare, credimi, però non mi aspetti nemmeno più sveglia e non... insomma, non lo so, mi sembra che anche tu hai mollato. Io ti voglio bene, Anna, amo i nostri bambini, e sono infinitamente riconoscente a tuo padre, che ha creduto in me, ma... sono assorbito dal lavoro in clinica, ho anche qualche preoccupazione, ci sono delle robe che non vanno... e noi siamo come... come morti o anestetizzati. Ho anche pensato che fosse un momento così... ma poi ho visto che sei completamente assente. Delle volte mi chiedo se sei un po' depressa... e poi... ho la sensazione che ormai non ci piacciono le stesse cose... forse non ci sono mai piaciute... forse eravamo così innamorati e abbiamo fatto una cosa dietro l'altra, il fidanzamento, il matrimonio, i bambini, e non ci siamo accorti che...»

Sembrava che l'aria non gli arrivasse più ai polmoni. Anna gli disse: «Guido, aspetta, respira...». Ma lui continuava a inspirare. Allora anche Anna inspirò e sputò via l'aria con un gesto teatrale, quasi stesse mostrando a un bambino come si fa, invitandolo a fare lo stesso. Guido la seguì, respirarono assieme. Come gli era già successo in luna di miele, a Los Roques, al corso di diving. La maestra era una ragazza còrsa, con i denti avorio e gli occhi verdi che brillavano attraverso la maschera. Le piaceva Guido, si vedeva lontano un miglio. Lo sguardo le si accendeva ogni volta che lui le chiedeva qualcosa. Anna non la sopportava. Sott'acqua avevano visto comparire una manta, una specie di tappeto volante nero che si muoveva al ritmo di una magia; la ragazza, dopo averla indicata a Guido, lo aveva agganciato e se lo era trascinato dietro, mentre l'animale inseguiva il fondale buio. Anna si era sentita morire. Il ricordo ora le sembrava così lontano. Anzi, non era il ricordo a essere lontano, erano le sensazioni che le sfuggivano del tutto. Amore, gelosia, il bisogno quasi vitale di stargli accanto. Suo marito aveva ragione.

«Mi dispiace, mi dispiace... È colpa mia, è colpa mia...» continuava a ripetere Guido. Aveva la fronte corrugata e la bocca deformata in una smorfia terrificante. Nessuna lacrima. Eppure a lei sembrava un pianto disperato. Le ultime frasi le erano suonate come il capriccio tormentato di suo figlio.

Con il viso coperto dalle mani si accasciò sulle sue ginocchia. Anna gli carezzò la schiena, i movimenti erano lenti e circolari. In fondo alla strada un abete piegato dal vento sfiorava l'asfalto e tornava su come un elastico. Non si sarebbe spezzato, pensò.

Pensò anche che avrebbe potuto dormire nel suo letto con Javier e poggiare il capo nella sua ascella. Lui l'avrebbe vista con la camicia da notte, quella di seta rosa antico dalle bretelle incrociate sulla schiena e lo spacco a destra con il pizzo di Cantù.

Quando Guido si sollevò, lei gli fece una carezza sulla guancia. «Ho capito» disse. «Hai ragione, prendiamoci una pausa.» Poi scese dalla macchina, senza sbattere lo sportello, e iniziò a camminare contro il vento che la inchiodava ai suoi passi. Avanzava senza sapere dove andare. Fosse stato per lei sarebbe corsa da Javier.

Sentiva una strana leggerezza, l'euforia che l'aveva accompagnata fino a quel giorno si era cronicizzata, non era un sentimento volubile come tanti altri. Anna era felice, ecco. Anche se il suo matrimonio stava finendo, anche se avrebbe spezzato il cuore di suo padre, anche se i figli ne avrebbero sofferto, lei no. E lei esisteva. Sembrava accorgersene per la prima volta, ora che calpestava le macerie di cinque anni di vita coniugale. Sarebbe stata libera: non più la proiezione di suo padre, non più l'ombra di suo marito, non solo la madre dei suoi figli, la santa.

Affrettò il passo, infilandosi nei vicoli del quartiere, guardando le vetrine. La testa si svuotò di fronte allo sfavillio degli oggetti che le si materializzavano davanti: una borsa di cuoio tortora, un paio di pantaloni antracite, degli stivali a sigaretta lunghi fino al ginocchio. Il negozio era una piccola boutique esageratamente cara, ma accogliente. Entrando notò la parete tappezzata da una carta da parati di Fornasetti – chiavi nascoste in una giungla di palme azzurre –, pouf di velluto color cacao, uno specchio oblungo incorniciato da una catenella di ottone. Si lasciò dire dalla commessa che gli stivali la slanciavano e che la gonna fiorata le stava d'incanto. Inclinò il capo, sorridendo, prima di pagare con la sua carta Visa Gold.

Fuori cercò riparo sotto i cornicioni, prima di infilarsi nell'enoteca preferita da Guido. Posò le buste accanto allo sgabello e ordinò un bicchiere di Sauvignon. Nel riflesso dello specchio dietro al bancone si vide bella, il freddo le aveva acceso le guance. In fondo al locale avevano appena preso posto un uomo sulla cinquantina e una ragazza mora. Lui le ricordava Guido, non per la fisicità ma per la sicurezza, il vestito di sartoria, la riga da una parte, il viso rasato. La donna aveva i gomiti puntati sul tavolo, i palmi aperti a sorreggersi il volto, era tutta intenta a catturare l'attenzione del compagno. Incredibile come certe posture dicano tutto. Anche Guido aveva un'amante? Una donna più giovane che lo lusingava?

L'uomo al tavolo cominciò a guardarla e Anna si concesse un sorriso, attenta a non farsi vedere dalla ragazza mora. Come una gatta morta. Le tornò in mente la carta da parati del negozio. Suo padre era sempre stato convinto che fosse da poveri; Guido invece sosteneva che fosse da cafoni. Una carta da parati rossa, cinese, con ombrelli e fenici e venature oro: ecco cosa desiderava lei per la sua casa. In cucina avrebbe optato per un'isola, era sicura che i bambini sarebbero stati felici di mangiare lì con lei. Avrebbe chiesto a Cora di stare da loro. Guido si era sempre rifiutato categoricamente. «Limita l'intimità» le aveva detto una volta. Quale intimità? E poi d'ora in avanti sarebbe uscita più spesso, e Cora poteva esserle d'aiuto. Anche nel bagno di servizio, pensò, avrebbe potuto mettere la carta da parati, magari quella arlecchino. Più erano piccoli gli spazi, più la carta li esaltava. Era così, certo.

L'uomo continuava a osservarla, mentre la ragazza mangiava olive con gli occhi rivolti alle riproduzioni di Helmut Newton alle pareti. Lo fece anche lei: guardò quei corpi perfetti esaltati dalla luce, i seni delle donne così simili a quelli che Guido si dannava a ricreare per le sue pazienti. Le venne da ridere. Ordinò il secondo bicchiere di vino sentendo gli occhi dell'uomo che le camminavano addosso. A lei interessava solo la ragazza mora, la sua inconsapevolezza e la sua audacia. Era un'amante. Un'amante dedita, disposta a tutto, colpevole. Colpevole di cosa? «Di niente» le uscì in un sussurro. Non esistono i tradimenti, esistono gli spazi ed è tra quelli che s'infilano le persone.

Guido era stato coraggioso a parlare. Se anche stava andando a letto con un'altra donna, aveva avuto la forza di ammettere che le cose tra loro non andavano, mentre lei avrebbe potuto continuare così – senza farsi domande – chissà per quanto. Adesso quella crisi le avrebbe dato il tempo e la possibilità di capire cosa desiderava.

Dopo un altro bicchiere uscì. Era brilla, il corpo si era scaldato, le sudavano le ascelle, le buste ondeggiavano. Non sapeva se avrebbe trovato Guido rientrando, ma sperava di no. Aveva già iniziato ad assaporare la libertà.

Camminò spedita, il vento si era sopito, la sera ingoiava i volti della gente, si infilò nella stradina verso casa. Solo il fruscio delle foglie e le macchine in lontananza. Costeggiò un giardino recintato e sentì il rumore della ghiaia ma non vide nessuno. Un cane, un bastardino pezzato, si avventò sulla rete e cominciò ad abbaiare. La guardava fisso e ringhiava, era piccolo di stazza ma aveva un timbro inquieto e violento. Anna balzò indietro, aveva il terrore dei cani. Da piccola un pastore tedesco le aveva azzannato un polpaccio su una spiaggia; un cane grande e scodinzolante, incontro al quale si era avventurata con un sorriso. Rimase paralizzata dov'era, le parve che il meticcio fiutasse la sua paura e di questa si nutrisse. Quante volte Guido l'aveva salvata da un cane? Quante volte, con il suo tono pacato e quieto, l'aveva guidata oltre? La voce calma, i movimenti lenti, le parole rassicuranti. Fu solo in quel momento che si rese conto di averlo perso. E rimase immobile nel buio.

6

Anna parcheggiò fuori dalla clinica. Entrando nel giardino vide Natalia e Gabriele muoversi in direzioni opposte, lei sorrideva, lui camminava con la testa rivolta a terra: mappava i propri passi. Sulla destra notò Maria Sole, era poggiata con il gomito sul tronco del mandorlo, gli occhi tuffati nell'avambraccio. Contava: «Undici, dodici... e tredici!».

Quando alzò la testa, Anna istintivamente si ritrasse. Fece il giro e la spiò da dietro la palizzata di ferro foderata d'edera. Indossava un camice e dei tacchi altissimi, non era truccata come la prima volta che l'aveva vista. Quella sera alla festa i suoi occhi, sottolineati dall'ombretto scuro, sembravano di un azzurro più chiaro, luminoso; ora invece erano di un grigio anonimo. Anna pensò che Maria Sole appartenesse a quel tipo di donna la cui bellezza ha bisogno di essere impreziosita da qualcosa di eccessivo: gioielli vistosi, trucco marcato, tacchi altissimi. La magrezza la rendeva androgina, mentre quei dettagli le restituivano femminilità.

Natalia si era nascosta accanto a un bidone dell'immondizia, Gabriele se ne stava seduto su una panchina, con le gambe che volteggiavano nel vuoto. Maria Sole gli si avvicinò, guardandosi intorno. «Che fai, non giochi?» Lui non rispose, continuava a fissare la sua ombra sbilenca. «E va bene» disse lei, «vorrà dire che dovrò cercare solo una bambina… Una bambina che si nasconde benissimo…»

Avanzò un po' china sulle ginocchia, con aria circospetta. Si muoveva lenta per via dei tacchi, continuando a scivolare, finché non avvistò Natalia. Fece finta di nulla, aggirò il bidone dalla parte opposta, mentre la bambina faceva capolino a destra, soffocando le risa e l'entusiasmo.

«Bubù!» la sorprese da dietro Maria Sole.

Natalia sobbalzò lasciandosi scivolare e lei l'afferrò con prontezza, poi la rimise a terra reggendola per le scapole e iniziò a farle il solletico. «Chirichirichirì!» Rideva forte, e anche la piccola scoppiò in una risata scrosciante, batteva i piedi, i dentini visibili in un ghigno estasiato. Maria Sole, trascinata dalla sua ilarità, se la strinse al petto, poi le prese la testa tra le mani e la baciò sulla bocca. «Adele…» le sussurrò. E la baciò di nuovo.

Anna scattò. Il gesto le parve esagerato, promiscuo. Quella donna non sapeva neanche come si chiamava sua figlia e si permetteva di baciarla in quel modo. Si mosse verso l'entrata ma vide che Maria Sole piangeva. Fino a un secondo prima stava ridendo, ora era accucciata sui talloni, con gli occhi pieni di lacrime, e osservava Natalia, che a sua volta la guardava smarrita. D'istinto anche la bambina scoppiò a piangere. Maria Sole si fece forza, si asciugò gli occhi e le disse: «No, amore, no, non piangere...». Si sforzò di sorridere e Natalia fece lo stesso. I loro visi si trasformarono assieme, il dolore scomparve, si asciugò sui volti, vicini.

La prese in braccio, se la sistemò su un fianco, agganciandola al bacino come fosse sua figlia. «Brutta tristezza cattiva, sciò!» Poi s'incamminò verso Gabriele, che era rimasto vicino alla panchina e tirava calci ai sassi. Maria Sole si protese verso di lui e gli chiese: «Andiamo?». Lui non si mosse, non voltò neanche la testa. «Ehi, dico a te!» Il braccio teso, la voce dura.

«Maria Sole, il professore la sta cercando!» Era Liliana, l'anziana signora della reception che si era affacciata dalla soglia.

«Arrivo subito» rispose lei voltandosi verso l'ingresso. Natalia giocava con il suo filo di perle, le slacciò la collana che cadde a terra.

«Bum!» disse Maria Sole. La piccola la osservò un attimo, non riusciva a decifrare se la donna giocasse o fosse arrabbiata. Maria Sole sorrise. E allora anche la bambina. «Bum!»

«Sole, dove sei?» La voce di Guido proveniva dall'interno della clinica. Lei mise subito Natalia a terra, raccolse la collana e la riallacciò, poi annodò i capelli in un solo gesto e si pettinò le sopracciglia con la punta delle dita. «Datti una mossa» ruggì lui.

La signora Liliana si affacciò di nuovo, questa volta rivolgendosi ai bambini: «Venite, andiamo a fare la merenda». Li aspettò sorridendo. Gabriele sembrava sollevato. Maria Sole li precedette, ondeggiando sui tacchi con la sua andatura precisa. Vista così, da dietro, ad Anna parve inequivocabilmente la stessa donna del parco.

Un minuto dopo, entrò nella hall e si sfilò il cappello di lana. L'aria fredda le gelò la testa. Liliana non c'era, perciò si diresse verso l'ascensore. Incontrò due infermiere che la salutarono, imboccò il corridoio, la caposala le venne incontro: «Signora Bernabei, buongiorno!».

«Buongiorno Patrizia, come sta?»

«Tutto bene, grazie.»

«Ha visto mio marito?»

«No, non mi pare...»

«I bambini?»

«No...»

Avanzò verso l'ufficio di Guido, il pavimento della clinica riverberava, le vetrate erano invase dal sole.

«Permesso?» Bussò, e senza aspettare la risposta fece scattare la maniglia. Maria Sole era seduta con le gambe accavallate su un divanetto di velluto blu notte che un tempo stava nella camera della madre di Anna. Guido era alla scrivania. Alle sue spalle, un arazzo con un disegno simmetrico che lei non aveva mai visto. La stanza era molto calda, somigliava a una camera più che a uno studio medico.

Maria Sole scattò in piedi. «Buongiorno signora...»

«Anna» precisò lei.

«Anna, certo. Come sta?»

Si voltò verso suo marito, lo fissò prima di parlare. «Dove sono i bambini?»

«A fare merenda» disse lui, «con Liliana.»

«Con permesso...» Maria Sole si passò i capelli dietro le orecchie, superò Anna e sgusciò via.

«Come stai?» le domandò Guido.

«Bene, perché?»

«Così, per dire...»

«Che hanno fatto i bambini?»

«Niente, le solite cose. Sono stati un po' con Liliana, un po' con le infermiere.»

«E papà?»

«Non è venuto stamattina. Anzi, ora che ci penso lo devo chiamare...»

«Questo sabato dobbiamo assolutamente andare a cena da lui, abbiamo saltato già l'altro. Non voglio... Insomma, per ora possiamo continuare a fare finta di niente, direi.»

«Certo, siamo d'accordo.» Puntò la penna sulla scrivania, lo faceva sempre. «Piuttosto, ti confermo che dalla prossima settimana mi daranno la suite al residence, quindi ho un salone e l'angolo cottura. Gabriele può dormire sul divano-letto e Natalia con me...»

«Io li farei dormire assieme, si fanno forza.» Anna camminò con gli occhi nella stanza, cercava qualcosa. Cosa, non lo sapeva neppure lei.

Guido alzò il telefono: «Liliana, mi porta su i bambini?» e riattaccò.

«Posso scendere io.»

«È lo stesso, non ti preoccupare. Allora, come va?»

«Bene, te l'ho detto.»

«Sì, stai bene, solo ti vedo così…»

«Così, come?»

«Magra.»

«Avrò perso tre, forse quattro chili.»

«Non sono pochi.» Abbassò gli occhi mentre lo disse. «Non prendi nulla, vero?»

«In che senso?»

«Sai, metanfetamine, robaccia per dimagrire più in fretta.»

«Assolutamente no.»

«No, perché hanno degli effetti paradosso terrificanti.»

«Conosci qualcuno che le prende?» E fece un sorriso ammiccante.

«No.» Si mise sulla difensiva. «Chi?»

Qualcuno bussò. «Avanti» disse Guido. Entrò prima Natalia e poi Gabriele. Liliana schiuse solo la porta, sorrise e si ritirò.

«Mamma!» Gabriele le si allacciò a una gamba, Anna lo carezzò.

«Bum» gridò Natalia.

«Bum…» ripeté Anna. Era certa che quel *bum* si riferisse alla collana.

Natalia era forte, determinata, voleva parlare con la madre anche se non aveva ancora le parole. Anna pensò che non le somigliava, lo aveva sempre pensato. Gabriele improvvisamente scoppiò a piangere.

«Che c'è?» gli chiese Anna.

«Voglio andare a casa...»

«È successo qualcosa?»

Guido si chinò su di lui: «Ehi, campione, che succede?».

«Voglio andare a casa.» S'infilò con più determinazione tra le gambe della madre, era quella la sua casa. Anna gli fece una carezza sulla testa ma dentro di sé ebbe un moto di fastidio. Sentiva che il benessere di suo figlio era legato alla sua presenza e lei, invece, in quel periodo voleva costantemente fuggire. Volatilizzarsi. Ma quando Guido baciò entrambi, con una dedizione e un amore che le parve di non aver mai visto in suo marito, Anna avvertì un dolore cupo, un male così tangibile che lo sputò via con un colpo di tosse. Vide la premura che a lei sembrava mancare. La famiglia smembrata.

Finì di abbottonare il cappottino di Gabriele. «Andiamo, bambini.»

«Ci vediamo venerdì, ragazzi, okay?» disse Guido.

Anna spostò lo sguardo su di lui. Da quella volta in macchina non era più successo che si guardassero negli occhi, erano passati circa dieci giorni, nei quali lui era venuto spesso a fare visita ai figli e Anna non si era fatta trovare, oppure era rimasta chiusa in camera. Non aveva più voluto un confronto. La provvisorietà la proteggeva da un dolore che, inspiegabilmente, non era ancora venuto a galla. Si sentiva proiettata nel futuro, intenta a mantenere un controllo apparente; aveva scacciato la sofferenza con delle piccole azioni che le permettessero di mantenere un equilibrio interiore. Guido aveva lasciato molte delle sue cose da loro, si sarebbero separati un pezzo alla volta, questo era chiaro; anche se nessuno dei due lo aveva reso esplicito.

Quando si avvicinò per baciarle una guancia lei si spostò meccanicamente e in quel momento vide a terra la collana di perle, vicino alla scrivania. Le fece male. Chiuse gli occhi. Diede un altro colpo di tosse, questa volta veniva dal cuore.

7

Javier non aveva mai fatto cenno all'incontro tra Maya e Anna, e anche Anna aveva taciuto. I loro appuntamenti si erano macchiati di piccole conversazioni; fino a un certo punto le frasi si erano mischiate al sesso, ora invece era come se i momenti si fossero distinti: le parole e l'amore.

Si erano ritrovati più di una volta a chiacchierare dei figli. Lui le aveva raccontato che Galy era nata prematura, forse aveva un ritardo della crescita, o una lieve forma di autismo. La cosa che lo preoccupava di più era che la sentiva distratta, un po' isolata, incapace di relazionarsi. Anna si era sorpresa di non sentirlo angosciato mentre ne parlava. Javier aveva una strana pace addosso, una quiete che emanava dal suo sguardo liquido; cercava le parole muovendo gli occhi turchesi, e intanto le baciava lembi di guance, le soffiava sul collo il suo alito di anice. Passava ore a cercare il punto esatto del piacere. «*Mi pequeña manzana*»: così la chiamava, oppure «*pájaro*». Anche quando perdevano tempo e dovevano andare a prendere i bambini, lui si rivestiva con gesti flessuosi e rallentati, le braccia lunghissime che tiravano su da terra i pantaloni.

L'ultima volta Anna lo precedette di soli cinque minuti. Gabriele era uscito piagnucolando, mentre Galy correva tra le braccia del padre. Lui aveva stretto la figlia sollevandola da terra, poi voltandosi aveva chiesto: «Gabri, *¿qué pasa?*». Gabriele aveva alzato le spalle. Alla fine erano scesi tutti insieme.

La giornata era nitida, il sole alto nel cielo orlato di nuvole d'un bianco abbagliante. Con disinvoltura Javier propose: «Picnic?». Anna sorrise.

Si incamminarono lungo la strada principale, Javier e Galy avanti, Anna e Gabriele dietro. Lei poteva osservare la sua andatura musicale, una mano in tasca e l'altra sulle spalle della figlia. A un tratto, senza consultare nessuno, Javier entrò in un supermercato e qualche minuto più tardi ne uscì con un sacchetto di plastica.

Attraversarono la strada diretti verso un piccolo parco di quartiere recintato da siepi basse, con il pavimento in gomma, altalene cigolanti e un percorso di tronchi e assi di legno adiacente a un campo di calcetto. I bambini corsero subito a giocare, Anna e Javier si sistemarono su una panchina addentando i panini al prosciutto. I bambini seguivano il percorso con le braccia aperte come aeroplani in cerca di equilibrio. Un pallone volò dal campetto antistante e subito dopo sentirono un ragazzo gridare con le dita appese alla rete: «Palla!».

Javier scattò in piedi, alzò il pallone con la punta del piede, facendolo roteare su se stesso, poi continuò a palleggiare con la stessa intensità, mentre masticava un pezzo di panino. Il pallone rimbalzò dal ginocchio alla testa e ricadde a piombo sulla punta del piede, e a quel punto con un colpo secco Javier lo rispedì al di là della rete. Anna era ammirata. Gabriele stava applaudendo già da un po'.

«Accidenti» esclamò lei, «sei un vero calciatore...»

Javier annuì.

«Davvero?» sorrise lei. «E dove giochi?» Davanti a quelle acrobazie si era sentita incredibilmente fiera di lui. Aveva letto la stessa meraviglia negli occhi del figlio.

«*Bueno*, *ahora* non gioco più» le disse stringendosi nelle spalle e tornando a sedere.

«Ah, sei in pensione?» Quanti anni poteva avere Javier, trenta?

«*Claro*.» Dava morsi grandi e masticava energicamente. «Galy!» La bambina continuava a correre con le braccia aperte, sfiorava la terra con gli occhi, cercando la sua strada. «Galy!» chiamò di nuovo Javier, stavolta con più decisione. All'improvviso tirò un fischio con le labbra a salvadanaio, un fischio che probabilmente era arrivato fino al centro della terra. Niente. Allora percorse quei quattro metri che li dividevano, la prese per un braccio e la riportò alla panchina. Le offrì il panino, lei lo addentò. Gabriele fece lo stesso, in una mimesi ipnotica. Osservava Javier come fosse una creatura di un altro pianeta, tanto che Anna per un attimo si preoccupò delle conseguenze.

Avrebbe potuto dire al padre che era andato in un parco con un papà e una bambina. Che c'era di male?

«E quando hai smesso di giocare?»

«*Hace dos años*» e deglutì. Poi rise. Alle volte succedeva che ridesse dopo che era venuto e questo aveva stupito Anna, per lei un orgasmo era più vicino al pianto che all'allegria, come un dolore che si libera; per lui invece doveva essere l'esatto opposto. Ma questa risata era diversa, lei si sentì in imbarazzo, si protese verso di lui: «Perché ridi? Sei convinto che sappia chi sei, vero? Ma io non so nulla di calcio. Non so chi sei, non lo so, davvero...».

«Ma sì, *no importa*» replicò lui.

«Chi sei?» gli chiese, con un che di civettuolo, reclinando il capo. Di questo si sarebbe dovuta preoccupare.

Galy disse: «Papà!».

«Sì, è il tuo papà questo, lo so...»

«Papà...»

«Sì, *mi amor*...»

«*Quiero irme a casa*...»

«Sì...»

«Sei famoso?» Anna ignorò Galy, così come aveva fatto Javier. Lui aveva stretto le dita all'altezza dei suoi occhi: un pizzico.

«Oh Gesù» esclamò, «sei famosissimo!»

Questa cosa fece ridere entrambi, furono travolti dall'ebbrezza, forse perché erano fuori dall'appartamento: il riverbero, l'aria, la panchina, gli abiti e i bambini, era tutto nuovo per loro.

«Dimmi come ti chiami di cognome...»

«Papà» li interruppe Galy.

«Sì, *amor*, *dime*.»

«*Vamos a casa!*»

«Dai, dimmelo, ti prego ti prego ti prego» lo incalzò Anna.

«*¿Y qué me das?*»

Anna gli sussurrò qualcosa all'orecchio. Gabriele la guardò con gli occhi enormi. Erano tutti così vicini: un solo quadrato di parco li conteneva.

«Ah, no! *Quiero mas...*»

«*¿Mas?*» A furia di ridere le venne il singhiozzo.

«Papà!»

«Ohi, Galy, *¿qué pasa?*»

La bimba aveva le calze bagnate, si era fatta la pipì addosso.

Si alzarono insieme, lui prese sua figlia per mano. Anna e Gabriele li seguirono. Anna pensò che forse Galy era sorda. Le era balenata questa idea quando il padre l'aveva chiamata, e anche osservando come la bambina si avvicinava agli interlocutori. Guardava il labiale. Anche Javier lo faceva con lei, le guardava la bocca e poi la mangiava, succhiando il labbro inferiore fino a consumarlo.

Quando furono davanti alla scuola, Javier trascinò Galy fino alla macchina di Anna, aspettarono che legasse Gabriele al seggiolino, poi lei si spostò verso la portiera e lui le si avvicinò, appoggiò il pube al suo, vacillarono. Ridevano e parlavano come fossero ubriachi.

«Dimmi il cognome!» Anna insisteva.

«*¿Tu qué me das?*»

«*Lo que quieres*» concesse lei.

«Sicura?»

«Sì...»

«*Juralo*.» Si portò la mano al petto.

«*Juro*.»

«Juarón.»

Anna non gli tolse gli occhi di dosso finché non sparì nel portone con la figlia. Gabriele si addormentò subito, lei accese la radio e l'auto si riempì di una canzoncina pop con un riff facile che entrava nelle orecchie e scendeva in gola come un cubetto di ghiaccio. Provò a cantarla, ci riuscì. Non c'era traffico.

Juarón. Lo disse a voce alta. «Juarón.»

Sotto casa parcheggiò e prese Gabriele in braccio, la testa nell'incavo della spalla, le gambe a cavalcioni. Salì e fece scattare la chiave nella toppa.

Cora sbucò dalla cucina: «Signora, dov'era?».

«Shhh» sibilò Anna. Attraversò il salone e portò Gabriele in camera, lo sdraiò accanto a Natalia, gli sfilò la giacca. Era il sonno degli angeli.

La donna l'aspettava sull'uscio, aveva già indossato la giacca. «Signora, che fine ha fatto? L'ho chiamata tante volte...»

Si era dimenticata. Aveva scordato tutto: lei, Natalia, il rientro all'una e un quarto. «Ho fatto tardi, Cora, un contrattempo...»

«Signora, perché non mi ha avvisato?» Le braccia sui fianchi, il collo teso come quello di uno struzzo.

Aggredì per non scusarsi: «Non ho potuto, Cora. Perché la fai tanto lunga?».

«Perché non si fa!» disse la donna. «Signora, non si fa!»

«E va bene, io l'ho fatto!» Si voltò e si diresse verso la sua stanza. Sentì solo la porta chiudersi. Non era mai accaduto, ma poteva succedere per una volta, no?

Si tolse le scarpe e con il cappotto ancora infilato si mise a gambe incrociate sul letto, prese il telefono e digitò "Javier Juarón". Il nome era associato a un impiegato, uno scultore, un dentista, anche un assessore. Un calciatore? No. Nessuno aveva il suo viso. Javier non esisteva su Facebook, non aveva un profilo su Instagram, non c'era neanche su LinkedIn.

Anna si lasciò cadere sul letto. L'aveva presa in giro e lei ci era cascata con tutte le scarpe. Rise da sola, come poco prima al parco, con lo stesso impeto.

Era stata bene. Avrebbe voluto rivederlo fuori dall'appartamento; in un ristorante, magari, con le luci basse, l'odore di brace, il tintinnio delle posate e una buona bottiglia di rosso. Respirò e si mise a pancia in giù, si liberò del cappotto, fece scivolare le dita sotto i pantaloni. Poi le ritrasse. Si ritirò su e digitò il nome al contrario: "Juarón Javier". Niente neanche così. Digitò il proprio nome: anche lui, forse, la stava cercando. Gli aveva detto il suo cognome? Sì. Nel web lei era la moglie del dottor Bernabei, appariva sempre a eventi mondani: l'asta di beneficenza, il circolo della caccia, la festa di Capodanno. Tranne che in un'immagine, era venuta sempre bene, e si ricordò del vestito color ocra con ricamato sopra il pavone. Dov'era? Doveva cercarlo, ora che era più magra le sarebbe stato a pennello. Scrollò le foto e vide un'immagine di Guido (stava in posa come un divo hollywoodiano), poi le foto del padre e della clinica. In un ritratto Attilio era accanto a una bella donna, bionda, elegantissima. Una foto che avrà avuto almeno vent'anni. Come faceva a essere in rete? La cosa singolare era che a seguire, ce n'era un'altra: Attilio con Maria Sole. Lui era nella stessa identica posizione dell'immagine precedente. Sembrava un fotomontaggio; lo stesso uomo, decine di anni dopo. Avvistò un'immagine del marito che non aveva mai visto. Ci cliccò sopra. Si aprirono nuove finestre. Lesse: "Aprile 2018. Chicago. Congresso di chirurgia estetica. Il professor Guido Bernabei e Maria Sole Meli". Maria Sole aveva i capelli lisci come alghe, un tono più scuro. Stringeva una pochette dorata tra le mani, le unghie laccate di rosso. Guardava in macchina, sicura di sé. Aggressiva. Se possibile, era ancora più magra di adesso. Quanto tempo era che si conoscevano con Guido?

Anna si alzò, andò in cucina e mise l'acqua a bollire. Le era tornato il freddo nelle ossa. Rimase a fissare il cielo vuoto e celeste. Le sembrava di inseguire un pensiero ma non sapeva quale. C'erano Javier con i suoi palleggi e Maria Sole che baciava sua figlia sulla bocca: questi due corpi in movimento erano con lei nella stanza, fantasmi elastici, mentre l'acqua si increspava nel pentolino. Lo spense, prese il telefono, aprì Instagram, utilizzava l'account dello showroom; cercò Guido, ma non c'era, allora cercò Maria Sole: le immagini che la riguardavano erano una trentina in tutto. Anna le passò in rassegna velocemente. Erano foto abbastanza convenzionali, seppia e in bianco e nero, oppure solarizzate. Lei in bikini su una spiaggia tropicale, lei accanto a un maestoso albero di Natale, lei e i suoi gatti, i suoi gatti, un ritratto dei suoi piedi con mocassini Gucci: #shoesaddict #shoes #guccishoes. L'immagine di un tramonto: il profilo della città in controluce, un arancio nel cielo color petrolio, e una frase: "*Protect me from what I want*". Pomodoro, mozzarella e basilico inquadrati dall'alto, in una composizione da ricettario (una porzione ridicola). Un'altra frase: "*Some days I am goddess, some days I am wild child, and some days I am a fragile mess. Most days I am a bit of all three. But every day, I am here, trying.* S.C. Lourie". I suoi occhi che sbucavano da dietro la copertina di un libro sconosciuto: #book #booklover #life. Una borsa di Prada avvolta in uno chiffon color cipria (forse una vetrina): #Prada #bag #Pradabag #desire. La foto di Chicago con Guido: #work #lovemywork. Tranne che per quest'ultima immagine, era sempre sola. I suoi like oscillavano tra i quindici e i venticinque; aveva 74 follower e seguiva 2506 persone.

Immerse nell'acqua la bustina del tè e si sedette sul pizzo della sedia. Aveva i piedi gelati. Ripartì dall'inizio: l'account era stato creato tredici mesi prima, Maria Sole postava in media due foto al mese; seguiva attori, star, cantanti, gente dello sport, modelle, griffe, tra le quali Chanel, Missoni, Yves Saint Laurent, Ralph Lauren, Balenciaga. Le modelle erano tutte magre. Androgine, evanescenti. Linee di pelle da cui sbucavano occhi grandi – azzurri o bruni – evidenziati dal kajal, dal rimmel nero notte. Addomi incavati, braccia e gambe che mostravano le ossa sporgenti.

«Mamma...» La voce di Natalia piombò nella cucina. Anna chiuse Instagram e corse dalla figlia. Forse non era la prima volta che la chiamava, accostandosi si sentì tirare. La bambina aveva svegliato Gabriele, si guardavano intorno attraverso le sbarre del letto, gli occhi persi come quelli dei ciechi. Anna lanciò un'occhiata all'orologio: erano in ritardo, dovevano correre in piscina.

«Allora, ragazzi, ora mamma si sbriga e andrà tutto bene. Ce la facciamo, ce la facciamo senz'altro ad arrivare in tempo.»

Cora aveva preparato la sacca del nuoto. Anche la merenda, nel frigo, era già pronta: una banana tagliata a fette e una mela. Anna ci teneva alla frutta. Cambiò il pannolino a Natalia e li coprì come due eschimesi.

Mise la piccola sul passeggino e sistemò Gabriele sul sedile di dietro. Mentre guidava canticchiò il motivetto che le era rimasto in testa, i bambini osservavano la strada senza fiatare. Le sembrò che la paura di un tempo non avesse più volto. Arrivò al circolo, entrò nello spogliatoio e fece tutto in fretta. Nessuno si lamentò, tra loro vibrava un'armonia luminosa. Lì dentro era caldo, Anna si sentì subito bene. Li accompagnò alla piscina e li lasciò alla maestra Manuela, una donna imponente che indossava sempre una muta fino al ginocchio. Sollevava i bambini, se li portava davanti al viso, gli soffiava una scarica di fiato in faccia e i piccoli trattenevano il respiro; infine, con la destrezza di un giocoliere, li immergeva sott'acqua per quattro, cinque secondi, e li faceva riemergere. Sorridenti e sperduti.

Anna li osservò ancora un istante, poi si sistemò su una gradinata, riprese il telefono e tornò su Instagram, mentre si slacciava i primi bottoni della camicetta. Si rese conto di una cosa che le era sfuggita: nella foto accanto all'albero di Natale, Maria Sole aveva un paio di pantaloni alla turca, morbidi, color tortora; anche Anna li aveva, ma su di lei facevano tutt'altro effetto. La magrezza di Maria Sole esaltava i capi. Anna ricordava di averli comprati da Cos, a Londra, dopo la nascita di Natalia; quel giorno Guido era con lei. Novembre 2018? Le aveva detto: «Amore, sembri un clown». La frase l'aveva ferita.

Continuò a scorrere le foto, ne ingrandì un paio, studiando i dettagli: spesso Maria Sole portava una collanina d'oro con una stellina al centro. Anna si mise a frugare tra i suoi follower, per vedere se ne conosceva qualcuno. Lesse i nomi, guardò le icone, non aveva idea di chi fossero. C'era una certa Babette che puntualmente lasciava i suoi commenti; più che commenti erano cuori, faccette, animaletti (la testa di un lupo). L'icona di Babette era una Barbie con gli occhi cavati messa in posa davanti a uno sfondo spaziale. Spaventosa. Anna entrò comunque nel profilo. Non trovò neanche una sua foto. La frase in epigrafe diceva: "#bodylove". Babette aveva caricato centinaia di immagini di quadri di Egon Schiele e Roland Topor, disegni preparatori, bozzetti. Ritraevano corpi. Corpi magri, offesi, tristi. Ma anche opulenti, flaccidi, disgustosi. Abbacinanti nel loro essere infinitamente neri e disperati. I volti non si vedevano mai, o perché girati, o perché offuscati da due strisce nere; ad alcuni erano stati cavati gli occhi con Photoshop.

Infilò per un momento il cellulare tra le ginocchia, non voleva farsi vedere dalle due madri che si erano sedute vicino a lei. Tornò a guardare verso la piscina: gli occhi le si riempirono di altri corpi, minuscoli e candidi, che schiamazzavano nell'acqua azzurra satura di cloro. Fece caso alle quattro immense vetrate che custodivano la piscina: forse per la prima volta realizzò di essere circondata da una foresta di alberi dal fusto lungo e dalle fronde larghe, attraverso i quali filtrava una luce dolce e dorata. Quel luogo le appariva meraviglioso.

Rituffò la testa nel profilo di Babette, pensò che non ci fosse nulla di artistico in quelle foto, piuttosto qualcosa di perverso e malato: le immagini che più le davano fastidio mostravano donne molto grasse, un'esaltazione insensata dell'adipe; poi vide la figura di una donna magrissima nell'atto di levarsi la maglietta, il volto coperto dal gesto, il collo appena visibile, i seni minuscoli, i fianchi stretti stretti, il sesso una fessura, le cosce macilente. Un ricciolo biondo cadeva sulla clavicola. La cicatrice sulla tiroide. La collanina con la stella. I braccialetti d'oro che arrivavano quasi al gomito. La didascalia diceva: "#girlinlove"; aveva ricevuto 1608 like. Era datata 28 dicembre 2018: una settimana dopo la foto accanto all'albero di Natale, in cui Maria Sole indossava i pantaloni alla turca.

Anna proseguì, avanti e indietro, ora cercava una cicatrice sulla tiroide, una stella. Scovò sei immagini, corpo nudo e volto incappucciato. Poi altre due che risalivano a un anno prima, in cui Maria Sole era incinta (più o meno al sesto mese). Il suo corpo era bellissimo, aveva mantenuto la magrezza, la pancia sbucava perfetta e i seni si erano ingranditi, con le areole scure. La pelle, cosparsa di olio, luccicava. Ritratta in piedi, le mani lungo i fianchi, rigida come un soldatino. Nella seconda invece era sdraiata e rannicchiata in posizione fetale.

«Scusi...»

«Sì?» Anna infilò in cellulare nella borsa.

Una donna con gli occhi chiari le disse: «Credo sia finita l'ora».

«Oddio, grazie.» Spostò lo sguardo e vide Gabriele sul bordo della piscina con l'accappatoio legato e la cuffia sugli occhi. La maestra le fece un cenno, si era messa Natalia sulle spalle. Anna scese dagli spalti e camminò a piccoli passi, i piedi foderati dalle pantofole di plastica.

Maria Sole aveva un bambino, certo. Per questo motivo quel giorno era al parco. Ma perché aveva negato? Non si era ricordata? Era chiaro che aveva una storia con Guido.

Anna la rivide giocare con Gabriele e Natalia nel giardino di Villa Sant'Orsola, e le sembrò che il suo comportamento, seppur stravagante, fosse quello di una madre. Ci sapeva fare troppo bene con i bambini.

Portò i figli nello spogliatoio delle donne, li mise sotto le docce, Natalia batteva i palmi, Gabriele era immobile, con le braccia lungo i fianchi. Anna odiava quel momento: lavarli, asciugarli, vestirli. Vide una ragazza atletica sotto la doccia, con una carpa tatuata sul braccio, che si spalmava sui seni una crema verde, forse un fango. C'era anche una signora anziana nuda, con i calzini. Sentì la nausea salirle alla bocca.

Si mise davanti a suo figlio, accovacciata sui talloni. «Gabri?» Lui non alzò neanche lo sguardo. «Gabri, ti devi insaponare. Avvicinati, che ti aiuto.» Il bambino fece un passo verso di lei, gli occhi correvano sui rivoli d'acqua che sparivano nel buco. Anna gli passò il sapone dietro le orecchie, tra le natiche.

«Gabri, tu te la ricordi Maria Sole, quella che lavora alla clinica?» Lui ruotava su se stesso, schizzava, si divertiva. «Gabri, stai fermo.» Lo afferrò dolcemente per i polsi. «Maria Sole, te la ricordi?»

«Sì...»

«Lei è una mamma?»

Gabriele alzò le spalle, come non avesse capito. In effetti, che domanda era? Cosa le importava se Maria Sole aveva un figlio? E poi, in qualche modo, la presenza di un altro bambino avrebbe dovuto rassicurarla? Una donna con un figlio piccolo non desidera averne subito un altro. Era questo che la spaventava, che Guido mettesse su una nuova famiglia?

Anna voltò Gabriele e gli strofinò la schiena con il sapone, si avvicinò e lo abbracciò, la camicia bagnata premette sulla sua schiena. «Gabri, mi senti?»

«Sì, mamma.»

«Siete mai stati con Maria Sole senza papà?»

«Non lo so.»

«Come non lo sai? È una domanda facile, Gabri, pensaci.»

Natalia se ne stava a quattro zampe sotto la doccia, immobile, come un cagnolino. «Nati, alzati» le disse. La bambina ubbidì all'istante, Anna afferrò l'asciugamano, l'avvolse e le strofinò il capo.

«Gabri, per favore, mi rispondi? Siete mai stati con Maria Sole senza papà?»

Gabriele la guardò negli occhi e gridò: «Non lo so, mamma!», con la voce dura e chiara di un adulto.

8

Dopo il picnic, Javier l'aveva invitata a pranzo. Il venerdì successivo. Anna si era organizzata con Attilio, gli aveva chiesto se poteva andare lui a prendere Gabriele, ma non si era domandata per un solo istante chi avrebbe preso Galy. Cominciò a chiederselo mentre aveva i palmi delle mani poggiati sulla resina color crema che rivestiva la doccia di Javier, l'acqua bollente, i pori della pelle dilatati, e lui la teneva per i fianchi: avanti e indietro. Avevano cominciato con delle piccole variazioni sul tema, erano usciti dal letto, i loro corpi nudi avevano girato tutte le stanze della casa; un giorno si erano scambiati i vestiti e i ruoli, un altro avevano fatto finta di incontrarsi per la prima volta in salone: la sala d'aspetto di un dentista. La doccia l'aveva proposta lei, dopo che quella mattina erano rimasti addormentati tra le lenzuola, subito dopo l'amore.

Anna aveva sognato: succedeva di rado. Camminava sul ciglio di una strada di campagna, intorno a lei campi di grano piegati dal vento, le nuvole basse minacciavano un temporale eppure c'era un sole tondo e dominante. All'improvviso arrivava un camion alle sue spalle, lei non lo vedeva ma sapeva perfettamente che era grande, veloce, e la stava per investire ma Anna proseguiva senza voltarsi e aveva il cuore leggero, come se la paura non esistesse.

Lo raccontò a Javier mentre l'avvolgeva in un accappatoio (quello di Maya?) e lui sorrise decretando che il sogno non l'aveva spaventata perché dormivano assieme. Se fosse stata nel suo letto sarebbe morta di paura. Javier era diverso, non soltanto da Guido ma da qualsiasi uomo lei avesse conosciuto, aveva qualcosa di docile e di romantico, come un personaggio di un romanzo ottocentesco. Raccontargli il sogno era stato un atto di apertura, un accesso, seppur criptato, alla sua intimità.

«Dov'è Maya?» gli chiese.

«*Bueno... está con Galy en Madrid para pruebas médicas.*»

«Non avete qualcuno che vi segue qui?»

«*Maya prefiere Madrid.*»

«E come mai non sei andato anche tu?»

Javier sorrise; le chiuse l'accappatoio sul petto e la strinse a sé. Rispose con il corpo. Anna sentì in quell'abbraccio un calore speciale, un luminoso futuro. Uscirono dal bagno e lo liberarono dal vapore, camminarono nel salone e Anna si avvicinò alla finestra per sbirciare la classe di suo figlio, attenta a non farsi vedere, come se il ruolo di madre e quello di amante fossero inconciliabili. Gabriele disegnava con la testa poggiata su un gomito mentre la maestra era accanto a lui, in piedi, e osservava dei bimbi entrare in una casetta di plastica a qualche metro da loro.

«Vuoi un caffè?»

«Sì» disse Anna ma proseguì verso la camera da letto. Voleva rivestirsi. Infilò la biancheria e i jeans, e mentre stirava con le mani la camicetta sgualcita sentì il campanello squillare. D'istinto si affacciò in salone, Javier le fece segno di fare silenzio, lei socchiuse la porta e si raggomitolò dietro come un paguro.

«Sì?»

«Salve, sono l'inquilina del piano di sotto... si sta allagando la mia cucina. Avete una perdita...» La donna aveva una voce pacata e tranquilla.

«*¿Verdad?*»

«Come, scusi?»

«Veramente?»

«Veramente, certo. La settimana scorsa ho anche avvertito sua moglie che si era creata una macchia di umido... Mi ha promesso che avrebbe fatto fare un controllo all'idraulico, chiamato il proprietario... Non le ha detto nulla?»

«No...»

«Vuole scendere un attimo? Le faccio vedere la perdita...»

«*Claro... Cinco minutos.*»

«Va bene, l'aspetto giù.»

Javier chiuse la porta, raggiunse Anna nella stanza da letto e si liberò dell'accappatoio, lasciandolo cadere in terra. Infilò i pantaloni senza mutande. «*Mierda*» sussurrò tra le labbra.

Lei era divertita. Le sembrava che quella doccia lunga un'ora avesse lasciato tracce della loro presenza. L'amore era un'impronta.

«*Lo sabia...*»

«Cosa?»

«*Del piso...*»

«Allora Maya ti aveva avvertito?»

«Oh sì...» Si mise la maglietta al contrario e senza scarpe lasciò la stanza. «*No te muevas de aquí.*»

Anche lui mentiva, certo. Anna andò in bagno e cercò un phon, aprì i cassetti sotto i lavandini; c'erano i medicinali. Spagnoli. E dei preservativi. La vista le diede fastidio, richiuse il cassetto d'istinto. Non voleva sapere nulla di loro, la urtava anche quella piccola fotografia sulla mensola, dove Javier e Maya sorridevano all'obbiettivo con Galy. La bambina avrà avuto un mese, era tra le braccia della madre mentre lui le cingeva una spalla. Anna aveva la stessa identica foto, ogni coppia la possiede. Il primo scatto che testimonia la nascita della famiglia. Gli occhi offuscati dalla stanchezza eppure orgogliosi. Come se ci fosse sempre la stessa aura che ammanta l'immagine.

Trovò il phon in un cesto pieno di spazzole ed elastici, si asciugò i capelli a testa in giù, a occhi chiusi. Andò in cucina per preparare il caffè, lo cercò prima in frigorifero ma non c'era, allora aprì un pensile; era pieno di alimenti per celiaci: cracker, pasta, gallette, grissini. La casa parlava, continuava a sputare abitudini, a raccontare di loro. Anna aveva la sensazione di profanare uno spazio non suo. Versò il caffè nella tazzina e si avvicinò alla finestra. Vide Gabriele in fondo allo stanzone dell'asilo, c'erano solo lui e un altro bambino adesso, un mulatto di nome Louis. Le madri erano nel corridoio che rivestivano i piccoli, guardò l'orologio: erano le 13:15. Attilio era in ritardo. Andò in camera e prese la borsa, lo chiamò ma non rispose. Rimase lì, all'angolo della finestra come un cecchino, a osservare il corridoio, l'ingresso sulla strada, il parcheggio. Vide la madre di Louis scendere dalla macchina e correre, era una giamaicana che indossava sempre ampi vestiti di batik, dai colori sgargianti.

Tornò con gli occhi a Gabriele, stava infilando i giocattoli in una cesta assieme alla maestra. Decise di muoversi, forse suo padre si era dimenticato; anche se non era da lui, quell'uomo era una certezza, un orologio svizzero. Si spostò e notò che in seconda fila, quasi davanti alla scuola, c'era una macchina blu, una station-wagon. Alla guida c'era Maria Sole e, accanto a lei, Attilio. Anna indietreggiò di un passo e rimase a guardare; lei aveva le mani sul cambio, gli occhi puntati verso la strada, e parlava.

La madre di Louis intanto aveva recuperato suo figlio; la maestra stava dando una mela a Gabriele. Attilio rimaneva immobile nella macchina mentre Maria Sole continuava a parlare. Ora gesticolava e per due volte aveva impugnato il volante per poi lasciarlo.

Anna provò a richiamare Attilio ma lui non fece neanche il gesto di prendere il telefono, continuava a guardare la bionda, fino a quando si sporse verso di lei e provò a farle una carezza, ma la ragazza spostò il viso come se volesse mancare il gesto, la testa rimbalzò indietro.

Attilio scese dalla macchina, e lei partì rapidamente. Suo padre rimase immobile per quasi un minuto intero, le mani sui fianchi, i suoi occhi seguivano la macchina in fondo alla strada. Poi entrò lentamente nell'asilo, saliva le scale sorreggendosi alla ringhiera.

Il telefono di Anna, squillò, era un numero sconosciuto.

«Pronto?»

«Anna, buongiorno, sono la maestra di Gabriele.» Era in piedi, anche lei era affacciata in strada, suo figlio accanto, sbirciava il mondo.

«Lo so, è mio padre, sta arrivando, solo un minuto.» Lo vide salire gli ultimi scalini. «Mi perdoni, è solo in ritardo.»

«Nessun problema» disse la maestra mentre Attilio apriva la porta dell'asilo.

«Oh eccolo, è arrivato adesso.» Voltò la testa mentre Gabriele si mosse pacato verso il nonno.

«Mi scusi ancora» disse Anna, con la voce piccola.

«Arrivederci...»

Lo vide salutare la donna e baciare Gabriele con slancio, nel corridoio gli diede il piumino senza aiutarlo a indossarlo, lo stesso fece con la sciarpa. Anna si stupì che suo figlio fosse in grado di vestirsi da solo, seppur goffamente si infilò la giacca. Pensò che Attilio aveva fatto lo stesso con lei, anche quand'era piccolissima non l'aveva mai aiutata a vestirsi, per lui l'autonomia di un individuo era essenziale.

Scesero le scale piano, il nonno lo precedeva, Gabriele aveva pazienza, assecondava i suoi passi lenti. I bambini sanno sempre come relazionarsi, conoscono i confini degli adulti: hanno il fiuto degli animali. Quando furono in strada, Attilio si guardò intorno, prima a destra, poi a sinistra, come se non sapesse da che parte andare. Allora Anna provò di nuovo a chiamarlo. Questa volta rispose.

«Papà?»

«Tesoro, scusa ho visto ora le chiamate.»

«Dove sei?»

«Quasi a casa con Gabriele.» Non era del tutto una bugia, Attilio abitava a cinque minuti dall'asilo. «Stiamo facendo una passeggiata.»

«Fa molto freddo.»

«Il freddo tempra lo spirito.»

«Sì ma...»

«C'è il sole, Anna.»

Era alto e tondo come nel suo sogno, una pallina da tennis incandescente.

Attilio però si mosse nella direzione opposta, non andava verso casa.

«Forse mangeremo un piatto di pasta da Alfredo.»

«Forse?»

«Senz'altro, tesoro, stai tranquilla.» Agganciò e si mise in moto con suo nipote, gli faceva tenere il portamerenda. Anna li osservò allontanarsi e si chiese come mai suo padre si fosse fatto accompagnare da Maria Sole, e perché lei sembrava così adirata mentre lui così paterno e amorevole. Forse le aveva chiesto un passaggio uscendo dalla clinica, certo. Eppure sembrava che tra loro ci fosse un'intimità eccessiva, una perdita dei confini.

«*Inundamos la casa!*» Javier l'aveva sorpresa, era rientrato a piedi nudi e l'aveva distolta dalle sue congetture: si portò le mani al petto.

«Oddio, mi hai spaventata!»

«*Todo está mojato!*» Aveva i pantaloni arrotolati fino al ginocchio, e i capelli ancora bagnati, i ricci densi gli cadevano sul viso. Sorrideva, sorrideva sempre, aveva il dono dell'allegria, la leggerezza di chi accoglie l'imprevisto a braccia aperte. Il fatto che fosse straniero confondeva le acque, Anna aveva meno riferimenti per inquadrarlo ma sentiva perfettamente che Javier aveva qualcosa di limpido. Limpido e sincero.

«*Hay un centímetro de agua, increíble!*»

«Bel guaio» commentò Anna.

Le andò vicino e le strusciò il viso sulla spalla come fosse un gatto: «Ehi, *¿qué pasa?*».

«Niente, perché?»

«*Cierra los ojos.*»

Anna chiuse gli occhi mentre Javier le mise le mani sulle spalle.

«*Piensa en algo hermoso.*»

«Non ho capito.»

«Pensa una cosa bella... Desidera...»

Glielo aveva detto Attilio, l'unica volta che era stata operata, a nove anni, di appendicite. Le aveva spiegato l'importanza di addormentarsi con un buon pensiero da conservare fino al risveglio. Poi l'aveva lasciata sotto i ferri del chirurgo. Quante volte l'aveva ripetuto a un paziente.

Fu lui che vide con gli occhi chiusi, non perché fosse il suo pensiero positivo ma perché l'immagine di suo padre e Maria Sole le si era impigliata nella mente, come un'incognita, una domanda senza risposta.

«*Ahora* apri.»

Anna lo guardò, la testa inclinata, la bocca segnata ai lati da una ruga profonda.

«*Mi madre dice que si la realidad con los ojos cerrados coincide con los abiertos…*»

«Cosa?»

«… è la felicità.»

«Il tuo italiano migliora…»

«*Vale…*»

Lei gli fece una carezza, ravviò i riccioli bagnati. «Devo andare adesso.» Baciò la sua bocca. Prese il cappotto e la sciarpa, raccolse la borsa da terra. Guardò ancora fuori dalla finestra, aveva iniziato a piovicciare, la scuola era vuota, la strada deserta.

«Io ti vedo *con los ojos cerrados*.»

«Anche io» gli rispose Anna dandogli le spalle.

Mentire ormai era come respirare.

9

I bambini si erano addormentati sul sedile posteriore, le teste reclinate sotto i finestrini. La macchina filava accanto al fiume, il vento aveva spazzato via le nuvole, il cielo era sgombro, le strade intasate da cumuli di foglie secche.

Sotto casa di Attilio, spense il motore e chiamò Guido. Si erano dati appuntamento per far sembrare che arrivassero insieme.

«Dove sei?»

«Qui, accanto al portone.»

Anna alzò gli occhi e lo vide che le veniva incontro. Scese.

Ora che non vivevano più insieme, ogni volta che lo incontrava avvertiva una sensazione benevola, che faceva a pugni con quel senso di disgusto che sentiva quando pensava a lui con Maria Sole. La distanza lo aveva reso di nuovo interessante. Ogni volta che si incontravano, Guido era formale ma, al tempo stesso, gentile, premuroso. Piccoli dettagli che prima erano svaniti, attenzioni millesimali che le facevano piacere. Quel suo sapersi sempre comportare, anche ora in quella separazione liquida che non aveva nulla di definitivo, lui si era congedato rimanendo presente e attento ai bambini. Una cosa che Anna non si sarebbe mai aspettata. Chiamava tutte le sere alle otto, restava intere mezz'ore nello schermo del telefonino (usavano FaceTime: i figli avevano bisogno di un volto cui fare riferimento) mentre loro giocavano nella camera alle volte senza degnarlo di uno sguardo. Ma lui restava lì, con la sua presenza solida, le parole che cadevano nel vuoto. «Che fai, Gabri? Che hai mangiato, Nanà? Umm buuonnno.» Faceva le smorfie. Cantava canzoni. Cercava un contatto. Natalia sentiva la sua mancanza. Si avvicinava spesso alla madre e le chiedeva: «Papà?». Gli mancava più di quanto Anna avrebbe potuto immaginare.

Guido si avvicinò per baciarla sulla guancia.

«Si sono addormentati.»

«Vedo...»

«Meglio. Così non rischiamo che raccontino qualcosa a tuo padre.»

«Prima o poi dobbiamo dirglielo.»

«Sì, ma evitiamo che esca dalla bocca di Gabriele.»

«E quando glielo diciamo?» chiese Anna.

«Presto. Non stasera.»

«Perché?»

«Perché no.» Guido fu categorico.

Invece Anna avrebbe voluto parlargliene, ma senza far precipitare la situazione; avrebbe usato la parola "pausa":

anzi, meglio, "una piccola pausa". Il padre non avrebbe sollevato domande, era sempre molto discreto e formale. Si sarebbe abituato all'idea, come in fondo stavano facendo tutti.

Presero in braccio i bambini, lei Natalia, lui Gabriele, seguendo uno schema fisso. In ascensore si guardarono negli occhi, uno di fronte all'altra, i figli sulle spalle. Guido aveva qualcosa di deciso che le tolse le parole di bocca, le intenzioni.

Non fecero in tempo a suonare che Ines, la filippina, aprì la porta, come fosse già lì dietro ad attenderli. Li salutò e fece loro strada verso la camera che un tempo era di Anna. Mentre adagiavano i piccoli sul letto e li spogliavano dei cappotti, Guido continuava a guardarla, come volesse dirle qualcosa.

«Che c'è?» chiese Anna.

«Niente...»

«Davvero?»

Lui sorrise. Un sorriso che aveva qualcosa di enigmatico. La prima volta che Guido l'aveva guardata così era successo proprio in quella casa, in salone. All'inizio della loro storia Anna aveva sentito una complicità che, giocoforza, escludeva Attilio; poi, dopo essere scivolati nella convenzione del fidanzamento, la complicità era diventata una questione tra i due uomini. Tutti e tre insieme formavano come un triangolo, e lei da subito si era sentita la punta, con loro alla base, sulla stessa linea. In quel momento, mentre fingevano che il loro matrimonio potesse ancora stare in piedi, sentì che improvvisamente il vertice era tornato a essere suo padre.

Sul tavolo da pranzo erano stati sistemati due vecchi candelabri che Anna non vedeva da una vita. Attilio era in piedi vicino alla portafinestra, guardava fuori con le braccia incrociate dietro la schiena. Sembrava non essersi neppure accorto del loro arrivo.

«Papà» disse lei.

Attilio si voltò, il viso impassibile. «E i bambini?»

«Si sono addormentati. Beviamo un bicchiere di vino e poi li svegliamo, va bene?»

«Meglio, se dormono.»

Attilio si appoggiò alla sedia. Anna fu sorpresa dalla risposta.

La cena, che si svolgeva una volta al mese, seguiva un preciso rituale: emotivo e pratico. Si mangiava subito, e sempre lo stesso menu, poi suo padre si dedicava anima e corpo ai nipoti, come fosse un esercizio ginnico, per circa dieci minuti; gli dava un regalino a testa ed eseguiva il trucco di staccarsi il pollice. Gabriele perdeva la testa ogni volta. A quel punto si ritirava nello studio, fumava la pipa e Guido lo seguiva. Anna restava sul tappeto con i figli.

«Allora?» disse Attilio rivolto al genero.

«Tutto bene» rispose lui. Si accomodò al tavolo e stese il tovagliolo sulle ginocchia. «Mangiamo?»

Ines entrò nella sala con una zuppiera, la depositò sul tavolo e alzò il coperchio. L'aroma del brodo invase la stanza, era un odore antico e rassicurante. Attilio si sedette a fatica, mise i gomiti sulla tavola e Anna servì i tortellini.

«Che mi dici della Patriarca?» Attilio era aggressivo, inquisitorio.

«Intervento riuscito.»

«Su questo non ho dubbi. Che mi dici del resto?»

«Ne parliamo domani, non tediamo Anna con le nostre beghe.»

«Ne parliamo adesso, invece.»

«Non è necessario» ribadì Guido, lasciando scivolare gli occhi su di lei. Anna cercava di indovinare il motivo di quella tensione, i suoi gesti erano controllati.

«Secondo me Sonia Patriarca è una denuncia assicurata!» Attilio allargò le dita sulla tovaglia. Tremava.

Guido si portò un cucchiaio di brodo alla bocca, lo soffiò senza riuscire ad assaporarlo. «Niente affatto, Attilio. Cerca di non perdere il controllo...»

«Qui non si tratta di perdere il controllo, ma la faccia e il nome! Pensi di poterle manipolare tutte?»

Manipolare. Anna fu colpita dal termine.

«Non è una questione di manip...» provò a obiettare Guido.

«Si tratta esattamente di questo!» lo interruppe Attilio. «Vuoi convincere quelle donne che un rigetto delle protesi rientri nel postoperatorio?»

«Tre. Parliamo di tre donne. E sono clienti abituali, si fidano.»

«Ah, sì, certo. Di te si fidano e di me no...»

«Non ho detto questo.» Guido mandò giù il brodo con una smorfia. «Ho detto questo?» chiese rivolto ad Anna, che immobile cercava di ricomporre i pezzi della conversazione. Sapeva che non le erano concesse domande o spiegazioni.

«Tre donne in due settimane... Significa almeno dieci in due mesi» tuonò Attilio.

«Non è affatto detto» replicò Guido. «Sei esageratamente pessimista.»

«Sono quarant'anni che faccio questo mestiere, caro professor Bernabei.»

«Già, e in quarant'anni non hai imparato la statistica.» Guido continuava a ingoiare il brodo con una calma apostolica.

Attilio sospirò. «Guido, questa non è una guerra tra me e te, cerca di capirlo. Questo tuo atteggiamento positivo... I nodi verranno al pettine, è inevitabile.»

«Non sono d'accordo. È un problema di tempistica. Sai quante ne abbiamo impiantate? Te lo dico io: trentasei. Probabilmente le ultime sette non daranno problemi, sono della partita del 2015, quindi senz'altro non deteriorate. Se il problema dovesse ripresentarsi – e te ne do atto, è possibile – bisogna sperare che sia diluito nel tempo. Fossero anche ventinove da operare di nuovo, in un anno è fattibile. Ma dobbiamo mantenere il controllo, essere rassicuranti. La clientela è selezionata, noi siamo l'eccellenza, ricordatelo. E l'eccellenza non si mette in discussione.»

Attilio prese un pezzo di pane, lo strinse tra le dita, poi lo ributtò sul tavolo. Ines si avvicinò per ritirare le scodelle, con lo sguardo cercò Anna, che assentì. Quando ebbe finito, Attilio si sporse verso il genero e gli disse: «Hai esagerato, ne hai impiantate troppe... Questa è un'operazione che va fatta nel tempo. Hai rischiato... E a proposito di statistiche, quanto era valutato il rischio di un'infezione? quindici percento, si era detto».

«Lo abbiamo appena sfiorato, il quindici percento, probabilmente arriveremo al sei, sette... non di più. Siamo stati sfortunati, Attilio, questo lo riconosco. Ma non siamo in pericolo, ficcatelo in testa e anche alla svelta, sennò ci metti nei guai.»

Attilio era affranto, ad Anna parve che avesse le spalle strette dalla paura. Lei continuava a non mettere a fuoco del tutto la situazione. Soprattutto, le sembrava inspiegabile la freddezza di Guido. Non l'aveva mai visto comportarsi così con suo padre. Certo avevano il loro rapporto, senz'altro in quegli anni la confidenza era cresciuta, e probabilmente avevano affrontato anche dei litigi o dei confronti ma quella durezza da parte di Guido era inopportuna, eccessiva. E Anna si chiese se avesse a che fare con lei in realtà, se quell'aggressione così palese non fosse rivolta alla loro separazione piuttosto che ad Attilio stesso. Come se ci fosse del livore sepolto dietro quei modi garbati di una volta. O forse Guido, da quando aveva smesso di amarla, aveva perso la sua riconoscenza nei confronti del suocero. Oppure molto più semplicemente ormai il primario era lui, aveva raggiunto il suo obbiettivo e non aveva più bisogno di ossequiare Attilio, come aveva fatto un tempo, quando era il suo sottoposto.

«Non parlarmi così, non me lo merito» disse suo padre.

Non me lo merito. Anna non credeva alle sue orecchie.

«Ti dico cosa penso, Attilio. Eri assolutamente consapevole della situazione. Il giochino ti è piaciuto, parecchio. E se la vogliamo dire tutta, te ne sei lavato le mani. Del resto, chi è il primario? Chi è il responsabile, oggi? Chi finisce in galera?»

Il vecchio si alzò in piedi, uno scatto improvviso e violento: «Sei pazzo! Ricordati che la clinica è intestata a me, sono io il garante!». Le parole non gli venivano alla bocca, il pomo d'Adamo saliva e scendeva come se lui stesse deglutendo in continuazione.

«Papà...» Anna si alzò e gli si avvicinò. «Papà, calmati» lo supplicò con una voce piccola.

«Ti rendi conto che cosa ha il coraggio di dirmi?» Attilio le strinse le dita con una foga esagerata.

«Papà...» Anna cercò di trascinarlo lontano dal tavolo, ma lui non ne voleva sapere.

«Perché dovrei calmarmi? Sei dalla sua parte? Ha manipolato anche te?»

«Ma io...» sussurrò lei.

Attilio uscì tirandosi la porta dietro. Il pianto di Natalia sopraggiunse in pochi secondi. Anna si mosse subito, entrò nella camera per afferrarla, Gabriele era ancora addormentato.

Tornò da Guido, si sedette al tavolo mentre la bambina, stropicciandosi gli occhi, continuava a piagnucolare. «Che sta succedendo?» Anna aveva la voce bassa.

«Sta succedendo che...» Parlava senza smettere di masticare.

«Smetti di mangiare... Non mi piace che mangi in un momento come questo.»

Guido lasciò le posate e si passò il tovagliolo sulla bocca. «Non c'è nessun momento. Tuo padre è anziano, e siccome è anziano non ci sta più con la testa. Questa situazione va solo gestita. Sono sconvolto che abbia tirato fuori l'argomento davanti a te, di certe cose non si parla...»

«Quali cose?»

«Niente, dai, lascia perdere.»

Anna dondolava le gambe per cullare Natalia, ma la bambina respirava la tensione, continuava a piangere con gli occhi rivolti alla madre.

La porta si spalancò, Attilio irruppe col fiato corto. «Sai cosa penso? Ti sei montato la testa, professor Bernabei...»

«Cosa?» disse Guido alzando la voce. «Ma Attilio, pensi davvero che non sappia cosa hai fatto con i chiodi endomidollari quando c'era ortopedia a Villa Sant'Orsola? No, dico, scherziamo?»

Le enormi sopracciglia di Attilio si incurvarono. «Erano altri anni...»

«Altri anni ma stessi giochi.»

«Le protesi ortopediche sono diverse!»

«Ah sì? E perché? Sentiamo.»

Attilio dovette sorreggersi, la tensione lo fiaccava, era come un animale ferito. «Un paziente di chirurgia estetica è più esigente, si offre all'intervento spontaneamente, non ne vuole sapere di complicanze. Chi si opera per un incidente, una frattura, un'ernia, è pronto a tutto. Mette in conto la sofferenza perché si sta salvando dal dolore. Il dolore è una brutta bestia.»

Guido mosse gli occhi sulla tavola con una velocità impressionante. Corse sulla tovaglia, i piatti, i candelabri, le lunghe candele che nessuno aveva acceso. «Attilio, tu a queste pazienti devi far capire che sotto i ferri ci sono venute spontaneamente, che se la sono cercata, la rogna. Così, capisci, hai vinto.» Aveva cambiato tono, da una posizione di supponenza era passato alle spiegazioni. I movimenti più lenti, il tono più cauto.

Anna si alzò, diede le spalle a entrambi, cercò di cullare Natalia sul posto. Erano ragionamenti spaventosi.

«E bisogna insistere sul fatto che erano state avvertite del rischio...»

«Ma non è vero!» ribadì Attilio.

«E allora? Tutte, dico tutte, si accollano il rischio che le protesi si incapsulino, perché lo vogliono fare. Punto e basta. Scusa, ma tu non ometti di dire che quando dovranno fare il secondo intervento per sostituire le protesi pagheranno come per il primo?»

«Sì...» confessò Attilio.

«Vedi? È sempre la stessa solfa. Attilio, senti, lascia fare a me, fidati.»

«Non doveva succedere.»

«Prima non ti era mai successo nulla?»

«Assolutamente no.»

«Be', questa volta è andata diversamente. Questa volta le protesi scadute erano difettose. Tre di sicuro, vediamo le altre... Un po' di speranza, Cristo santo!»

«Ne hai impiantate troppe, Guido, hai esagerato, e se la vogliamo dire tutta, non avevi il mio consenso!»

«Non ho capito, sono il primario o tuo genero? Stai facendo confusione con i ruoli...»

Avevano comprato delle protesi scadute e le avevano impiantate. Per risparmiare, certo. Quanto? Anna non si dava pace, da una parte cercava di seguire il discorso e non capiva come potesse essere possibile che si fossero messi a fare una cosa del genere, dall'altra sentiva che c'era un sottotesto che le sfuggiva, qualcosa che c'entrava con i loro ruoli, le intenzioni taciute.

«Sono troppo spaventato dalla Patriarca, non mi fido di quella donna» replicò Attilio.

«Ma lei non rappresenta affatto un problema! È una di quelle che ha frodato l'assicurazione... È sotto Maria Sole.»

«Perché non me lo hai detto prima? Questa è una buonissima notizia» dichiarò Attilio, e si sedette anche lui. Sembrava che Guido avesse pronunciato la formula magica. Rimase in silenzio a guardare la carne, non aveva mangiato.

«Ti devi fidare, Attilio. Fidati di me.»

Anna si sedette, tra le sue braccia stanche Natalia era scivolata nuovamente nel sonno. «Avete usato delle protesi scadute?» domandò. Non guardava nessuno dei due, gli occhi sulla tovaglia ricamata.

«Non le abbiamo usate di proposito... Non ci siamo accorti che erano scadute.» Guido non demordeva.

«Non vi siete *accorti*?»

«Sì, *amore*, esattamente.»

«Papà?»

«Avremmo dovuto stare più attenti, su questo non ci piove.»

Anna strinse la figlia. Sapeva che quella non era la verità, che fino a quel momento si era parlato di altro, ma era infinitamente più confortante credere alla versione della disattenzione.

«Come dorme» sospirò Attilio, riferendosi alla bambina, «beata lei...»

Gabriele apparve sulla porta ancora avvolto nel sonno, i capelli una nuvola scomposta, dritti ed elettrici.

«Buongiorno, campione.» Guido si batté i palmi sulle cosce. Natalia aprì gli occhi per un momento. Il bimbo avanzò trascinando i piedi e il suo peluche. Salì in braccio al padre, che gli passò le dita tra i capelli e baciò la sua guancia rosata. «Hai fame?»

Gabriele annuì. Guido si avvicinò con la sedia al tavolo, prese la forchetta, preparò una porzione di arista e gliela avvicinò alla bocca simulando il volo di un aereo americano. Anna notò che aveva un eczema sul collo. Rimase in silenzio mentre il bambino mangiava imboccato dal padre, che chiuse gli occhi come fosse un tic e sbadigliò fino a slogarsi le mascelle.

Attilio fissava il nipote. Poi per attirare la sua attenzione gli fece il trucco del pollice, con le dita lunghe e scheletriche. Gabriele rise, si allungò per toccare “la magia” ma lui fece un passo indietro, e poi e si avvicinò per baciargli la fronte. Poi si rivolse ad Anna: «Buonanotte, tesoro, scusa se ho alzato la voce». Fece un cenno a Guido, che rispose con un sorriso di circostanza.

Anna seguì il passo lento del padre mentre lasciava la stanza. «Davvero non c’è pericolo?» sussurrò poi.

«Assolutamente no. Tuo padre è solo spaventato. Niente di nuovo, un intoppo routinario.»

«Gli hai detto una cosa molto pesante…»

«Ah sì? Quale? Bevi un po’ d’acqua, Gabri.» Si allungò per prendere il bicchiere, dal polsino della camicia apparve lo stesso tipo di macchia del collo.

«Che ti ha lasciato al comando perché così non rischia nulla.»

«Perché, non è vero?» Guido si spostò e lasciò scivolare il figlio al suo posto, tirò su la cinta dei pantaloni e si sistemò la giacca.

«Dove vai?» gli chiese Anna.

«Ho da fare.»

«Adesso?»

«Adesso.»

«Pensavo mi aiutassi a portare a casa i bambini.»

«Perché non dormi qui? Domattina tuo padre sarà felice di vederti.»

Gabriele aveva steso le braccia sul tavolo come fosse davanti a un banco di scuola, la testa reclinata, gli occhi chiusi. Guido le prese Natalia dalle mani e tirò Gabriele, che come un sonnambulo, senza protestare, lo seguì fino alla camera da letto. Anna rimase sulla soglia. Guido levò le calze alla bambina e i pantaloni al figlio, li fece stendere sotto le lenzuola e rimboccò le coperte. Dalla finestra filtrava una luce blu.

Si avvicinò nella penombra e la baciò su un angolo della bocca. «Stai tranquilla, fidati di me...»

Era la stessa frase che aveva placato Attilio, la stessa che le aveva detto in quella camera – quando lei aveva avuto paura che il padre li scoprisse – la prima volta che l'aveva baciata.

10

Si muoveva sui tacchi, nel vestito longuette blu, la casa rimbombava dei suoi passi stretti. Aveva paura di sciuparsi. Cercava un paio di orecchini d'oro a forma di serpente, continuando a vagare in uno stato quasi ipnotico. Aveva già controllato in bagno, nel cestino dei trucchi, nel portagioie in camera, nella scatola di elastici e fermagli nella stanza dei bambini. E se Javier fosse stato puntuale...

Fu puntuale. Quando arrivò il messaggio, Anna si precipitò in camera e rovistò, per l'ennesima volta, nel portagioie. Riflessa nello specchio, vide una donna "troppo vestita". Scivolò fuori dall'abito e mise i pantaloni a sigaretta e la camicia da smoking. Nascose i calzini di Natalia sotto la federa del cuscino, sistemò il copriletto, infilò il cappotto nero e uscì.

Per la prima volta da anni in casa c'era soltanto lei. Aveva insistito con Guido perché prendesse i bambini. Si era presentato con mezz'ora di ritardo, Natalia piangeva e lei si era innervosita, ma aveva cercato di contenere il disappunto, sigillandolo dietro un sorriso metafisico.

Scese le scale tenendosi al corrimano e con una strana inquietudine nel cuore; il tanga la tagliava in due, le forcine appuntate le bucavano la testa. Appena uscì si rese conto che pioviccicava, i passi si strinsero ancora di più, arrivò all'auto con il fiato corto. Dentro la macchina tutto le apparve tenue e ovattato, il riscaldamento altissimo, una musica blanda.

Javier aveva una camicia bianca, profumava di ammorbidente e sandalo: era bellissimo. Le sorrise, aspettò che allacciasse la cintura e partì.

«*¿Como estás?*»

«Mi sei mancato» miagolò Anna.

Distese le gambe, pensò che avrebbe dovuto calmarsi. Era sabato, pioveva e loro erano liberi.

«Dove andiamo?»

«A un *restaurante* raffinatissimo...»

La s di Javier era un afrodisiaco. Anna reclinò la testa, lui le infilò una mano tra le gambe e sorrise, ma quando arrivarono davanti al Bengodi si sentì di nuovo tesa. Era un'ottima trattoria in cima a una strada quasi deserta, c'era già stata con Guido. Fosse stato per lei, non ci avrebbe più messo piede. Javier la lasciò davanti all'ingresso e lei si affrettò a entrare.

Una donna con una treccia arrampicata sulla testa le venne incontro e la aiutò a togliersi il cappotto bagnato, mentre lei teneva stretta la sua pochette. La donna aveva gli occhi di un siberiano e un grande seno.

«Anna?»

«Sì…»

«Ci siamo conosciute allo showroom…»

«Davvero? Quando?»

«Per i saldi, dopo Natale.»

«Ma certo!» disse Anna. Invece non aveva la minima idea di chi fosse.

«Sono l'amica di Susanna.»

«Sì sì, ho capito benissimo.»

«Quanti siete?»

Esitò. «Due…»

«Avete prenotato?»

«Penso di sì.»

«Bernabei?»

«Non credo… Forse Juarón.»

Anna non era sicura che Javier avesse prenotato con il suo cognome.

«Un attimo solo che controllo.»

Perlustrò la sala, c'era un caminetto acceso, la luce era calda. Il ristorante era stato restaurato di recente, le pareti erano color petrolio, sui tavoli erano disposti dei lumini bianchi.

Erano quasi tutte coppie, le parve di non riconoscere nessuno. Per fortuna.

«Vieni, accomodati.» La donna le fece strada, indossava un vestito simile a quello di cui lei si era disfatta. Si muoveva con grande disinvoltura, le natiche oscillavano come un pendolo, la treccia in senso opposto, un piede davanti all'altro. «Prego.» Le scostò la sedia, aveva un'aria altezzosa.

Javier entrò nella sala e la cercò con lo sguardo, Anna fece un cenno come se non si vedessero da una vita. Sorrise. Lui arrivò al tavolo completamente zuppo.

«Vuole darmi il cappotto?» domandò la donna, puntandogli gli occhi addosso; poi, con condiscendenza, guardò Anna, che imbarazzata abbassò lo sguardo.

Javier se lo sfilò e finalmente furono soli.

«Beviamo un *tinto* o un *blanco*?» le chiese prendendo il menu.

«Dipende da cosa mangiamo» rispose Anna cercando di rilassarsi.

Javier studiò la carta come fosse un libro di preghiere, volle sapere se le piacesse la carne o preferisse il pesce, pasta o risotto, acqua gassata o naturale, quanto mangiasse.

Arrivò una cameriera giovane, con un lieve strabismo. Anna cercò la donna, accompagnava altri clienti.

Lui ordinò per entrambi, pietanze diverse, un'ottima bottiglia di vino e una Ferrarelle. Ne fu sorpresa ma non protestò.

«*Bueno...*»

Quanti anni aveva Javier? Era giovane, più giovane di lei.

«*¿Te gusta aquí?*»

«Molto carino. C'ero già stata, ma deve aver cambiato gestione, ora è molto meglio...»

«Che *signo del zodiaco* sei?»

Anna rise. «Perché?»

«*Tu dimelo...*»

«Dimmelo tu...»

Il siberiano portò il vino, mostrò l'etichetta, era un Bolgheri Superiore Grattamacco, lo aprì con maestria e ne versò un poco nel calice di Javier, che assaggiò. «*Muy bueno...*»

«*Muy bueno*» ripeté la donna, lo scollo profondo come il mare alto. Anna la osservò allontanarsi.

Javier invece guardava lei. «Bilancia.»

«Come lo sai?»

«*Lo se.*»

«Dai, dimmelo!»

«*Te gusta* il bello.»

«Ma va'!»

Javier indicò se stesso. Risero di cuore come due bambini.

«E tu?» Anna era tutta protesa versò di lui mentre le versava il vino nel bicchiere fin quasi a colmarlo. Ne fu colpita, tanto che non poté esimersi da afferrare il calice e dire: «Basta...».

Javier si bloccò e rivelò: «*Lo mismo!*».

«Che giorno?»

«*Doce.*»

«Oddio, io l'otto!» Brindarono ai loro astri gemellati e bevvero, i piedi incrociati sotto al tavolo. Javier avanzò ancora con la sedia e le strinse le ginocchia tra le sue.

Arrivò la pasta con il granchio, chele grandi, una piccola porzione di spaghetti avvolta a forma di torre, prezzemolo a orlare i bordi. Le parve che una signora la guardasse e sussurrasse qualcosa all'uomo di spalle, il tovagliolo sulla bocca, gli occhi invadenti.

Javier la strinse di nuovo con le ginocchia, una presa fortissima. Anna sorseggiò altro vino. E si tolse le forcine, scrollando il capo. Si sentì libera, come se qualcuno le avesse sfilato degli aghi dalla testa.

La donna si avvicinò lenta: «Tutto bene?».

«Benissimo» rispose Anna. «Il locale è tuo?»

«Mio e di mio marito.»

«È davvero bellissimo.»

«Grazie. Abbiamo cercato di creare un'atmosfera confortevole, e senza rinunciare alla qualità.» Spostava il peso impercettibilmente da un piede all'altro, fissava Javier.

«Adoro il colore delle pareti» commentò Anna, cercando di richiamarla a sé.

«Spero gradirai anche il resto.» Schioccò la lingua. Era un doppio senso in piena regola. Si allontanò dondolando.

«Le piaci» disse Anna.

«A chi?»

«Al siberiano.»

«*¿Porque "siberiano"?*»

«Per gli occhi... Non sembra un gatto siberiano?»

«Tu me gusti così...»

«Come?»

«*Con el pelo suelto...*»

«Il pelo?»

«*¿Porque estás riendo?*»

«*Porque sí*» ribadì lei. Il telefono trillò nella borsa, era già la seconda volta. Lesse un messaggio di Guido: "Ce la caviamo benissimo senza di te". Alzò gli occhi e vagò per la sala; non capiva il senso di quell'affermazione.

«Ehi...» Javier allungò le mani sul tavolo e lei rimase ferma, il monitor illuminato riverberava sul suo volto. «Anna?»

«Scusami.» Mise il telefono nella borsa. «Scusa...» ripeté.

«*¿Que?*»

«Mia figlia» mentì Anna. «Ha un po' di febbre.»

«Vuoi che te porto?»

«No...» rispose in modo soffuso. «No, grazie, no.» Javier allungò ancora il braccio sul tavolo, il palmo rivolto in alto. «No, davvero. Adesso il padre le darà la medicina e starà benissimo...»

«Dov'è?» chiese Javier.

«Con suo padre...»

Avrebbe voluto affrontare l'argomento. Per una ragione: sperava di dormire con lui, quella sera. Era un desiderio fortissimo, quello di scivolare nel sonno in un tepore fatto dei loro corpi, una grotta di sensazioni. In casa aveva fatto sparire tutte le foto del matrimonio, e aveva avuto anche la premura di nascondere certi romanzi gialli impilati sul comodino di Guido. Da quando se ne era andato, la notte era l'unico momento in cui l'inquietudine la accarezzava. Era un sentimento volatile, lieve, ma costante.

Quando era una bambina, aveva l'abitudine di infilarsi nel letto del padre in attesa che rientrasse, e, quando finalmente lui tornava, si aggrappava alle sue spalle grandi e gli poggiava la guancia sulla schiena, all'altezza del muscolo cardiaco. Il sonno si faceva profondo.

Il fatto di dormire con un uomo non era legato al sesso, ma a un senso di protezione; sua madre era morta di notte, sola, nel letto, e lei l'aveva trovata: ricordava il corpo freddo, gli arti immobili, i capelli sciolti sul guanciale. Supina e ferma. E ricordava il lungo corridoio che aveva percorso a ritroso, tornando in camera sua per rimettersi a dormire. Eppure era così piccola. Era successo davvero? L'unica cosa che sapeva era che il sonno condiviso era legato al pensiero magico dell'immortalità.

Per questo desiderava spiegare a Javier come stavano le cose, per aprire lo spiraglio a quel momento. Non pretendeva di più. Eppure aveva paura che si sarebbe spaventato se lei gli avesse parlato apertamente della sua separazione; forse avrebbe sentito di doversi assumere la responsabilità di qualcosa che non lo riguardava. La notizia avrebbe turbato il loro equilibrio ancora precario.

«Con suo padre... *¿donde?*» La incalzò Javier.

«Noi ci siamo... Ecco... Lui è andato via.»

Lui incrociò le braccia.

Il cellulare trillò ancora. "Guarda" diceva il messaggio. Guarda cosa? Non vedeva nulla. Era tentata di rispondere, invece rovesciò il telefono sulla tovaglia come se così potesse zittirlo.

«*¿Tiene un'amante?*»
«Chi?»
«*Él.*»
«Non lo so... Forse.»
«*¿No te importa?*» Javier si era irrigidito.

Forse non sarebbero dovuti uscire dall'appartamento bianco, pensò lei. La ritualistica con cui si amavano in modo silenzioso e cieco era perfetta. Piantò i gomiti sul tavolo e lo guardò negli occhi, cercando di pescare la sua espressione più benevola nell'infinita gamma della mimica facciale: «Sì, certo, mi importa. Però vedi, il punto non sono gli altri... Siamo io e lui che non funzioniamo più. Se le cose fossero andate bene, io non sarei qui stasera». Fece una pausa. L'espressione di Javier si era addolcita nuovamente. «E io sono molto felice invece... di essere qui.» Le era uscita una voce sensuale e aveva sentito come un lampo in basso. Da quando aveva conosciuto Javier aveva la sensazione che l'eccitazione si manifestasse con degli spasmi, delle vertigini, degli impulsi precisi. Supponeva che quelle sensazioni equivalessero al turbamento dell'erezione. Era certa che lui provasse le stesse vibrazioni, che ci fosse un collegamento, un dialogo tra i sessi.

Le gambe si agganciarono ancora, loro rimasero in silenzio mentre il cameriere puliva il pesce. Finirono la bottiglia. Anna si sentiva fluttuare, non aveva più fame, voleva andare via, restare sola con lui. Mangiarono entrambi piano, si scambiarono dei sorrisi. Lei ebbe la sensazione che tutti tacessero, gli unici suoni che udiva distintamente erano il crepitio del fuoco, lo scrosciare del temporale, il tintinnio delle posate.

Javier ordinò due bicchieri di whisky e il conto, lei non si oppose. Il palato le si riempì del gusto rotondo e torbato del Lagavulin, quando inaspettatamente Javier disse: «Io... *no quiero separarme de Maya*».

Anna tacque. Era brilla, non voleva affrontare quell'argomento, solo rientrare e dormire accanto a lui.

«*¿Que piensas?*»

«Nulla» rispose. «Assolutamente nulla...» Andava bene così, non c'era altro da pretendere.

«*Yo no quiero che te esperes nada... Porque no me contestas...*»

«Ascolta: non ho niente da dire, è la tua vita. Stai bene con tua moglie e con me, e non vuoi rinunciare a nulla. Lo capisco, non preoccuparti.» Aveva parlato in fretta, mangiandosi le parole. Javier era rimasto fermo, salvo stringere gli angoli del tavolo con le mani.

Anna non bluffava, pensava davvero quello che aveva detto. Certo, avrebbe desiderato un amore libero, e questo lui lo sentiva. Il punto era lo sbilanciamento che si era appena creato. Fino a quella confessione erano stati due equilibristi sulla stessa fune, ora non più. Il pericolo aveva smesso di essere condiviso, e con questo, l'integrità.

La donna portò il conto su un piccolo vassoio d'argento, seppellito da una montagna di praline colorate. Lo depose tra Anna e Javier, spostò il peso su un fianco e rimase ad aspettare. Lui lo afferrò, lesse e fece per prendere i soldi nella tasca anteriore dei pantaloni. Immediatamente alzò gli occhi al cielo. «*No, mierda*...»

Anna strinse gli occhi per metterlo a fuoco, ci mise qualche istante a capire che non aveva il portafogli. «Non ti preoccupare. Ci penso io» si affrettò a dire.

«*Mierda, mierda*...»

Lesse un ghigno sul volto della donna, immaginò i suoi pensieri mentre si affannava a tirare fuori la carta di credito. Fu più umiliante focalizzare quelle congetture che sottoporsi al dubbio che Javier non potesse permettersi quel conto. Se non si fosse creata quella strana situazione, Anna avrebbe protestato: solo la bottiglia di vino costava sessanta euro. «Andiamo» disse, tirandosi su.

«*Perdoname*...»

Mentre seguivano la donna, lui fece per afferrarle un braccio, ma Anna evitò la presa legandosi i capelli. Immaginava le chiacchiere: "È venuta al ristorante con un uomo più giovane, il suo amante, ha pagato lei...".

«Non ti preoccupare, davvero» ripeté.

«*Te los devolveré.*»

«Macché, smettila.»

S'infilarono i cappotti. Anna mostrò il sorriso di un manichino. «Grazie, siamo stati benissimo» disse alla donna chiudendosi i bottoni. Lei si avvicinò per baciarle una guancia. «È stato un piacere.»

Era a disagio. Voltò le spalle e le parve di fuggire, Javier si muoveva veloce assieme a lei. Doveva essere stato umiliante anche per lui. La situazione li distolse dal pensiero della pioggia. L'acqua cadeva a dirotto. Doveva essersi rovesciato un cassonetto della spazzatura, perché la strada era cosparsa di rifiuti che scivolavano velocissimi: pelati, rimasugli di cibo, bottiglie di plastica, buste, surgelati. Corsero fino alla macchina saltando le pozzanghere, facendo lo slalom tra l'immondizia, coprendosi naso e bocca. C'era odore di fogna. Chiusero gli sportelli sbattendoli forte, erano in salvo e completamente bagnati.

«*Desculpame*... ancora...» Cercò Anna ma lei voltò il capo verso il finestrino.

«Non importa. Andiamo a casa, ti prego.»

Javier mise in moto rapidamente e altrettanto rapidamente si mosse, questa volta la guida era scattante e nervosa, prese una via laterale e accelerò. Anna aprì di nuovo il telefono, Guido le aveva inviato una foto di Natalia e Gabriele: lei era stesa sulla schiena, le gambe e le braccia aperte a formare una stella, aveva indosso soltanto il pannolino, il ciuccio le era caduto dalla bocca aperta. Il fratello le dava le spalle, anche lui era a torso nudo, raggomitolato su un fianco. Perché non gli aveva messo i pigiami? Nell'angolo a destra si vedeva una catena d'oro, grande, forse la tracolla di una borsa. Il messaggio diceva: "Buonanotte mamma". Anna chiuse gli occhi ed ebbe la sensazione di perdere l'equilibrio, poi li riaprì e rimase a fissare le gocce che colpivano il vetro come frecce.

Quando arrivarono sotto casa, Javier rimase davanti al portone coi fari accesi.

«Non sali?»

«Sì.»

Quella sera non riusciva a decifrarlo. Non capiva nulla. Si chiedeva perché l'avesse portata a cena fuori, cosa volesse esattamente da lei; era stato un tentativo di mettere le cose in chiaro, oppure solo un modo diverso di vedersi? E ora quell'esitazione. Non voleva la stessa cosa che voleva lei, non desiderava...?

Corsero ancora, arrivarono dentro il portone e lei gli fece strada su per le scale, i tacchi battevano sul marmo, i muscoli dei polpacci le dolevano. Javier le infilò le dita sotto al cappotto, le strinse le natiche, prima piano, poi forte, sempre più forte, le si appoggiò addosso mentre lei cercava di aprire la porta. Le morse il collo e le tirò il tanga, la tenne come fosse al guinzaglio. Anna mugugnò senza riuscire a infilare la chiave. La prese Javier, la infilò e furono dentro. Lei accese la luce e lui immediatamente la spense, continuava a tenerla per il tanga, da dietro. «La camera» le disse.

Avanzarono nella penombra, lasciando cadere a terra i cappotti. Javier la spinse contro l'armadio, continuava a tirarle il filo, c'era qualcosa di subdolo e violento in quel gesto, che le piaceva. Gli ficcò le unghie nel collo per difendersi, per restituirgli lo stesso dolore; gli aprì la camicia, gli morse il petto, le dita scivolarono sulle natiche: si ritrovò – inequivocabile – la sagoma del portafogli nella tasca destra. Rimase immobile e alzò lo sguardo, vide gli occhi di lui accendersi nel buio e prevenire qualunque protesta. L'afferrò per i capelli e la mise sul letto, con una presa determinata. Anna lo sentì sfilarsi la cinta e per un istante pensò che volesse colpirla, invece le abbassò i pantaloni e giocò ancora con il filo del tanga, per poi entrarle dentro. Dopo soli tre colpi di bacino, venne.

Non dissero nulla, caddero sul letto uno accanto all'altra. Anna era inquieta, avrebbe voluto accendere la luce, lavarsi, svestirsi, mettersi la camicia da notte di seta rosa antico. Eppure sentiva che se si fosse mossa avrebbe rovinato tutto. Nel buio il respiro di Javier si fece afoso e lento; dopo una pausa iniziò a russare come un leone. Un ringhio feroce. Così forte che lei sobbalzò.

«*¿Que?*» disse lui con la voce impastata.

Lei gli mise la testa sul petto e subito riprese a russare.

Anna indugiò per qualche minuto, poi scivolò fuori dalla camera, andò nel bagno dei bambini per sistemarsi. Le gambe e la testa le dolevano. Fece tutto in silenzio, anche se era lontana. L'acqua fredda in mezzo alle gambe la anestetizzò, come ci fosse una ferita. Tornò nella stanza completamente nuda, in punta di piedi. Di lui non c'era più traccia. Accese la luce e corse in salone, nella camera dei bambini, in cucina, nello studio del marito. Niente. Era andato via.

Afferrò la vestaglia e si affacciò per controllare se ci fosse ancora la macchina. Era sparito. Cominciò a singhiozzare. Si trascinò fino alla camera, piangeva piano, entrò nel letto, strinse i pugni, chiuse gli occhi, la testa ancora le girava. Si tirò su e prese il telefono, nulla, non una parola. Vide che Guido aveva cancellato i messaggi che le aveva inviato, tutti, dal primo all'ultimo, insieme alla foto. Quella notte non esisteva per nessuno.

11

Da che se n'era andato, Anna aveva cominciato a riporre in una scatola le cose che Guido aveva lasciato in casa. Le scorte di lamette, il dopobarba, il pennello con il manico di avorio (mai usato), le scarpe da trekking, il completo da tennis, i fazzoletti di Schostal. E poi c'era lo schedario con i suoi documenti, dall'assicurazione dell'auto alle pratiche della clinica, nel quale Anna non aveva avuto il coraggio di ficcare il naso. Lo schedario era in una stanza – non particolarmente grande, arredata con una piccola scrivania Impero e una sedia – che avrebbe dovuto funzionare da studio, ma che alla fine era diventato il posto in cui Cora stirava e stendeva i panni. Entrandoci con il proposito di fare ordine in vista del trasloco definitivo, si era detta che non voleva sapere nulla di più di quello che Guido le raccontava. Tutto ciò che la separazione stava comportando riusciva in qualche modo a reggerlo, ma cosa sarebbe successo se avesse scoperto altro? I segreti dovevano restare sepolti. Gli occhi chiusi.

Quella mattina Anna si stava accanendo sulle cinture. Guido ne possedeva una quantità impressionante: di coccodrillo o serpente, con la fibbia in oro, con la fibbia indiana, smaltate o di colori sgargianti; erano appese nell'armadio a un vecchio portacravatte molto capiente che doveva essere stato di Attilio. Anna le arrotolò a una a una e le infilò in piccole buste di plastica di quelle che servono per surgelare gli alimenti. Cora era lì che puliva i vetri, arrampicata sulla finestra, con indosso i soliti leggings, l'addome scoperto per via delle braccia tese in alto; la pancia era molle, il tanga spuntava dai pantaloni stretti, viola e sfilacciato. Anna ripensò alla sera prima, si chiese ancora una volta perché Javier fosse andato via in quel modo; ripensò al sesso, che era stato brutale e sbrigativo, e si ricordò anche che prima di entrarle dentro lui si era sfilato la cinta. Sul momento si era chiesta se volesse colpirla. Ora si domandò se l'avesse recuperata. Poteva averla trovata Cora e appesa insieme a quelle del marito.

«Stamattina hai trovato una cintura, per caso?» le domandò.

Cora si sfilò gli auricolari. «Che?»

«Hai trovato una cinta?»

«Sì, era a terra.»

«Davvero? E quale?»

Cora si voltò e scrollò le spalle: sul letto, all'interno della scatola, ce ne erano almeno dieci e tutte più o meno simili. Scese dalla scaletta vacillando, osservò le cinte e sorridendo dichiarò: «Non lo so, signora...».

Anna pensò che avrebbe dovuto cercare bene, probabilmente la cinta di Javier era lì.

«Signora...»

«Dimmi, Cora.»

«Posso guardare un attimo la tv? Ieri c'è stata una brutta scossa di terremoto vicino al mio paese...»

Anna annuì. Cora mise il primo telegiornale che trovò e rimontò sulla scaletta.

Anna si sedette sul letto da rifare, nel punto esatto in cui Javier l'aveva tenuta appesa per il tanga. L'eccitazione si aprì come un raggio. «Cora...» Ogni volta che provava quel tipo di sensazioni aveva l'impulso di depistare gli altri, come se il desiderio le si potesse leggere nelle curve delle palpebre, attraverso la densità delle labbra. «Questo è un tg regionale, non daranno mai notizie del tuo paese...» Ma l'altra non la sentì.

Il giornalista stava dicendo che un gioielliere era stato derubato il giorno prima da un tipo con la faccia coperta da un passamontagna che l'aveva minacciato con un mattone; la moglie, intervistata, piangeva davanti alla telecamera; era grassa, con la pelle a buccia d'arancia, le unghie lunghissime smaltate di bordeaux. «Ha cominciato a rompere le vetrine con il mattone, ci siamo spaventati, gli abbiamo dato tutto...»

Il servizio s'interruppe all'improvviso, come se non avessero finito di montarlo. Anna si alzò a fatica per tornare alle cinte, e mentre era voltata, con la schiena curva e gli occhi nella scatola Bauli, sentì prima una fitta alla colonna e poi una serie di parole che le parvero familiari, ma si voltò soltanto quando fu certa di aver sentito, per la seconda volta, «Villa Sant'Orsola». L'immagine era fissa. Guido con una camicia e un paio di jeans, il telefono all'orecchio, le maniche arrotolate, il Rolex Daytona in bella vista, l'espressione di chi sta gridando. Seguirono altre quattro immagini più o meno simili, in una sembrava che imprecasse, nell'altra alzava gli occhi al cielo, nell'ultima aveva il polso che gli copriva gli occhi.

Cora si voltò e rimase immobile, il Vetril colava sulla finestra. Anna strinse gli occhi, lesse la didascalia: "Villa Sant'Orsola: il chirurgo Guido Bernabei denunciato per aver utilizzato delle protesi mammarie non conformi". Afferrò il telecomando e alzò il volume, la stanza si riempì di un rumore assordante, incomprensibile. Poi il giornalista riprese la parola dallo studio per lanciare il servizio successivo.

Anna rimase con il telecomando puntato verso il televisore, fu Cora a sfilarglielo. La cercò con gli occhi: «Signora...».

«...»

«Signora...»

«Sì?»

«Andiamo in cucina.»

«Perché?»

«Le faccio un caffè, signora. Mi guardi.»

«Sto bene...»

Cora la seguì a pochi centimetri, come se temesse di vederla svenire da un momento all'altro.

Li hanno scoperti, non riusciva a pensare ad altro. Le protesi scadute. Quante ne avevano impiantate? Non ricordava, ma una cosa era certa, quello era un guaio, un problema insormontabile. Aveva ragione suo padre. Lui che teneva così tanto al buon nome della clinica: ora tutto era andato dissolto. La reputazione di Villa Sant'Orsola deturpata per sempre. Ed era colpa di Guido, della sua ambizione sfrenata, la sua sconsiderata fame di denaro. Anna si sentì colpevole, come se fosse stata lei l'architetto di quella frode. Perché si trattava di frode, certo. Cosa sarebbe successo? E i bambini? Erano con lui... Che fine avevano fatto?

Cominciò a cercare il cellulare, la domestica capì immediatamente e si spostò nel senso opposto. «La provo a chiamare?»

«L'ho silenziato...»

Si mossero insieme, Anna camminava veloce, gli occhi scorrevano sugli angoli della casa.

«L'ho trovato!» gridò Cora.

Anna la raggiunse e prese il telefono, tirò un sospiro di sollievo, là dentro c'era la sua vita. Aveva paura ad aprirlo ma lo fece. Vide un messaggio di Javier: una faccina triste. Tre chiamate perse dalla clinica e poi nulla. Guido era staccato e suo padre non rispose: né a casa né sul cellulare. In clinica c'era Gigliola.

«Anna, dov'eri?»

«A casa.»

«Ti ho chiamato non so quante volte.»

«Dove sono i bambini?»

«Sono qui.»

«Arrivo.»

«Anna...»

«Sì?»

«Hai sentito tuo padre?»

«No... Perché, che succede?»

«Succede che non lo trovo...»

«Arrivo, arrivo...»

Scese le scale due alla volta, aveva il fiatone, e anche quando salì in macchina, aprì il finestrino e una lama di gelo le tagliò il viso in due. Le correvano in mente le immagini della televisione: Guido in camicia... Ma con quel freddo... non potevano essere immagini recenti, forse gli avevano messo gli occhi addosso da tempo.

Provò a richiamare sia lui che il padre. Nulla. Scese dalla macchina con circospezione, la clinica sembrava tranquilla, il giardino deserto sopiva tra palme e oleandri. Anche nella hall c'era un'aria quieta, due donne aspettavano sfogliando opuscoli, una cameriera lucidava il pavimento. All'accoglienza, Anna vide una ragazza nuova, con i capelli rossi raccolti. Le si avvicinò, sussurrò: «Sono Anna Bernabei».

«La moglie del professore?» La ragazza aveva delle efelidi marrone chiaro, simmetriche e precise, come un quadro astrale. E un sorriso di porcellana.

«Sì.»

«Cosa posso fare per lei, signora?»

«Dov'è Gigliola?»

«Gigliola Capotondi?»

«Sì.»

«Un attimo.»

La ragazza compose un numero su un telefono fisso, ma Anna non aspettò, si infilò nell'ascensore e salì al primo piano. L'ufficio di Guido era chiuso, bussò a quello di Gigliola, ma nessuno rispose. Si appoggiò al muro, come per scrollarsi di dosso una brutta sensazione. Doveva calmarsi, ragionare. A un tratto vide i suoi figli sbucare dall'angolo, si tenevano per mano, le parvero piccolissimi, due creature minuscole allacciate per le dita. Natalia aveva il ciuccio e i capelli ricci: Anna si ricordò dello strano messaggio che aveva ricevuto la sera prima. Si era scordata tutto, quella mattina non si era nemmeno preoccupata di chiamare. Che ore erano? Non lo sapeva.

I bambini non le corsero incontro, avanzavano cauti e un po' persi. Anche lei si mosse piano, per non destare in loro preoccupazione, ma poi vide Maria Sole poco dietro, i capelli raccolti, i tacchi alti che suonavano sul pavimento lustro. Quando furono vicini, Gabriele fece per andarle incontro e Maria Sole gli posò una mano sulla spalla, trattenendolo.

«Amore.» Anna schioccò un bacio sul palmo e lo soffiò verso di lui, che lo prese al volo e lo mise in tasca.

«Mamma» sussurrò.

Natalia fece un passo indietro e si appese alla manica di Maria Sole. Gabriele avanzò e le si aggrappò alle gambe.

«Salve» disse Maria Sole.

La bambina la guardava, non le toglieva gli occhi di dosso e la teneva per un dito. Lei sorrideva.

«Dov'è mio marito?» chiese Anna.

«Ha avuto un impegno improvviso, è dovuto andare via...»

«E sa anche quando rientra?»

Maria Sole la osservò a lungo, poi disse: «Al momento non lo sappiamo, ci auguriamo però il prima possibile». Si abbassò sulle ginocchia e si rivolse a Natalia. «Vero, piccolina?» Natalia rise così forte che il ciuccio le cadde e Maria Sole, come se niente fosse, lo prese e se lo mise in tasca.

«Dov'è mio padre?»

«Non lo so, signora...»

«Anna.»

«Anna, certo.»

«Andiamo?» disse rivolta a Natalia, che incantata continuava a fissare Maria Sole. Sempre immobile, con quell'espressione placida sul viso, come fosse un giorno qualsiasi. Non era immischiata anche lei in quella storia, aveva sentito male?

«Non vuole prendere le cose dei bambini?» domandò.

«Quali cose?»

«I vestitini, gli altri ciucci di Nati, i pupazzi Arturo e Lucilla.»

La bambina rise di nuovo, Anna non capiva cos'era che le suscitava tutta quell'ilarità. «Sì, certo...»

Maria Sole s'incamminò lungo il corridoio e tutti e tre la seguirono. Anna aveva la sensazione che tutto le stesse sfuggendo, e non per la questione di Guido, no, si trattava di qualcosa di più profondo e durava da un po'. Sentiva perfettamente che quando i suoi figli uscivano dal suo raggio d'azione, fuori dalla sua vista e dal suo cuore, lei smetteva di pensare a loro, come non esistessero.

Maria Sole si accostò a una porta, aprì con la chiave, Anna le fu subito dietro, voleva entrare nella stanza anche lei. Quando fu dentro vide una scrivania addossata a un muro e una cassettiera; si chiese se la documentazione che riguardava le protesi fosse lì, o a casa, nello schedario. Appesi al portabiti una borsa di coccodrillo con i manici, un basco e una sciarpa di lana azzurra. Lei ne aveva una simile, però rossa. Cercò con lo sguardo la foto di un bambino, ma al muro era affissa soltanto l'immagine di sant'Anna. La sua protettrice. Le sembrò incredibile che tra tutte le immagini sacre Maria Sole avesse scelto proprio quella. Accanto alla santa, una scritta all'uncinetto incorniciata: ADELE; poi una litografia piccola, la silhouette di un corpo di donna, magra come un fuscello.

Maria Sole prese la sacca dei bambini, tirò fuori da una scatola di plastica tre ciucci di Natalia, poi cominciò a cercare nella sua borsa. Anna notò la catena d'oro luccicante: era la stessa che aveva visto nella foto della sera prima, quella con i suoi figli addormentati.

La bionda si chinò verso Natalia e le fece una carezza sulla testa, le porse il ciuccio: «Tieni, sei stata brava!».

«Ci sa fare con i bambini: lei ha un maschio o una femmina?»

Maria Sole batté le palpebre, sette, otto, dieci volte. «Io non ho figli.»

«Cosa?» le sfuggì.

La ragazza s'immobilizzò, incassò la testa nelle spalle, la bocca schiusa e lo sguardo fisso su di lei. Restò a guardarla un tempo infinito, come se il mondo avesse smesso di girare, poi digrignò i denti, il suo volto da dolente si fece cattivo. Uno strano ghigno si disegnò sulle labbra.

«Non sono stata fortunata come lei, Anna.» Si abbassò verso Natalia e sorrise, piegò il capo, strizzò gli occhi. Natalia avvicinò la sua piccola bocca pallida alla guancia di Maria Sole e schioccò un bacio.

Senza dire altro né degnarla di uno sguardo, Maria Sole chiuse la sua stanza e se ne andò. Anna la vide allontanarsi e portarsi una mano agli occhi. Doveva aver perso un bambino, si disse. Era rammaricata, non avrebbe dovuto farle quella domanda. A ogni modo era convinta che avesse accudito Natalia, magari anche dormito con lei; era l'amante di suo marito, senza dubbio.

Gabriele cominciò a piagnucolare mentre Natalia indicava il corridoio: «Sasa…». Anna aspettò prima di muoversi, non voleva più incontrarla, quegli occhi e il tono duro con cui le aveva detto "non sono stata fortunata come lei" l'avevano gelata.

Uscendo dalla clinica pattinò tra sorrisi routinari nello spazio caldo e rassicurante. Lì nessuno sembrava essersi accorto di nulla. Il tempo era sospeso in un'ampolla di eterna accoglienza. Questo la raggelò ancora di più.

12

Dopo aver sistemato i bambini sui sedili posteriori e acceso il riscaldamento, digitò sul telefono il nome di Guido. La notizia dell'Ansa riportava: "Guido Bernabei, primario della clinica Sant'Orsola, indagato per aver utilizzato materiale non idoneo durante gli interventi di chirurgia estetica". Digitò anche il nome del padre, ma non venne fuori nessuna notizia recente. A quel punto accese il motore e si voltò: Natalia la osservava con la testa tirata su, Gabriele invece guardava fuori.

«Tutto bene?» chiese, ma senza aspettarsi una risposta. Partì con il pensiero fisso che la salvezza in quel momento coincidesse con il rientro a casa.

All'arrivo, Cora corse incontro ai bambini con troppa enfasi, li abbracciò come fossero scampati al terremoto. Gabriele si fece coccolare, la sorellina tirò dritta verso la sua stanza, ma cadde; si rialzò, e cadde di nuovo. Aveva le scarpe al contrario, e così Gabriele: la destra al posto della sinistra. Anna pensò che non poteva essere stata Maria Sole a vestirli: una donna, per quanto inesperta, non commette un errore del genere. Quindi non aveva dormito al residence. Era stato Guido. Forse la polizia o i carabinieri erano arrivati, e lui nella fretta... Anna non aveva pensato a come doveva essersi sentito, tantomeno si era chiesta dove potesse essere in quel momento. Perché non l'aveva chiamata? Si tolse le scarpe, il contatto con il parquet le diede un senso di solidità, stese la pianta del piede.

Poi sentì la porta di casa sbattere, le chiavi sulla consolle, la voce di Cora: «Signore...».

Era tornato. Lo vide entrare e poggiarsi al muro.

Anna si avvicinò piano, aveva le braccia conserte, cercava di indovinare il suo umore in quella distanza che constava di cinque, sei passi. Ma lui la precedette, aprì le braccia e se la portò vicino, con uno slancio che lei non riconobbe. L'odore del suo corpo, quel sudore che non trapelava mai, la fece tornare indietro nel tempo. Si abbandonò tra le braccia del marito e ritrovò il suo posto. Lui la tenne per la nuca, sfiorò l'orecchio, Anna non sentiva più nulla, solo la forma di quel petto, il passo del respiro, la rassicurazione.

«Che succede?» mormorò.

Lui si mosse e lei lo seguì nello studio. Si chiusero dentro e rimasero in piedi uno davanti all'altra, vicini.

«Isabella Borgogna mi ha denunciato.»

«E chi è? Quella sera non l'avete nominata...»

«No, infatti si tratta di un'altra donna. È la figlia di Marina. Una ricca sfondata, una stronza. Così stronza che si è fatta rimuovere la protesi da Carlotti, un altro chirurgo. E quello ha dichiarato che la protesi era deteriorata.»

«Ti hanno interrogato?»

«Sì, sono stato tutta la mattina al commissariato, sono ufficialmente indagato...»

Anna tacque. Avrebbe voluto chiedergli un milione di cose, ma con Guido non funzionava così, andava ascoltato e possibilmente non contraddetto, altrimenti si sarebbe trincerato nel silenzio.

«Devo stare qui, Anna, mi dispiace.»

«In che senso?»

«Non sono ai domiciliari ma devo essere reperibile per i carabinieri, e la mia residenza è qui.»

«Ma questa è casa tua» disse lei.

Lui lo fece di nuovo, spalancò le braccia, la strinse, la osservò con gli occhi buoni e se la tirò al petto. Questa volta i loro corpi aderirono, Anna ebbe una vertigine.

«Per ora non ci sono state reazioni pericolose, e questo è un bene. Se ci fosse stata un'infezione letale, allora sì che sarebbero guai.»

Un'infezione letale.

«Dov'è papà?»

La prese per le spalle: «Non lo trovo, non sono riuscito a capire se stamattina sono andati anche da lui o no. Anche se io sono il primario la clinica è intestata a... quindi devono averlo informato, cercato... Ma per certi versi meglio così... Attilio... Attilio è la cosa che più mi spaventa al mondo.»

«Perché ti spaventa?»

«È sparito.»

«...»

«E poi è vecchio, è debole come un bambino. L'hai visto l'altra sera... Non so se giocasse all'agnellino perché c'eri tu, o se ha davvero un problema di confusione mentale. Ho paura che confessi tutto, che racconti quello che ha fatto... Anche di prima... Parlo di quando Villa Sant'Orsola non era specializzata esclusivamente in chirurgia...»

«Che cosa ha fatto?» Anna si era ritratta.

«Il peggio del peggio» dichiarò Guido. «Sono anni, da prima che arrivassi io, che si rifornisce da un'azienda tedesca. Soprattutto quando c'era ortopedia... Non solo è materiale scaduto, ma... sul finire degli anni Novanta hanno usato anche forniture non conformi per ginocchia e femori. E poi hanno spacciato due integratori fuori dal commercio della Comunità europea. Li hanno prescritti in quantità industriali... Gli è sempre andata bene, ha avuto solo una denuncia abbastanza pesante nel '97; un commerciante del Nord, con rigetto della protesi all'anca. Hanno anche aperto un fascicolo, ma poi l'uomo è morto per arresto cardiaco... Credo che Attilio avesse un santo in procura a cui ha allungato una bella mazzetta e l'hanno chiusa lì. Altrimenti non avrebbe fatto diventare Villa Sant'Orsola una clinica di chirurgia estetica.»

Anna sgranò gli occhi, si portò le mani alla bocca. «Non posso credere che papà abbia fatto... no, non è vero!»

«Non è un santo, Anna. Svegliati!»

«Ma perché?»

«Perché i guadagni sono elevati e i rischi bassi. È un abbattimento dei costi notevolissimo, soprattutto quando le strutture sono così piccole.»

«Non mi sembra che i rischi siano così bassi...»

«Credimi, sono più importanti le relazioni con i clienti che quello che impianti. Se si fidano di te, puoi mettergli anche una medusa... E infatti la signora in questione, la stronza che è andata a farsi operare da Carlotti, ce l'aveva con noi.»

Natalia aprì la porta e quando vide suo padre saltò sul posto.

«Amore...» sorrise lui, cambiando subito espressione: la prese in braccio. «Lo sai perché ce l'aveva con noi?» continuò rivolto ad Anna. «La madre della Borgogna, Attilio se l'è» abbassò la voce «scopata per tutta la vita, mentre quella sognava una relazione.» Natalia toccava le guance di Guido con le sue mani morbide. «Solo che invece di avvertirci, se l'è dimenticato. Per questo era così spaventato. Avrebbe dovuto dirmelo subito che si trattava di una donna speciale. Il problema di tuo padre non sono i suoi impicci, ma il suo uccello, quello sì che avrebbe dovuto cacciarselo nei pantaloni.»

Il cellulare squillò e Guido lo prese dalla tasca: «Avvocato, eccoci...».

Anna lo vide allontanarsi nel corridoio con la figlia in braccio. Mentre Natalia giocava con il suo volto, imparava a conoscerlo con le mani, ascoltava nefandezze di ogni tipo. Attraversarono una lama di luce che tagliava lo spazio in senso obliquo e la voce di Guido si allontanò.

Invece le sue parole rimasero nella testa di Anna come un'eco, una risonanza: come il caos.

13

L'avvocato aveva lasciato intendere che ci sarebbe voluto del tempo, avrebbero avviato un'indagine nei confronti della clinica e del primario, e della Celta, l'azienda che aveva realizzato le protesi. Il pubblico ministero doveva sincerarsi di chi fosse la piena responsabilità.

«Ammesso che esista una piena responsabilità» commentò Guido con Anna. «E poi, forse, potrei convincere quella donna a ritirare la denuncia... Devo parlare con tuo padre. Lui può tirarmi fuori da questa situazione con uno schiocco di dita. Vado a farmi una doccia...»

Anna ebbe la sensazione che la chiacchierata con Del Bosco l'avesse rassicurato. Al commissariato, quella mattina, dovevano averlo spaventato, forse minacciato.

Provò a richiamare suo padre ma era sempre irraggiungibile. Dopo pranzo sarebbe andata da lui. Apparecchiò in cucina, nonostante fosse tardi c'era una luce cristallina; l'acqua bolliva, il sugo soffriggeva, Natalia entrò tirandosi dietro un lettore cd, aveva le cuffie sulla testa, anche se non collegate. Anna sorrise. Stava ascoltando la colonna sonora della *Bella addormentata nel bosco*, e cercava di salire e scendere dalle punte seguendo un istinto tutto femminile. Gabriele arrivò subito dopo, e anche lui si mosse, ma in modo più goffo. Anna si mise a ballare con i bambini, prese Gabriele e lo fece roteare intorno ai fornelli, come fosse un valzer. Quando il cellulare squillò non rispose.

Guido entrò nella stanza, prese il cucchiaio di legno, girò il sugo. Anna non ricordava da quanto non gli vedesse fare un gesto simile, ma un tempo aveva cucinato per lei. Aveva i capelli bagnati tirati indietro, una maglietta a girocollo, i jeans e le pantofole; afferrò sua figlia, se la mise sulle spalle e a passi di danza girò intorno al tavolo tondo, mentre Natalia agitava le braccia al cielo. La stanza era calda e profumava di cibo, era un nido.

Il telefono squillò ancora. Anna lo silenziò senza neanche guardare. Aveva paura che fosse Javier.

Mangiarono in cucina, pasta al pomodoro, fagiolini, stracchino, il pane in cassetta scaldato nel forno. Guido masticava veloce, aveva una fame da lupo.

«Buono il sugo, brava.»

«Grazie...» Anna sorrise compiaciuta. Mangiavano sempre le cose cucinate da Cora.

«Parliamo della settimana bianca?» disse Guido.

Anna tacque.

«Non ho tanti giorni, la cosa migliore sarebbe non allontanarsi... Sfruttare i giorni di viaggio per sciare...» Gabriele fece cenno di sì, due volte. Aveva effettivamente capito? Guido gli fece un buffetto sulla guancia. «Bravo campione, lo sapevo che la pensavi come me!»

Era colpita. Cosa stava dicendo? Sarebbe potuto andare in settimana bianca? Guido era un Ariete, Ariete ascendente Ariete: bastava niente perché si accendesse come un cerino. L'eccesso non era mai nella tristezza, nella negatività, piuttosto nell'entusiasmo; era un sognatore, un possibilista incallito. L'avvocato doveva avergli detto qualcosa a cui si stava appellando con tutte le forze, e parlare della settimana bianca era forse un modo per scongiurare la denuncia, un eventuale processo. Anna detestava le impennate d'umore, le sembrava di avere a che fare con un adolescente, un irresponsabile. Le piaceva invece la sua parte concreta, il primario, come maneggiava il bisturi, l'odore del suo corpo.

«E tu? Vieni con noi?» le chiese.

«Vediamo» rispose lei quieta.

«La mamma odia la settimana bianca, non c'è niente da fare!» disse Guido, e rise. Anche Gabriele lo fece. Natalia continuava a battere i palmi sul tavolo del seggiolone. Era di una gioia incontenibile, i suoi genitori improvvisamente tagliavano il pane, dividevano le porzioni, erano tornati al loro posto.

«Potremmo andare allo Scoiattolo» propose Guido.

Era un albergo in una località sciistica a un'ora dalla città. Anna lo detestava, Guido ci andava sempre. Lo sci, diceva, era la sua valvola di sfogo. Anche quello li aveva allontanati: i continui weekend in cui lui la pregava di andare via un paio di giorni e lei si negava. Era capace di andarci la domenica dalla mattina alla sera, ma alla fine un giorno si trasformava in un finesettimana, l'aria pura lo rigenerava, la neve sintetica lo defaticava. «Natalia ha quasi due anni, io alla sua età stavo già sugli sci. Guarda che questa signorina qui...» e fece lo stesso gesto che aveva fatto Maria Sole in clinica, le solleticò il mento facendola ridere, «è la più forte di tutti.»

«Già, poi voi ormai ve la cavate benissimo, no?» Anna fece la voce dura, si riferiva al messaggio della sera precedente.

«Be', sì. Perché hai quel tono?» Guido riprese a masticare.

«Non mi sono piaciuti i messaggi di ieri sera.»

«Non ti seguo...»

«Ieri sera me ne hai mandati tre.»

«Io ieri sera non ti ho mandato un bel niente.»

«Ma che dici? Ero al ristorante e...»

«Ti sbagli.»

Anna era senza parole.

«In che ristorante eri?» domandò lui.

«Al Bengodi.»

«Davvero? Quella volta che ci siamo andati abbiamo mangiato malissimo... E comunque ieri sera non ti ho mandato nessun messaggio.»

«Ma stai scherzando?»

«No.»

«Dopo li hai anche cancellati, i messaggi.»

«Chi, io?» Rise. «Anna, ma falla finita.»

Non capiva. La stava davvero prendendo in giro così spudoratamente?

Adesso anche Guido la guardava interrogativo. «Come mai sei andata al Bengodi?»

«Ha cambiato gestione.»

«Meglio così.»

«...»

«E com'è ora, buono?»

«Sì, abbastanza...»

«E cos'hai mangiato?»

«Una pasta al granchio e un'ombrina.»

«Ah, niente dieta?»

«...»

«E con chi eri?»

«Con delle persone che ho conosciuto allo showroom.»

«Chi?»

«Una coppia. Bianca e Pietro Sturni, li conosci?»

«Mai sentiti.»

«Guido, ti prego, smetti di scherzare... Mi hai mandato una foto dei bambini che dormivano.»

«Forse ieri sera hai bevuto troppo...» Non scherzava affatto, si era fatto più che serio, cupo.

Anna aprì le dita a stella e le posò sulla tovaglia. Mosse gli occhi sui bambini. «E tu dov'eri ieri sera?»

«Al residence. Vero, ragazzi?»

Rimase in silenzio. Era certa di aver ricevuto quei messaggi. La foto era arrivata mentre rientravano in auto, ed era brilla, Guido aveva ragione; ma non poteva avere un ricordo così nitido di una cosa semplicemente immaginata. Aveva persino riconosciuto la catena d'oro, la tracolla della borsa di Maria Sole; e aveva anche scambiato qualche frase con Javier, per via di quei messaggi. Sembrava fossero passate delle settimane, e invece era successo la sera prima. Non poteva sbagliarsi, no.

Gabriele scivolò via dalla sedia tirandosi dietro Arturo, l'orsetto.

«Dove vai?» lo rimproverò il padre. «Non hai mangiato la mela.»

Ma il bambino non lo ascoltò, uscì dalla cucina come se nessuno gli avesse parlato. Natalia protestò. Anna la fece scendere e sparì anche lei. Poi mise i piatti nel lavello.

Voleva tornare sulla questione dei messaggi, pensò che forse Guido non ne aveva voluto parlare davanti ai bambini. Era la prima volta che si fermavano a dormire fuori, poteva darsi che non fosse il caso di sottolineare troppo la cosa. Ma questo non era un pensiero da Guido. Era troppo sottile.

Si voltò per chiedere ancora, e lui era lì, alle sue spalle, la sovrastava. «Anna, ma tu hai...»

Si fermò.

«Cosa?» disse lei.

«Tu hai un altro?» La bocca tesa come un coltello, rimase immobile.

«No.» Anna si voltò e aprì il rubinetto dell'acqua, cercando di contenere il respiro. Anche il battito si era accelerato. Che avesse fatto riferimento al ristorante per attirare la sua attenzione? Be', se lo aveva fatto c'era riuscita. Probabilmente Guido aveva notato che in bagno lei aveva già fatto sparire le sue cose, che le cinte erano nelle scatole, e così mille altri pezzi della loro vita.

Le scostò i capelli dal collo e ci poggiò il mento, davanti al lavello c'era una finestra e si vedeva un'aquila di marmo sopra uno stemma araldico. «Te la ricordi la prima volta che abbiamo visto questa casa?» le chiese.

La vicinanza così stretta con suo marito la sconvolgeva. Non capiva se fosse la paura per essere stata scoperta, o se fosse lui, il suo corpo, la sua gelosia improvvisa, il ritorno a casa.

Il campanello della porta suonò. Insieme sussultarono. Lui arretrò come un animale che ha sentito uno sparo, un balzo all'indietro.

«Chi è?» domandò, aveva la faccia sgomenta come al mattino.

Anna si asciugò le mani di corsa. «Vado io, resta qui.»

Avevano lo stesso pensiero, le stesse paure. Che lo venissero a prendere proprio ora.

«Vado in camera dai bambini...»

«Sì» annuì lei. «Vai.» Come se i figli avessero potuto proteggerli.

Corse alla porta, scrollando i capelli all'indietro. «Chi è?»

Non rispose nessuno. Rimase ferma, il campanello squillò di nuovo. Aprì. Si trovò di fronte una donna non molto alta, vestita di rosso, scarpe di vernice, e un cappellino con una fascia di raso nero. Aveva il volto coperto dalla tesa del cappello e una postura da papera. Il suo anello a forma di granchio vibrava, nascondeva il volto.

«Gigliola... Vieni, entra.»

La donna alzò il viso, il rimmel le era sceso sulle guance, il naso colava, tremava tutta. Rimase in quella posizione infantile e disse solo: «Anna... Anna cara...».

La percezione della verità si fece tangibile. Sentì il cuore spezzarsi come un bicchiere che cade a terra. Tornò indietro. Si era costruita un'anatomia di sensazioni legate alla morte della madre. Un vuoto siderale. Era come una forma precisa, il male. Tornava a galla, colpiva la mente, poi il corpo. Lo stomaco si strinse, le parve che i polmoni collassassero.

Attilio era morto.

Si piegò in avanti e le uscì un «No» ripetuto, come una cantilena. Gigliola avanzò di un passo, la prese tra le braccia, la strinse, tremando ancora, l'avvolse con il suo scheletro minuto e addolorato.

«Anna, mi dispiace, mi dispiace...»

«Non dire nulla, non dire il suo nome...»

Pensò all'ultima volta che lo aveva visto, quella mattina era entrato nella stanza e le aveva baciato la fronte, come sempre; le aveva detto: «È pronta la colazione, tesoro». Subito dopo era sparito, lasciandola nell'ombra e nel risveglio. Anna cercò di mettere a fuoco il colore degli occhi, le mani con le unghie curate e le lunule alte, il loden scucito di un punto sullo spacco, il sorriso gioviale. Di colpo, le apparve l'incavo nello sterno in cui si riparava da piccola. Sapeva cos'era il lutto. Conosceva la consistenza di quel dolore, lo sgomento che toglie il fiato, i giorni color cenere, il pensiero che si affievolisce per poi tornare, improvviso e violento, senza controllo. Ogni giorno un pezzetto che muore e un altro che sopravvive. Il calvario della mancanza.

Guido l'afferrò per le spalle, le parve di cadere all'indietro. Ma non cadde. Rimase in piedi come una statua di rame. E le venne incontro un ricordo lontano: Attilio che nuotava verso una boa e le gridava: «Dai, vediamo se ce la fai a battermi».

Chissà perché certi ricordi restano e altri no, si chiese facendo entrare Gigliola in casa.

14

La chiesa era gremita. La bara di abete rosso era sommersa da corone di fiori, così come gli scalini. Anna era in prima fila assieme a Guido e a Gabriele, Natalia invece era rimasta a casa con Cora. Avevano deciso quella mattina stessa che sarebbe stato più semplice da gestire un figlio solo. Vestito di flanella, il piccolo stava stretto alla madre e non smetteva di guadarla con la bocca arricciata, mentre lei teneva gli occhi socchiusi e le gambe incollate. Aveva dormito quasi ininterrottamente per due giorni. Guido si era premurato di rimboccarle le coperte, l'aveva fatta bere e dato le gocce, grazie alle quali era rimasta in un sonno non profondo ma costante. Anna non aveva voluto vedere il corpo del padre. Sapeva che quell'immagine l'avrebbe perseguitata. Attilio senza vita: l'eroe, l'amore in persona. Non era possibile.

Lo avevano trovato nel corridoio, accanto al telefono, aveva battuto la testa cadendo. Per Guido si era trattato di un arresto cardiaco. Occorreva l'autopsia per stabilirlo con certezza, ma Anna non volle. Aprirgli il petto? Sfondargli lo sterno? E per cosa? Era morto. Suo marito le aveva confessato che Attilio aveva da anni un tumore alla prostata che avanzava lento ma inesorabile. Faceva una chemio per via orale che, pur non avendo effetti collaterali visibili, incideva sulla pressione, che infatti era alle stelle. «Perché non me l'avete detto?» aveva protestato lei. «Per non farti preoccupare» era stata la risposta.

Di questo, più o meno, stava parlando anche il sacerdote nella sua omelia raffazzonata: di Attilio Martani come uomo riservato, generoso, che aveva consacrato la vita al lavoro, a lei, Anna, l'adorata figlia, e ai nipoti amatissimi, Gabriele e Natalia. Suo figlio le aveva strusciato il viso sul cappotto sentendo il suo nome in bocca al prete. Lei lo aveva stretto a sé, proteggendolo con il braccio.

C'erano tanti volti conosciuti e altri senza lineamenti, lo staff della clinica, infermieri, chirurghi, anestesisti, impiegati. C'erano le clienti, una processione di donne vestite di nero, dritte come tubi, tutte *âgées* (amanti?). C'erano le tate, che l'avevano cresciuta; Amina, una signora del Sud che per l'occasione indossava un abito elegante avvitato, nonostante la sua stazza, che la carezzava con gli occhi stringendo quel rosario che quando era bambina le faceva baciare prima di andare a letto. C'erano alcuni politici e il magistrato Cafiero con la moglie, prostrata, che Attilio aveva fatto rinascere decine di volte grazie al suo bisturi. C'erano il maestro di tennis e gli amici del circolo, vecchi signori grigi in cappotti di cachemire con le guance stropicciate come lino, i cappelli nella destra, i fazzoletti

Sangallo nella sinistra, pelli sfiorite tempestate dalla vitiligine. C'erano il notaio Vassalli e diversi avvocati di cui Anna non ricordava il nome. C'erano anche suor Rosa, Paola, Valeria e Nicoletta – le caposala di Villa Sant'Orsola – e c'era Marilù, l'amica storica di sua madre, alla quale sembrava avessero strappato il cuore dal petto per quanto piangeva. Anna no, Anna era congelata e avvolta in una domanda ossessiva: *Quand'è successo?*

Aveva sentito suo padre prima di uscire a cena con Javier, un saluto veloce, mentre cercava l'orecchino a serpente. Adesso si chiedeva se fosse morto mentre lei faceva l'amore con Javier, oppure il giorno dopo. Aveva visto anche lui il servizio in tv? Qualcuno l'aveva avvertito e il cuore non aveva retto? E lei? Perché non aveva sentito nulla di così acuto?

Da piccola suo padre le diceva che loro erano legati da un filo invisibile, un filo verde di lana che nessuno poteva vedere, e che se gli fosse successo qualcosa il filo avrebbe tirato. Ma non era vero, non era vero niente, lei non aveva sentito nulla, mai, nella vita. Non si era accorta che il padre era un dongiovanni, che frodava le clienti, che era malato. Lui le aveva nascosto tutto, un mondo di omissioni e bugie bianche, menzogne belle e buone. Perché poi? Per difenderla dal dolore? Ne aveva subìto tanto, troppo... Rimanere orfana di madre a due anni. Lui le aveva promesso una vita perfetta, una tela bianca senza ombre: le migliori scuole, i viaggi all'estero, i vestiti più belli; le aveva anche lasciato la libertà di scegliersi l'indirizzo di studi che più le piaceva, tanto non importava, alla fine sarebbe arrivato il principe azzurro.

Appoggiò gli occhi su Guido, che sentì il suo sguardo senza voltarsi e cercò un contatto sotto l'inginocchiatoio, erano vicinissimi, i corpi, i cuori. Guido. Il delfino, il ragazzo di provincia laureato *cum laude*, che aveva fatto la specialistica a Chicago, stessa pasta e stesso colore di suo padre, un uomo antracite bello come un Apollo, pronto a tutto per arricchirsi sulla pelle delle persone, delle donne in particolare. Le imperfette. Ora lei si sentiva come loro, una donna come le altre. Perché era così che suo padre e suo marito classificavano le donne. Ma questo pensiero le balenò alla mente come una liberazione, perché essere imperfetta significava essere fallibile ma anche avere accesso alla verità. Uscire dalla bolla.

C'era anche Maria Sole nel suo tailleur Armani, ovviamente, con le spalline a punta e le gambe lunghe, in disparte, gli occhi asciutti e i ricci stretti in uno chignon basso. Non si muoveva, non piangeva, respirava piano e per due volte si era voltata a guardarli. Fissava il pavimento, anzi no – pensò Anna – fissava le sue scarpe a sandalo rosa cipria col tacco a spillo. Che mancanza di gusto. Guido invece piangeva come piangono i figli, con il pensiero vuoto, lo stomaco stretto.

«Pipì» disse Gabriele.

«Aspetta» gli rispose il padre.

Il bambino si scostò da Anna e saltò sul posto, guardò la madre, lei gli chiese: «Ce la fai, Gabri?», lui fece segno di sì; Anna si voltò, immaginando di percorrere la navata centrale. Dietro scorse altri volti, le sue amiche storiche, e quelle dello showroom. Vide anche la donna del ristorante con gli occhi da siberiano. Nessuno soffriva, nessuno pensava davvero ad Attilio, era un atto di presenza. Anna ricordò tutte le volte in cui aveva partecipato a un funerale con il petto muto e la testa rivolta alla spesa, al medico, a cosa mangiare per cena.

Gabriele prese a dondolare ora su un piede ora su un altro, mentre il sacerdote scese dal pulpito per spargere l'acqua santa e l'incenso. Subito dopo Guido si mosse verso il feretro e lo sollevò insieme a due portantini. Maria Sole era uscita dall'inginocchiatoio per intercettarlo, ma rendendosi conto che avanzava già verso l'abside, era tornata al suo posto e si era seduta, nonostante fossero tutti in piedi. Anna la osservava, osservava tutti cercando il dolore negli occhi degli altri. Era come se fosse paralizzata emotivamente, e provava vergogna, avrebbe voluto piangere, mostrarsi affranta, ma non riusciva; spingeva la lingua sull'arcata superiore del palato, dove aveva un taglio: il suo dolore era lì, tangibile, aspro. Avrebbe voluto anche parlare, ricordare il padre in un modo sentito e sincero, gridare il proprio amore, invece era rimasta ad ascoltare le testimonianze formali dei colleghi; e lo stesso era successo a Guido, che si era appuntato un discorso – glielo aveva letto tra un sorso d'acqua e uno di brodo – e alla fine gli era rimasto in tasca. Iniziava con: "Tu sei stato il padre scelto. Il padre voluto, il padre che ogni uomo vorrebbe avere". Anna ripensò a come si erano stretti la sera prima, tra le lacrime, di fronte agli occhi grandi di Natalia: il supplizio dei genitori l'aveva terrorizzata.

Anna camminò fino alla bara, s'inginocchiò per baciarla, la sfiorò con le labbra, sentì l'odore morbido del legno e immaginò suo padre oltre quella tavola che li divideva, con gli occhi chiusi e la bocca tesa. «Papà» sussurrò, e le parve di svenire. Fu Gigliola a soccorrerla, afferrandola per un braccio. «Vieni tesoro...» Solo in quel momento Anna cominciò a piangere, come una liberazione.

«Anna, appoggiati a me» ripeté Gigliola. Erano d'accordo che sarebbero andate insieme a casa di Attilio, mentre Guido avrebbe seguito la bara fino al cimitero dove, qualche giorno più tardi, avrebbero cremato il corpo.

Fuori dalla chiesa tutti le andarono incontro. Era una giornata tiepida, il sole scaldava l'aria; strinse le persone, tra odori stantii e colonie d'altri tempi; bocche anonime e bocche conosciute la sfiorarono per un bacio, una parola sussurrata, condoglianze. Amina la baciò sulle labbra e poggiò la fronte bassa e vecchia sulla sua: «Fatti forza, bambina mia...».

Fu di nuovo un male fisico che l'aggredì. Si voltò per cercare Gabriele, mentre un uomo di cinquant'anni la tirò a sé e la strinse fino a spezzarla. Da lontano riconobbe Javier, era sugli scalini della chiesa: i pantaloni bianchi e una giacca di lana cotta, il bavero alzato, le sorrise. La sua presenza fu come uno spiraglio luminoso. Il primo respiro dopo l'apnea.

15

Gigliola aprì la porta, aveva le chiavi di casa di Attilio. Anna voleva recuperare gli effetti personali del padre, chiudere il gas, inserire l'allarme. Accesero le luci senza alzare le serrande. Gigliola l'accudiva e la sua presenza le sembrava necessaria.

Il primo posto dove andò fu la camera da letto. Sul comodino c'erano una bottiglia d'acqua, *La Settimana Enigmistica* e un libro di Dan Brown. Un quaderno Moleskine su cui Attilio appuntava nomi, incontri, numeri di telefono e disegnava spirali. E una forcina con una perla e dei brillantini. Non poteva crederci. Era *quella* forcina.

Anna rimase seduta sul bordo del letto e poi annusò il cuscino di suo padre. L'odore era inconfondibile; l'odore della stanza (lavanda) e del dopobarba misto a quel pizzico di stantio che negli anni era sopraggiunto, qualcosa che somigliava alla ruggine. Tirò su la testa e baciò la federa, osservò di nuovo il comodino come fosse un altare. Poi andò in bagno. In quello del padre non ci metteva mai piede, andava nel suo. Si sorprese nello scoprire che i sanitari erano malandati, ombrati da una patina avorio: sotto i lavandini, lo scorrere dell'acqua nel tempo aveva lasciato un segno. Intorno alla vasca c'era una vecchia tenda di plastica, fermata da anelli ossidati; le maioliche smaltate azzurro pallido erano opache e scheggiate.

Aprì il cassetto dei medicinali e vide i chemioterapici, tre flaconi tondi, di plastica arancio e tappi rossi; sei tipi diversi di integratori, vitamine americane, il Proctolin, Aspirina, Polident, Enterogermina, lassativi, Tavor e il Seldenafil. Anna prese l'ultima scatola di medicinali: era Viagra. Chiuse l'anta velocemente e si ritrovò di fronte la sua immagine sullo sportello specchiato. Le era esploso un capillare nella parte sinistra della sclera. Il suo volto emaciato, stanco e pallido. Si sciacquò il viso evitando di guardarsi di nuovo, e vide sulla piccola mensola un bicchiere di vetro smerigliato nel quale era deposta la dentiera di Attilio. L'arcata superiore. Le sembrò, per la seconda volta, che le gambe le potessero cedere, il pensiero di lui, chiuso nella bara senza denti la fece inorridire. La sua mente cortocircuitò supponendo che Attilio una cosa del genere non solo non l'avrebbe permessa ma soprattutto non l'avrebbe perdonata. Sentì il rimprovero: era colpa sua, che non si era assunta l'incarico di prepararlo; era lei che avrebbe dovuto assicurarsi, occuparsi dell'apparenza.

«Gigliola!» gridò Anna, fissando il bicchiere. «Gigliola!» Ma lei non rispose. Uscì fuori per cercarla e la trovò seduta sul divano, gli occhi lucidi, sfogliava una rivista per programmi televisivi; quando vide Anna alzò il giornale verso di lei e le disse: «Segnava le cose che voleva vedere... Stasera c'era *Miss Italia*».

Anna non aveva mai visto Gigliola piangere. La sua tristezza smorzò la rabbia verso se stessa. La donna poggiò la rivista e le disse: «Vogliamo aprire la cassaforte?».

«Quale cassaforte?» domandò Anna.

«Dietro al quadro...»

Rimase stupita quando la vide dirigersi verso la sua vecchia stanza. La cassaforte era dietro una tela a olio che raffigurava un birillo, un pinocchio e una trottola su uno sfondo tenue. Gigliola lo staccò dalla parete. Anna osservava incredula: era cresciuta di fronte a quell'immagine e non aveva pensato per un solo istante che dietro potesse esserci un tesoro.

«Non avevo idea che ci fosse una cassaforte, in camera mia poi...»

Gigliola tremava impercettibilmente. Si sfilò gli occhiali dalle lenti fumé per comporre la combinazione, avvicinandosi alla rondella con gli occhi stretti. Quando la serratura scattò, disse: «Ho una buona notizia». Anna rimase in silenzio. «La madre della Borgogna mi ha chiesto se può incontrarti...»

«Quella della denuncia?»

«Eh già.»

«Cosa vuole da me?»

«Non lo so, ma se ti vuole incontrare è un buon segno. Non si parla con il nemico, giusto? Domattina nel suo appartamento, alle undici. Me l'ha detto ora, era al funerale...»

«Davvero? Domani? Ma io non c'entro niente con quella storia...»

Anna si sedette sul letto e fece scivolare la mano sulla coperta. «Guido dice che quella donna aveva una relazione con papà. Tu lo sapevi?»

Gigliola si sedette accanto a lei, e accavallò le gambe: «Era pazza di lui... Aveva molte pretendenti, Attilio».

Anna sospirò.

«Che c'è?»

«Ho come la sensazione di non aver capito nulla di mio padre.»

«...»

«Perché non si è rifatto una vita?»

«Ma non devi farti queste domande, non ora, non ha alcun senso...»

«Non riesco a pensare che non mi mettesse a parte delle sue scelte.»

«La sua vita sentimentale non aveva a che fare con te. Non penso ti abbia tenuto fuori da niente.»

«Ha avuto tante donne, secondo te?»

«Era un bell'uomo, rimasto vedovo troppo presto. Ha fatto quello che voleva fare.»

«E io non mi sono accorta di nulla...»

«Ma perché avresti dovuto, scusa?»

«Non ho mai pensato che potesse avere qualcuno. Non è strano?»

«No, è abbastanza normale invece. Neanche mia figlia si è mai preoccupata della mia vita sentimentale.»

«Hai avuto altri uomini, oltre suo padre?»

«Certo» dichiarò Gigliola, alzando le spalle.

«Ah…»

«Pensi che tuo padre sapesse quello che succede nel tuo matrimonio?»

«No» sussurrò Anna tra sé e sé.

«E che sta succedendo, se mi posso permettere?» Piegò la testa di lato, il suo sguardo era benevolo.

«Perché me lo chiedi?»

«Perché Guido dorme da due settimane in un residence.»

«Se n'è andato e io non l'ho fermato.»

«Dovresti fermarlo adesso, allora.»

«Non so se voglio, e non so se lo vuole lui. Non ci capisco più nulla, Gigliola, sta andando tutto troppo veloce… È come una valanga.»

«Veloce o non veloce, capisco che gli ultimi tempi non siano stati facili, ma tuo marito te lo devi tenere stretto.»

«Tu tuo marito non te lo sei tenuto stretto…»

«Mio marito è morto, io sono come tuo padre, sono una vedova… e da vedova ti dico che un marito non lo devi lasciare andar via così.»

«Non lo sapevo, scusami… Sono stato indelicata.»

Gigliola si guardò le scarpe, alzò le punte, flettendole verso di sé. «Non ti preoccupare. E perché Guido è andato via?»

«Le cose non andavano da un po'. Ci siamo allontanati, credo sia iniziato tutto con la nascita di Natalia.»

«Non è facile gestire due bambini così vicini, e poi lui ha avuto una pressione enorme sul lavoro.»

«Sì, è così. Ma non posso dargli torto. Non stavo bene neanche io…»

«Gli uomini non sono così nobili, non vanno via solo perché un matrimonio non funziona.» Si sistemò gli occhiali: «Non hai pensato che potrebbe avere una storia?».

«Sì, l'ho pensato» confermò Anna. «Ho visto Maria Sole troppo vicina a lui e ai bambini…» Era intorpidita, come se i suoi ragionamenti andassero al rallentatore.

«Non mi piace per niente quella donna…»

«Perché?»

«È un'arrivista, una leccaculo. Ancora non mi capacito che le abbiano dato un ruolo così importante.»

«Be'» sospirò Anna, «è una bella donna, e poi se come dici tu è una leccaculo ci saprà fare con le clienti, no?»

«Quello senz'altro, ma secondo me non è affidabile: una nevrotica, con problemi alimentari, anche instabile, guarda… Non sai le volte che l'ho vista piangere. Piangere e vomitare.»

«Per questo è così magra…»

«Sì, è fissata: con il corpo e con i vestiti. Viene in clinica come se dovesse fare una sfilata.»

«Be', fa anche parte del suo ruolo, però.» Paradossalmente la stava quasi difendendo. «Anche Attilio era fissato con l'aspetto.» Una fitta allo stomaco la colse, l'immagine della sua bocca senza denti a marcire sottoterra.

«Sì sì, per carità, ma aprire un reparto della clinica per lei, pagarle un corso di formazione... Insomma, mi pare eccessivo. Ormai l'acido ialuronico te lo fa anche la cassiera del supermercato...»

«Chi le ha pagato un corso di formazione?»

«Tuo padre. Lei è voluta andare fuori, è rimasta all'estero per sei mesi. A Londra. Vitto e alloggio pagato, la principessa. Ed era in busta paga. Non ti pare un'esagerazione?»

«Forse lui...» Anna strinse le spalle, «forse avrebbe voluto che io lavorassi nella clinica, che io...»

«No, guarda. Non ci pensare neanche un secondo. Non rimuginare su una cosa del genere. Ad Attilio quella donna piaceva, punto e basta.»

«Poteva essere sua figlia...»

«E allora? Sveglia, tesoro... Le aveva messo gli occhi addosso.» Esitò per un momento. «Anzi, forse qualcosa è anche successo, secondo me. L'ho beccata qualche volta a fare la voce grossa con le infermiere, e lui lo sapeva, lo sapeva bene. È una *borderline*, una di quelle squilibrate per cui gli uomini perdono la testa, incluso tuo padre. Le faceva passare tutto... troppo!»

Anna si morse un'unghia, fino a tirarsi via una pellicina. Pensò a quando era piccola, si arricciava una ciocca di capelli tra le dita e poi si infilava le punte in un'estremità dell'occhio. Era sempre arrossata e Attilio ci moriva, non capiva perché si facesse male. Esistono delle punizioni blande e costanti nella vita di tutti, delle penitenze.

Gigliola si alzò e andò alla cassaforte, aprì lo sportello e guardò dentro. Poi si voltò e le disse: «Vieni?».

Anna non aveva voglia di frugare tra quei documenti, piuttosto si sarebbe messa a dormire lì. Avrebbe voluto tornare al giorno in cui aveva fatto l'amore con Javier per la prima volta, lo stesso della festa in clinica, quando le sensazioni avevano preso il sopravvento sulla sua vita. L'euforia le era piaciuta; le era piaciuta la libertà che sembrava aver ritrovato. Lo rivide sulle scale della chiesa. E poi tornò con la mente a quel giorno, davanti alla scuola: suo padre e Maria Sole, in macchina, mentre lei li osservava dall'appartamento bianco.

Si alzò come aveva chiesto Gigliola. Ma poi ricadde sul posto: «Non ce la faccio» disse.

Gigliola non diede peso alle sue parole, aprì la cassaforte e tirò fuori un astuccio di raso blu, che poggiò sul letto accanto ad Anna, poi fu la volta di una scatola di legno, di un faldone con scritto sopra CELTA, di un mazzo di chiavi e di un quaderno ad anelli blu. Gigliola spostava le cose con precisione, le mise a una certa distanza l'una dall'altra e si sedette sulla parte opposta del letto. Prese il mazzo e disse: «Queste sono tutte le chiavi di Villa Sant'Orsola. Tutte».

Anna sfiorò la copertina del quaderno blu e lo aprì: in dei fogli plastificati erano conservate le sterline di suo padre. Almeno un centinaio, d'oro zecchino. Piccole e luccicanti, un tesoro.

«Una fortuna» commentò Gigliola. «Vado a preparare un caffè.»

«Ma tu cosa pensi di papà?»

«In che senso?»

«Cosa sai di questa storia delle protesi?»

«Senti, Anna, capisco che per chi è fuori da certe logiche queste cose possano apparire gravi, ma non lo sono, credimi. Sono procedure abbastanza comuni. Lui ha salvato la clinica, e ricordati una cosa importantissima: i suoi pazienti sono sempre rimasti soddisfatti del suo lavoro. Attilio era un gran signore, un uomo come non ce ne sono più. Per me è stata una persona esemplare, un punto di riferimento.» Le sorrise e uscì dalla stanza.

Anna aveva la sensazione che il dolore fosse come un'infezione, divorava il corpo, e più di tutto la mente. Non riusciva a ragionare. Rimase lì a fissare l'astuccio di raso, non aveva il coraggio di aprirlo. Si convinse che dentro ci fosse una targa. Una volta avevano dato a suo padre un riconoscimento a Düsseldorf. Ne andava fiero. Eppure Anna non l'aveva mai visto. Fece saltare il bottone a cerniera. Vide una collana di brillanti e smeraldi. L'aveva già vista nella foto di sua nonna, che non aveva mai incontrato; conosceva quell'oggetto, era come il quadro che nascondeva la cassaforte, sempre sotto i suoi occhi. Non si era mai chiesta dove fosse finita. Era andata alla madre, certo, e Attilio non glielo aveva mai detto. La aveva dato tutto, non la collana. Anna era felice di non sapere nulla di quell'eredità, e per un istante le sembrò di possedere la madre. Non aveva mai avuto una cosa tanto intima di Orsola.

Gigliola rientrò con il caffè su un vassoio. «Zucchero?» Ne mise un cucchiaio senza aspettare la risposta. «Che meraviglia» esclamò osservando le dita di Anna passare sulle pietre, a una a una.

«Era di mia nonna» sospirò lei. Prese il caffè e lo mandò giù d'un fiato. Poi aprì la scatola di legno, c'erano altri gioielli di varie misure: un braccialetto con dei pendenti, un anello con un'acquamarina, tre paia di orecchini, perle, ametiste e cerchi in oro. E un orecchino solo. Un granchio di corallo. Era lo stesso granchio di corallo che Gigliola indossava al dito, trasformato in anello.

Gliel'aveva dato Attilio. Aveva tenuto quel tesoro nascosto nella cassaforte, l'eredità di Orsola; Attilio ne aveva staccato un solo pezzo e l'aveva regalato a lei. Perché?

Guardò Gigliola negli occhi.

Disse: «Ci siamo fatti forza, io e tuo padre».

Anna tacque. Sembrava che non ci fosse lo spazio per aggiungere una domanda, perché quella situazione suggeriva tutto. Attilio aveva un suo mondo segreto, o meglio una vita sentimentale che le aveva tenuto nascosta. Legittimamente, forse. E Gigliola sembrava la tesoriera di quell'esistenza sotterranea, aveva la chiavi della cassaforte, conosceva "i giochi" di Attilio, possedeva un pezzetto di eredità di Orsola. Senz'altro erano stati amanti, per questo odiava Maria Sole, temeva che Attilio ne fosse attratto. Per Anna era inconcepibile che esistesse una relazione tra suo padre e quella donna, piuttosto Guido.

«Andiamo?»

«Sì» rispose Anna. Puntò il dito sul corpo del granchio ma Gigliola la ignorò, si alzò per chiudere la cassaforte e disse: «Ti ho preso una borsa per le cose... E ho pensato io al gas». Era una sacca sportiva del circolo. Fu lei a infilarci le scatole, il faldone e le chiavi. Prese il cappotto, lo mise sulle spalle di Anna. «Vieni, cara, muoviamoci.»

Si spostarono verso l'uscita. La casa nella penombra sembrava ancora più grande e i pavimenti di marmo riflettevano nell'oscurità. All'ingresso notò il ritratto di sant'Anna, lo stesso che aveva visto nello studio di Maria Sole.

«Che guardi?» le chiese Gigliola.

«Sant'Anna.»

«È la protettrice delle partorienti.»

«Davvero? Non lo sapevo.»

«La nonna di Attilio è morta di parto.» Gigliola chiuse tutte e tre le serrature e chiamò l'ascensore.

Anna rimase in piedi come un sacco vuoto, non aveva forza neanche nelle braccia.

«Avanti tesoro, andiamo.»

Salì sull'ascensore pensando a quante fossero le cose che ignorava. Suo padre l'aveva chiamata così perché le piaceva quel nome o per scongiurare il destino? Nessuno le avrebbe più risposto.

16

La casa era avvolta in una penombra tenue, erano appena le otto di sera, eppure tutto era sopito.

«Come stai?» Guido era sbucato dalla camera da letto, in jeans e maglietta, a piedi nudi, gli occhi imburrati di sonno.

«I bambini?»

«Si sono addormentati. Anche io, a dire il vero.»

«Mangio qualcosa» disse Anna.

«Ti faccio compagnia.»

Si levò il cappotto e appese la borsa del circolo all'appendiabiti, sperando che Guido non la notasse. Entrarono insieme in cucina e lui aprì una bottiglia di vino rosso. Anna prese la scatola dei formaggi, affettò un pomodoro e tagliò il pane. Si sistemarono in un angolo del tavolo, non presero neanche un piatto. «Sono stravolta» ammise lei.

«Ci credo.» Il suo sguardo era benevolo e quieto.

«Si sono addormentati senza problemi?»

«Gabriele ha chiesto del nonno...»

«Cosa gli hai detto?»

«Che è volato in cielo su una stella, insieme a nonna Orsola, e che ora è felice.»

Le lacrime scesero senza controllo. Erano passati pochi giorni eppure Anna si era già abituata a quei pianti improvvisi che scoppiavano come una risata. Soprattutto sapeva di doverli assecondare. La morte non si può combattere. Lei aveva commesso quell'errore da piccola con la madre, era stato un meccanismo di difesa. Spostava continuamente il pensiero di Orsola, ma il dolore era più furbo e più agile: si ripresentava puntuale e la colpiva alle spalle; poi si era affievolito nel corso negli anni ma senza spegnersi. Attilio lo diceva sempre di lei: «Anna è una malinconica, in fondo». Come fosse un dato caratteriale.

Guido le riempì il calice e lei bevve un sorso lungo e ristoratore.

«Ho una buona notizia» disse lui. «Pare che vogliano ritirare la denuncia a mio carico.»

Anna tacque, fece finta di non sapere. «Bene.»

«La madre della Borgogna dev'essersi impietosita.»

«Già.»

«Del Bosco dice che se non arriva nessun'altra denuncia restiamo in ambito civile, alla peggio paghiamo una multa.»

«Speriamo.» Anna si strinse nelle spalle, prese un pezzo di camembert e le parve amaro come il veleno.

«Dobbiamo pensare a come muoverci, ora.»

«In che senso?»

«Come vogliamo gestire la clinica.»

Lei deglutì. Non aveva pensato nemmeno per un secondo a questo aspetto. L'assenza del padre si fece ancora più grande, come un cerchio che si apre nell'acqua. Anna era totalmente incapace di gestire certe cose. Il padre e il marito avevano sempre pensato a lei, e ora si sentiva terribilmente sola. Guido era lì, le era rimasto accanto nel momento della tempesta, ma non era più il suo uomo, era solo il padre dei loro figli. Si sentì spersa e anche stupida, infantile. E l'idea di affrontare tutto questo, specialmente le decisioni, le parve un'impresa enorme, una montagna sulla quale non sapeva come salire.

«Vuoi andare a vivere nella casa di tuo padre?»

«Non lo so, non ho ancora pensato a niente.»

«Nessuno ti corre dietro.» Guido piegò il capo. Anna ebbe il sospetto che lui invece avesse già pianificato tutto; quei tre giorni insieme li avevano riportati indietro, non era più chiaro cosa fossero l'uno per l'altra. Ma lui sapeva bene a cosa mirare. Adesso Anna lo sentiva sotto la pelle.

«Tu hai delle idee?» gli chiese, sperando di stanarlo.

«Assolutamente no. Si tratta della tua eredità, non della mia.» E si versò un altro goccio di vino. «Non so cosa provi, magari ti fa piacere andare a vivere in quella casa, è il posto dove sei cresciuta...»

L'idea di abitare lì le congelò le arterie. La casa era grandissima, e poi era antica, ferma agli anni Sessanta, aveva bisogno di una ristrutturazione. Ma la possibilità di modificarla, anche solo di un centimetro, somigliava a un tradimento nei confronti del padre. Abbattere dei muri, rifare la cucina, il bagno, ridipingere tutto, avrebbe significato cancellare Attilio, e con lui la memoria di Orsola.

«Ora come ora, non penso che potrei vivere lì.»

«E cosa vorresti fare, affittarla o venderla?»

Era evidente che lo voleva sapere, ma solo nella misura in cui qualsiasi cosa lei avesse deciso si sarebbe riflessa su di lui.

«Tu cosa faresti?» Anna lo osservò.

Era rimasta un'ultima fetta di pane, lui la prese e ci strusciò il pomodoro sopra, ci mise il sale e la offrì a lei. «Io ci andrei.» Anna prese il pane. Guido puntualizzò: «Se fossi in te».

«Ora è troppo presto.»

«Cora ha fatto il budino. Ti va?»

«No, grazie.»

Guido si alzò e andò verso il frigorifero, vestito così sembrava più giovane di dieci anni. Aveva ancora quell'irritazione sul collo.

«Che cos'hai lì?» chiese lei indicando.

«Psoriasi.»

«Non ti metti nulla?»

«Sì, delle creme, ma non fanno niente. È un fatto di testa, di stress...» Si sedette sul bordo della sedia, prese un cucchiaino di budino e glielo offrì.

Anna fece segno di no. Pensò che dovesse dipendere dalla storia della clinica, probabilmente era parecchio che si sentiva minacciato; nonostante sfoggiasse sempre quell'aria rassicurante, doveva aver paura.

«Guido, vado a letto, non mi reggo in piedi.»

«Vuoi qualcosa per dormire?»

«No, stasera sono sicura che ce la faccio da sola.»

«Bene» concluse lui, e mentre lei si alzava ripose le cose nel lavabo. Non lo faceva mai. Il gesto le fece tenerezza.

Anna si chiuse in bagno e fece la doccia. Pianse sotto l'acqua calda. Le sembrava che a intervalli regolari dovesse svuotare il dolore, e il dolore era ancora concreto, fatto di lacrime, mugolii e singhiozzi; sapeva che si sarebbe trasformato in silenzio e poi sarebbe rimasta solo la cicatrice, ma per adesso era una ferita aperta. Quella di sua madre era quasi invisibile, un segno stretto e lungo sul cuore, una riga scura che si sarebbe potuta vedere a occhio nudo. Un giorno Attilio le aveva detto che un cuore che ha sofferto si riconosce tra mille, il muscolo cardiaco raccontava la storia di ogni individuo. Anna provò a immaginare quando si fosse fermato quello di suo padre. Non si dava pace, avrebbe dato qualunque cosa per saperlo. Quel desiderio aveva a che fare con il rimpianto e con un senso di colpa sottile e continuo: Anna si torturava per non essersi preoccupata per lui. Non aveva risposto per tutta la mattina, avrebbe dovuto capirlo. Attilio c'era. Sempre.

Si asciugò i capelli a testa in giù, si passò il phon sul corpo, l'olio di Argan. Ebbe un attimo di sollievo, il calore e la stanchezza stavano vincendo su tutto, s'infilò la camicia da notte e scivolò tra le lenzuola.

Guido non c'era. Non sapeva dove avesse dormito i giorni precedenti, se in camera, sul divano, o nella stanza dei bambini, sul letto dove ogni tanto si appoggiava Cora. Lo vide arrivare e infilarsi in bagno, allora chiuse gli occhi e le parve di precipitare, ma fu una sensazione piacevole, lontana dalla sofferenza: era un segno della presenza del suo corpo, stremato e vinto. Si abbandonò e continuò a cadere all'indietro in una vertigine fonda ma vuota, senza sentimento, quando sentì che Guido la stava sfiorando. Il contatto le parve violento, come se fosse tornata a galla per mezzo di una spinta improvvisa. Rimase immobile, con gli occhi chiusi, dopo pochi istanti il torpore la avvolse di nuovo.

Adesso lui stava piangendo. Non voleva guardarlo, non lo aveva mai visto piangere. Lui scivolò vicino a lei e la fece voltare su un fianco, i corpi aderirono. Era bollente, doveva avere la febbre. Avvertì un'onda di calore sommergerla. Poi sentì il petto di Guido sobbalzare, un singhiozzo trattenuto, come stesse ricacciando il dolore in fondo alla gola. «Mi dispiace...» Era attraversato da onde di sofferenza, un terremoto di spasmi acuti. «Mi dispiace, mi dispiace, mi dispiace...»

Gli afferrò di nuovo la mano e se la portò al ventre, si accucciò. Ora che lui era così annichilito, lei era congelata, quasi non avesse più lacrime per quel giorno; ma quando poi le disse: «Era come un padre per me, non so come farò senza...», Anna provò una commozione nuova e più struggente. Si voltò e gli baciò le guance bagnate e la fronte che scottava, lui cercò le sue labbra.

Fu un bacio aperto, metallico ma profondo, tacito come la sensazione che li univa. Non aveva a che fare con il sesso, ma con la vicinanza. «Ho rovinato tutto» singhiozzò Guido, e lei lo baciò ancora. Rimasero avvinghiati nell'oscurità, non erano mai stati così vicini. «È colpa mia, è tutta colpa mia» ripeteva lui, ma non era chiaro a cosa si riferisse, se al loro matrimonio o alla storia delle protesi. Nemmeno lui si era preoccupato di Attilio. Erano stati troppo concentrati su di loro, su quello che stava accadendo.

«Non dire così, non serve a nulla...» mormorò, mossa dallo stesso senso di colpa, come ci fosse un piacere in quella tortura. Forse era un modo per espiare, si disse. Ma poi pensò che in nessun caso avrebbero potuto salvare Attilio. Non era dipeso da loro. «Non è colpa di nessuno...» aggiunse.

«Anna, perdonami...»

Lei lo strinse a sé, continuava a passargli le dita sulla nuca, sul collo, sentì la pelle ispessita, secca e arida nel punto dov'era infiammata, e la sua pena divenne ancora più grande, più misericordiosa. Quando lui le aprì le gambe ed entrò dentro di lei Anna non pensò per un solo istante che stessero facendo l'amore. Dovevano unirsi ancora di più, per piangere e consumare il rimpianto. Erano stesi su un fianco, sentì con la punta delle dita che la pelle sul suo polpaccio sinistro era piena di croste, squamata. Si dondolarono, lui era dentro di lei non per cercare il piacere ma per starle vicino, il più vicino possibile. L'odore le era così familiare che le sembrava il suo, conosceva a memoria la consistenza dei muscoli, il ritmo della beatitudine. Guido era quasi fermo e continuava a piangere. Era bello. Intimo. Anna aveva sempre la sensazione che nella sessualità di Guido ci fosse qualcosa di performativo e narcisistico; per quanto fosse generoso in amore, sembrava che la sua eccitazione nascesse dalla contemplazione di se stesso. Nascesse o finisse, non le era chiaro. Però sentiva di non essere lei la fonte del suo desiderio, e sapeva che alcuni gesti erano vuoti, pornografici e muti. Questo le aveva impedito di abbandonarsi completamente a suo marito. Che era affascinante, atletico e seducente, ma monadico. Il contrario di Javier, che aveva la capacità di entrare nel suo corpo come nella sua mente, di farla venire guardandola negli occhi; quelli di Guido erano sempre chiusi, e anche Anna li teneva chiusi. Erano spesso molto lontani quando i loro corpi si mischiavano. Quella notte fu diverso. Anche se era buio pesto, anche se piangevano, Anna sentì che erano infinitamente vicini, impastati nel loro dolore. Una sensazione recondita. L'orgasmo la colse di sorpresa, non sapeva da dove venisse: era quasi immobile, non c'era nulla di erotico in quella situazione. Eppure arrivò come un'esplosione, si aprì senza premesse, la invase. Lei non emise alcun suono ma Guido percepì tutto, perfettamente. Venne anche lui, in silenzio. Di solito Anna esasperava sempre i suoi orgasmi, ammesso che li avesse, e lui li celebrava colpendola con il bacino fino a farle male.

In quel momento invece fu tutto più piccolo, minimo e privato. Ma autentico. Lui le leccò le guance e anche lei lo fece, era salato e morbido.

«Penso di avere la febbre» le disse.

Lei gli baciò di nuovo la fronte e sospirò: «Lo penso anch'io».

17

«Dove vai?» chiese Guido arpionandola, quando sentì il suo corpo muoversi tra le lenzuola. Avevano dormito come un tempo, lei si era rannicchiata su un fianco e lui aveva preso la forma del suo corpo, a cucchiaio.

«Vado a fare un po' di spesa, mi farà bene...»

Guido rimase con il volto tra i cuscini e il corpo abbandonato. Non disse nulla e uscì in punta di piedi. Fosse stato per lei, sarebbe rimasta a giacere accanto a suo marito, a smaltire il lutto tra le lenzuola; l'unica cosa che sembrava lenire il dolore erano il sonno, l'incoscienza, il dormiveglia. Aprire gli occhi era dilaniante, veniva aggredita dalla realtà, la morte di suo padre affiorava come un mostro; le prendeva le viscere subito, anche il corpo era coinvolto nel dolore: l'intestino, il cuore e la testa (che ronzava come una stazione radio che non riesce a sintonizzarsi).

Salì in macchina e accese il riscaldamento, cercò di fare mente locale, conosceva l'indirizzo di Marina Borgogna ma non sapeva come raggiungerlo, le mancavano pezzi di città: erano i collegamenti a sfuggirle, le connessioni.

Per il primo tratto guidò piano, guardandosi intorno. Quando arrivò alla rotatoria imboccò l'uscita sbagliata e si ritrovò sulla tangenziale; pensò a un'inversione di marcia per tornare verso la moschea, invece finì in un sottopassaggio lungo e buio, senza uscite: guidava piano sulla corsia di sinistra, l'oscurità le faceva paura. Dopo parecchi chilometri prese uno svincolo che sbucava in una zona periferica e popolare: palazzine basse e scorticate, murales, un filare di negozi cinesi, un parco giochi che cadeva a pezzi. C'era il cimitero, lì dietro. Voleva tornare al suo quartiere borghese – chiuso in un anello – da cui non usciva mai. Rimase incolonnata dietro un camion della nettezza urbana. Una ragazza con una tuta a strisce catarifrangenti svuotava un cassonetto, c'era un odore nauseabondo.

Finalmente ripartì, avanzò su un viale pieno di alberi senza foglie, scheletri di rami; le fronde erano piegate dal vento. Si accostò a un signore e tirò giù il finestrino. «Scusi, per la moschea?»

«Ha le quattro frecce accese» disse l'uomo indicando il cofano.

Lei spinse il pulsante e si voltò di nuovo verso lo sconosciuto, che disse: «In fondo al viale, a destra».

Arrivò a una seconda rotonda che conosceva bene – l'attraversava tutte le mattine per portare Gabriele a scuola – eppure non riusciva a capire quale fosse l'uscita.

Il telefono squillò. Era Leopoldo Vassalli, il notaio. Anna accostò, le sembrava impossibile riuscire a fare le due cose assieme, parlare e guidare.

«Anna, ciao…»
«Leopoldo, come stai?»
«Io bene, tu piuttosto?»
Sì voltò spaesata, guardò fuori, e come se un pensiero illuminante si fosse fatto strada dentro di lei, capì che la via parallela era quella della Borgogna.
«Confusa» ammise.
«Ci credo, cara.»
«Dimmi tutto.»
«Volevo confermarti l'appuntamento.»
«Che appuntamento?»
«Allo studio, stasera alle diciotto.»
Non ricordava nulla. Non era confusione, era di più, assenza di presenza a se stessa.
«Davvero?»
«Ha chiamato Guido ieri per fissarlo.»
«Ah, ecco» chiosò Anna.
«Allora ci vediamo più tardi» decise.
«Nessuno ci corre dietro, Anna, sia chiaro.»
«Lo so, Leopoldo, grazie.»
Parcheggiò li dov'era, scese dalla macchina, decise di fare due passi. Suo padre aveva ragione, il freddo tempra: lo sentì investirla ma fu una sensazione benevola, un'aggressione diversa dalla tristezza.

Quando arrivò il portone era aperto, era un palazzo nobiliare, con un ingresso imponente e un giardino interno da cui si snodavano due grandi scale in marmo; un portiere le venne incontro.

«Marina Borgogna» disse Anna.

«Quarto piano, scala B.»

Anna prese l'ascensore, e quando fu davanti alla porta sentì di essere nell'anticamera del panico, aveva paura di quell'incontro, e si sentiva stanca, troppo stanca. Fu la signora ad aprirle, non la domestica.

«È in ritardo» le disse.

«Sì» dichiarò Anna.

«Prego, si accomodi, faccio strada.»

Era una donna anziana, avrà avuto l'età di suo padre, addirittura qualcosa di più. Era piccola di statura, molto magra e rigida, si muoveva lentamente e non si voltava con disinvoltura come se sotto la camicetta di satin avesse un busto. La sua chioma bianca era impalpabile, proprio come quella del suo cane, un pomerania color champagne che la tallonava. Lei e il suo animale si somigliavano, capigliature vaporose e uno scheletro minuscolo.

«Cosa le offro?»

«Un caffè, grazie.»

Si sedette composta, sul suo divano fiorato, il cane le si accomodò in braccio, Anna rimase in piedi qualche secondo ad ammirare la vista mozzafiato dalla finestra perfettamente inquadrata al centro del salone. Poi i suoi occhi scorsero i grandi cataloghi geometricamente esposti su un tavolo basso e vetrato. La stanza era immacolata: piena di oggetti importanti, tappeti, quadri, soprammobili e foto incorniciate; non c'era un granello di polvere, un'ombra di vita vissuta.

«Non si siede?»

Ad Anna sembrò di cadere sulla poltrona e solo in quel momento mise a fuoco il volto della donna. Senz'altro suo padre lo aveva ritoccato, gli zigomi erano alti e il mento a punta – disteso, come se lì sotto ci fosse stato seppellito un sassolino; ma la cosa sorprendente erano gli occhi, allungati sulle tempie e azzurri, cristallini, trasparenti, mentre le labbra gonfiate avevano perso i contorni, sembrava che la sua bocca sparisse nel volto, turgida ed esangue.

«Mi è dispiaciuto per suo padre.»

«...»

«Anche se una morte così alla nostra età... c'è da augurarsela.»

«Aveva settantanove anni» disse Anna, sgomenta dalle parole della Borgogna.

«Un'età perfetta per morire, superati gli ottanta il corpo diventa la prigione dello spirito, se la testa ancora funziona. E la testa di Attilio funzionava... Dico bene?»

C'erano orchidee dappertutto, sistemate in dei vasi dorati di fattura mediorientale, ad Anna tutto quell'odore di fiori dava la nausea. E anche Marina Borgogna, con quel suo sguardo ficcante e il suo cagnolino che alitava come se avesse corso per chilometri.

«Perché siamo qui?» chiese Anna.

«Per parlare.»

«Di cosa?»

«Di quello che suo marito e la sua assistente hanno fatto a mia figlia. Lei sa che abbiamo sporto denuncia, vero?»

«Certo, sì.»

«Viste le circostanze, pensavo di ritirarla. A farne le spese sarebbe solo lei, e lei è un'innocente, dico bene?»

Anna si schiarì la voce: «Signora, faccio fatica a seguirla».

«Immagino che, ora che il nostro Attilio non c'è più, sarà suo marito a dirigere la clinica. A chi è intestata? A lei o a lui?»

Una filippina le raggiunse con un vassoio, i caffè, una caraffa d'acqua e dei bicchieri. Anna bevve mentre la donna versava il latte nella tazza della signora.

«Non sono affari suoi...» disse Anna, ma non aveva un tono deciso, tutt'altro, piuttosto aveva la sensazione di essere una bambina, di sprofondare in quella poltrona damascata. Più la donna procedeva con le sue affermazioni fuori luogo, più lei sentiva di rimpicciolire come Alice nel paese delle meraviglie.

«Suppongo che se suo marito venga indagato non sarà facile, per voi, trovare una nuova figura di riferimento.»

Anna si portò il caffè alla bocca, non perché ne avesse voglia ma perché non sapeva cosa rispondere. Dove voleva arrivare con quel discorso?

«Quella donna, l'assistente di suo marito...»

«Maria Sole Meli.»

«Esatto. Quella donna...»

«Cosa?»

«Ha proposto a mia figlia di frodare l'assicurazione, mi sono informata, lo fa spesso. Non è deontologico. È d'accordo, vero?»

«...»

«Loro impiantano delle protesi scadute o non conformi: se poi succede qualcosa, la cliente che ha accettato di frodare l'assicurazione ha le mani legate...»

«Signora, ascolti, io non sono a conoscenza delle procedure della clinica, io non voglio neppure...»

«Glielo spiego io, è semplice. La Meli produce un falso storico sulla paziente x: referti medici che raccontano l'insorgenza di un tumore, l'intervento di quadrantectomia o mastectomia; pazienti assicurate per la ricostruzione. Molte accettano e vengono coperte...»

«E che vantaggio ha la Meli?»

«Senz'altro quella che si chiama una *stecca* dalla cliente, che non solo la paga ma si sporca le mani, è connivente.»

Anna chiuse gli occhi per dieci secondi.

«E questo giochino si adatta a tanti interventi: rinoplastica dopo un incidente, addominoplastica dopo un intervento che ha creato adesioni, eccetera eccetera... Quindi un discreto introito.»

«...»

«Lei dovrebbe aprire gli occhi, ragazza mia. Soprattutto ora che a gestire la clinica sarà lei. E se non sarà lei, è bene che tenga a bada suo marito.» Prese la tazzina con due dita, rigida, inamovibile. I suoi bracciali d'oro suonarono, uno era tempestato di sterline.

Anna si lasciò cadere all'indietro, poggiò il capo allo schienale e prese a piangere, le lacrime le scendevano sul viso. La donna le porse un tovagliolo e poi mise gli occhi sul suo cane: lo carezzò con entrambe le mani. Aspettava che Anna finisse.

«Io voglio che quella donna esca dalla clinica. E questa non è una richiesta ma una condizione.»

«Perché?» chiese Anna senza riserve.

«Perché sì.»

«Non è una risposta ragionevole...»

«Neanche il suo comportamento lo è stato.»

«Ritirerà la denuncia a carico di mio marito?»

«Vorrei, sì. Ma per una sola ragione. Per lei, Anna. Se suo padre fosse ancora vivo, procederei per vie legali, perché penso che quello che hanno fatto sia inammissibile. Trovo sconcertante che una clinica come la vostra si abbassi a un tale livello. E trovo sconcertante che a una cliente come mia figlia venga proposto un trattamento del genere. Ma di questo sono convinta sia colpevole la Meli.»

«Ma non ne ha parlato con mio padre?»

«Certo, certo...»

«E...?»

«Era mortificato, sostiene che è stato un errore, uno stupido errore: ha controllato la procedura, mi ha spiegato che la protesi era fallata, e si è proposto di rimuoverla... Per questo siamo andate da Carlotti.»

«Eravate molto amici?»

«Chi?»

«Lei e mio padre?»

«Amici, sì...» Sorrise.

«Glielo ha fatto lui il lifting?»

Chiuse gli occhi e allungò una carezza al suo cane. Annuì.

«Ha fatto altri interventi con lui?» continuò Anna.

«Un'addominoplastica. Dopo il parto avevo avuto un distacco della parete addominale.»

«Quindi vi conoscevate da molti anni.»

«Quaranta.»

«Perché vuole fare qualcosa per me?»

«Perché amavo suo padre e suo padre amava lei, immensamente.»

Attilio non c'era più, era davanti a una sconosciuta che si era sentita tradita, imbrogliata e umiliata, eppure l'amore di suo padre continuava a proteggerla, a esistere. Ma fino a quando sarebbe stato così?

«Signora Borgogna, io non so nulla di questa storia, non ho neppure idea del perché...»

«I soldi sono una tentazione costante. Tutto ha un prezzo.»

«Non avrei mai pensato che mio padre potesse...»

«Non si deve sconvolgere, ragazza mia. La sanità pubblica e quella privata nel nostro paese... sono entrambe un covo di serpenti.»

Rimase di nuovo senza parole.

«Però quella donna la doveva licenziare.» La Borgogna serrò la bocca.

«In fondo è solo un'assistente.» Anna si protese in avanti: la prossemica raccontava come si stava avvicinando ai ragionamenti della padrona di casa.

«Un'assistente giovane, determinata, ambiziosa e disposta a tutto.»

«Pur sempre un'assistente» precisò Anna.

«Se siamo d'accordo sul fatto che tutto ha un prezzo, converrà con me che l'altro motore del mondo è la fica.»

Anna sobbalzò, quella parola era inattesa, violenta e bieca. Cosa stava insinuando?

«Voglio quella donna fuori dalla clinica e ritirerò la denuncia nei confronti di suo marito.»

Anna si drizzò e avanzò con il busto, voleva affrontare l'argomento, anche Gigliola aveva azzardato l'ipotesi che Maria Sole potesse essere l'amante di Attilio. "O una delle amanti" avrebbe dovuto dire a questo punto. Non riusciva a capire che peso avesse la gelosia in questa storia. Marina Borgogna scattò in piedi e il cane protestò: cominciò ad abbaiare e ringhiare, con le zampe piantate nella moquette avorio.

«No amore, no, non è successo niente, niente. Tesoro, adesso vai a fare la passeggiatina e poi facciamo la pappa, shhh, shhh...» Si era chinata ad angolo retto come se la sua schiena non potesse flettersi. Nulla del suo corpo poteva più flettersi e Attilio era stato parte di quell'immobilizzazione, aveva tirato così forte i lembi di pelle che le espressioni erano andata a farsi benedire. Erano rimasti gli occhi, così fermi e orgogliosi mentre le parlavano e ora così dolci e amorevoli mentre si rivolgevano al cane.

«Arrivederci, Anna. Faccia attenzione» disse senza voltarsi, protesa verso la bestia che continuava a sbraitare. «Samila!»

La filippina arrivò con il guinzaglio e le bustine di plastica per le feci. Non disse nulla ma fu lesta, rapida. Afferrò il cane da dietro come sorprendendolo, infilandogli il moschettone nel collare. Lo strattonò dandogli le spalle, continuando a ripetere: «Andiamo, andiamo».

«Prego» disse la Borgogna indicando la porta; il suo tempo era scaduto, le sue energie dissolte.

Anna seguì la filippina e il cane che non la finiva di abbaiare. Quando furono sulla porta si voltò per un sorriso di circostanza, ma Marina stava già chiudendo l'uscio. Si muoveva come un robot, Attilio le aveva dato il colpo di grazia: era una statua di cera.

Nell'ascensore osservò il pomerania che continuava ad abbaiare e la filippina a guardare il vuoto. Era imbarazzata e stanca. La donna uscì e le diede le spalle seguendo il cane che si era finalmente placato e trotterellava veloce verso l'uscita. Con quell'andamento confuso, prima da reietto e poi da principe.

Anna prese il telefono e vide due chiamate perse di Guido.

E un cuore da Javier. Un cuore rosso, bombato, attivo. Un cuore puro, lontano da quei raggiri.

Anna lo restituì all'istante e poi telefonò a suo marito.

La sua voce calda e lieve: «Come stai, Anna?».

«Bene.»

«Dove sei?»

«In centro...»

Il cane aveva ripreso ad attaccare, questa volta il suo bersaglio era il portiere. Il guinzaglio era teso, la filippina ferma con la testa china sul cellulare, l'uomo con le braccia incrociate.

«Ha chiamato Vassalli, ci aspetta alle sei in studio, da lui.»

«Davvero? Ha chiamato lui?»

«Sì, certo» disse Guido.

«Va bene, sto rientrando.»

Mise il telefono nella borsa. Il portiere disse qualcosa alla filippina e lei strattonò il cane con una violenza incredibile, lo fece volare per mezzo metro e con gli occhi piantati nel cellulare gridò: «Basta, Attilio, basta!».

18

Leopoldo Vassalli lesse con calma, Anna e Guido ascoltarono in silenzio, seduti di fronte a lui, in quella stanza enorme dove la luce non filtrava mai. I volti illuminati dal riverbero dell'abat-jour non lasciavano indovinare le espressioni, eppure Guido si era piegato su se stesso, raggomitolato come un onisco, si teneva le ginocchia con le braccia.

Anna era l'erede, ogni proprietà andava a lei, aveva avuto ragione Attilio a voler intestare la sua casa ai bambini; non c'era da pagare alcuna tassa di successione. Quanto alla clinica, il villino era in affitto ma Anna diventava la titolare della società, l'unica.

«E con questo è tutto.» Vassalli chiuse la cartellina e si tolse gli occhiali appuntati sul naso.

Anna era seduta nello stesso posto in cui prima sedeva accanto a suo padre, pochi giorni erano bastati per farle sentire che rivivere certe situazioni non la consolava, tutt'altro. Fosse stato per lei, si sarebbe liberata di tutto. Non del ricordo, ma dei posti, degli oggetti, delle situazioni. Avrebbe cambiato città, disabitato la clinica, l'appartamento, anche casa sua... Avrebbe voluto cancellare i luoghi, seppellirli con suo padre e ricominciare altrove. Il pensiero della clinica la terrorizzava, non aveva la benché minima idea di come gestirla e sentiva il peso enorme della volontà paterna e della responsabilità verso le persone che gli erano state fedeli. Attilio non lasciava tanti soldi, lasciava un capitale da far fruttare.

«Va tutto bene?» chiese il notaio a Guido, che alzò la testa come se si fosse addormentato.

«Bene, sì...»

«Come pensate di procedere?» domandò a entrambi. «La terrete, la clinica?»

Marito e moglie si guardarono con un guizzo di perplessità. Spaesati e vicini, inchiodati in quel buio per Attilio.

«Io... io... pensavo che... avevo capito che...» Guido si grattò il collo, il colletto della camicia abbassato lasciò scoprire la sua infiammazione cutanea. Diede un colpo di tosse. «Con Attilio facemmo un discorso, tempo fa... All'inizio dell'autunno, quando avevamo deciso che sarei diventato io il primario, promise di lasciarmi delle quote, mi disse che stavate formalizzando la pratica...»

«Ti avrei convocato, Guido...»

«Attilio disse che stavate preparando un contratto, ufficializzando la cosa.»

Anna rimase colpita dal passato remoto, come se Attilio fosse già andato via da mesi. E provò una certa compassione per Guido, per come stava chino, con le braccia strette sull'addome.

«Non ti ha mai detto nulla?» domandò al notaio.

Vassalli aprì un cassetto e prese una pipa, la batté sul tavolo, era vuota. La infilò in bocca e, poggiando la schiena, rispose: «No, nulla». Lo osservò paralizzato nella sua posizione. E poi Anna. «Guido, immagino che potrai tranquillamente continuare a dirigere Villa Sant'Orsola. Se poi avete bisogno di formalizzare delle posizioni interne tra di voi, nessuno ci impedisce di fare delle scritture private.»

«Certo, certo...» ribatté Guido.

«Anna?»

«Cosa?»

«Che ne pensi?»

«Sono stanca e... confusa.»

«Tu sai, Leopoldo, che ci sono delle indagini sulla clinica, no?» chiese Guido.

Il notaio annuì con uno sguardo.

«Ecco, forse Attilio ha rinunciato a procedere perché in quel caso, se ci fosse stata una denuncia, sarebbe stata a mio carico...»

«Non ha senso... la denuncia è a tuo carico in quanto chirurgo...» Vassalli era convinto. Osservava Anna, lei sentiva i suoi occhi addosso proprio come sentiva quelli del padre. Gli occhi del buonsenso.

«Però non mi capacito che non ti abbia parlato di questo» ribadì Guido.

«Come procede l'indagine?» La pipa la teneva in bocca anche mentre parlava.

«Del Bosco dice...»

«Del Bosco è il tuo avvocato?»

«Sì, perché?»

«Del Bosco è una garanzia.»

«Pare di sì... In altre situazioni è stato eccezionale.»

«Che situazioni?» chiese Anna. Non le risultava che nessuno avesse mai messo in discussione il lavoro di suo marito.

«Amore, quello che s'immagina un paziente non coincide sempre con il risultato. E di gente che spera di diventare Sharon Stone sotto i ferri ce n'è parecchia, credimi. Ma grazie a Dio, per questo siamo ampiamente tutelati...» Si stava sciogliendo. Aveva tirato su il busto, sgranchito il collo. Proseguì rivolto a Vassalli: «Non hanno grandi prove a nostro carico. C'è solo una denuncia importante... Marina Borgogna, la conosci?».

Leopoldo si tolse la pipa dalla bocca. «La Borgogna ha sporto denuncia?» Era realmente stupito. «Non è possibile. Lei e Attilio erano legatissimi...»

«Lo so, lo so.»

Anna li guardava, fino a qualche ora prima lei non sapeva neanche dell'esistenza di quella donna.

«Infatti pare che adesso voglia ritirarla.»

«Non riesco a capacitarmi... Ma tu hai parlato personalmente con Marina?»

«Non vuole incontrarmi, nella maniera più assoluta.»

Vassalli osservò di nuovo Anna. «Tu la conosci?»

«Io?» Si colpì il petto. «No...»

«Ma certo... L'avrai vista decine di volte.»

«Dove?» chiese Anna, il suo tono era alterato.

«Be', a qualche cena, in clinica. Non lo so... Era una donna molto presente nella vita di tuo padre.»

Anna strinse tra le dita i braccioli della sedia e alzò la voce: «Allora perché avete impiantato delle protesi scadute a sua figlia?».

Lui fu sorpreso dalla domanda, rimbalzò indietro con il busto: «Ma noi non sapevamo che le protesi avessero dei problemi, ricordi? Ne abbiamo parlato».

«No!» gridò Anna. «Non ricordo! Come non ricordo Marina Borgogna, non mi è mai stata presentata. Mio padre non mi ha mai messa a parte della sua vita privata, né dei suoi affari. Mio padre mangiava con me la sera e mi sbucciava le mele, questo faceva, solo questo!» Anna scoppiò a piangere ma non era un pianto legato al lutto, era un'esplosione di rabbia, un sentimento violento e collerico.

Leopoldo si alzò e fece il giro del tavolo, la prese per le spalle: «Anna, va tutto bene... Si sistemerà tutto. Ora sei sconvolta e provata. Tuo padre ti adorava, sei stata la sua ragione di vita, sei...».

«Mio padre mi ha tenuto all'oscuro di tutto, mi ha fatto credere che la vita fosse perfetta come una fiaba, e che lui...» indicò Guido «fosse il principe azzurro. Mi ha fatto credere che la sua fosse una vita specchiata, non ho mai supposto una sola volta che potesse approfittarsi delle persone o delle situazioni, e tantomeno che avesse delle amanti... e io, come un'idiota, non mi sono neanche mai fatta venire il dubbio. Capisci?»

Vassalli si chinò verso di lei, premendole le spalle, come se potesse contenere la sua collera. «Se ti ha tenuta all'oscuro di certe vicende, forse non erano così importanti da essere condivise.»

«Una cosa è non coinvolgere una figlia, una cosa è farle credere di essere integerrimo e assolutamente incurante del mondo femminile... Avesse nominato una sola volta una donna, una sola!»

Leopoldo precisò: «Non si è mai risposato, Anna».

Si alzò di scatto dalla sedia e arretrò. «Sì ma a quanto pare gli piacevano parecchio i soldi... e anche la fica!»

Il notaio incrociò le braccia e disse, sorridendo: «A chi non piacciono?».

Anna rimase in piedi a osservare l'alter ego di suo padre; la rabbia le scorreva nelle vene, aveva la sensazione che nessuno capisse quello che intendeva, e più di tutto il sospetto che avesse avuto una storia con Maria Sole si stava trasformando in una certezza. L'immagine di quella mattina davanti alla scuola di Gabriele le tornava in mente a ripetizione: Attilio che cercava di carezzarla, lei che lo scansava.

«Andiamo a casa, Anna» suggerì Guido.

«Sì, andiamo a casa» ripeté con durezza.

Leopoldo li seguì verso la porta, con il passo frusciante, i pantaloni di flanella grigi, sempre quelli. Salutò Guido mentre Anna scivolò fuori, si affacciò e con garbo disse: «Sono qui, per qualsiasi cosa, se avete bisogno».

Salirono in macchina senza proferire parola e rimasero impastati nei rispettivi pensieri mentre l'auto scivolava sulla strada. Aveva piovuto, i sampietrini sembravano bulloni luccicanti, c'era il traffico denso dei rientri serali.

«Vuoi mangiare qualcosa fuori?» le domandò Guido.

«Voglio morire» rispose lei guardando dritta davanti a sé. Lui allungò le dita e raggiunse le sue, le strinse come una presa flebile e familiare.

In casa, Cora aveva apparecchiato, i bambini erano davanti alla tv, c'era aroma di broccoli e soffritto, per Anna un odore nauseabondo.

La filippina la aiutò a togliersi la mantella. Dal giorno della morte di Attilio, le sue premure erano raddoppiate. «Butto la pasta, signora?»

«Non ho fame, grazie, vado a letto.»

Fece per salutare i bambini, ma loro erano assenti e obnubilati dai cartoni, così tirò dritta verso la sua camera e andò in bagno. Un nuovo messaggio di Javier: "Anna, *necesito hablar contigo. ¿Viernes por la tarde?*".

"*Vale.*"

Javier era così lontano, un punto luminoso in fondo a un tunnel senza fine. Un desiderio costante. Una tentazione. In quel momento rappresentava l'antitesi esatta degli insegnamenti di Attilio. Ma Attilio non era stato fedele ai suoi buoni propositi. Una sola cosa le sembrava coerente nella vita di suo padre: la rincorsa all'apparenza. La dedizione con la quale si era dedicato nel suo lavoro a far sembrare le persone diverse, belle, impeccabili: la stessa che aveva impiegato nella sua vita per sembrare un uomo integerrimo, senza secondi fini, senza bisogni, senza relazioni, a parlare per anni di sua madre, Orsola, l'adorata moglie defunta, il fantasma, l'amore, l'unico della sua vita. Si chiese se l'avesse mai amata, mentre Guido la raggiunse a letto e senza dire una parola le allungò le gocce, che lei mandò giù sollevata all'idea di mettere i pensieri a tacere.

«Cerca di riposare, Anna.»

Qualsiasi cosa le avesse dato fece effetto subito, una specie di quiete cardiaca scese dolcemente e il respiro si fece liquido: il suo letto non le era mai sembrato così accogliente, il sonno chimico la ghermì con calma, scivolò in un buio piatto che durò a lungo. Fino a quando si svegliò bruscamente: qualcuno l'aveva colpita su una gamba. Nell'oscurità riconobbe Gabriele che dormiva tra le sue braccia, mentre Guido si era arpionato alla sua schiena, il mento piantato tra le scapole. Richiuse gli occhi cercando il sonno ma l'immagine di Attilio si fece di nuovo largo. Il volto deformato dalla morte si animava per dirle qualcosa, la bocca si apriva a vuoto, un incavo nero senza denti: la chiamava senza riuscire a pronunciare il suo nome.

19

Anna svegliò Gabriele baciandogli il naso, strusciò le guance sulle sue. «Buongiorno, pigrone!»

Cora aveva già preparato la colazione, e prima di correre a infilarsi sotto la doccia Anna le disse: «Vesti il principino, per favore, che lo porto a scuola». Quella mattina c'era la riunione con le maestre.

Dall'armadio in cui la filippina aveva riposto i panni stirati prese un paio di jeans e una camicia bianca, che infilò in fretta. Era una delle camicie di Guido, dal taglio sartoriale. Si abbottonò fino al collo, guardandosi allo specchio. Il pianto la colse all'improvviso, come uno scherzo del destino. Dal punto di vista delle sensazioni fisiche era certa che l'amore e la morte fossero lo stesso tipo di iniezione; ne conseguivano stati diversi, ma il risultato era il medesimo: la perdita di se stessa. S'infilò i jeans, che ormai le andavano decisamente grandi e, mentre era già in corridoio, degli stivaletti marroni. Mise la cappa, prese Gabriele e uscì.

Fuori il tempo era grigio, l'asfalto bagnato. Aveva piovuto mentre suo marito la stringeva a sé. Si chiedeva se dovesse fare un passo indietro e tornare con Guido, salvare la famiglia. L'umidità era pesante. Gabriele era lento, e anche lei lo era. Indolenzita. Anche mentre guidava aveva abbandonato la mente ai discorsi della radio, le braccia al volante, i piedi ai pedali. Al semaforo si raddrizzò e guardò Gabriele nello specchietto, aveva gli occhi di pasta frolla: «Dov'è papà?».

«Dorme, tesoro.»

«A casa?»

«Sì.»

Gabriele sorrise con gli occhi inzaccherati nelle nuvole.

Parcheggiarono al solito posto e quando scese sentì i muscoli tendersi. Salì le scale aspettando suo figlio, arrivò nel corridoio e lo spogliò, mentre osservava il mondo con la coda dell'occhio. Javier non c'era. Due madri si scambiavano convenevoli. Vide la maestra venire verso di loro. «Gabri, bentornato!» Si accucciò con la facilità di una scimmia e lui l'abbracciò, posò la guancia sulla sua e sorrise, infine la maestra lo invitò a entrare in classe e Gabriele si voltò per salutare Anna. «Dov'è papà?» le chiese di nuovo.

«A casa» rispose lei. La maestra le fece segno di aspettare.

Rimase davanti alla porta per qualche attimo. Poi si mosse e andò in fondo, da lì si vedevano le finestre di Javier, erano incastonate in un palazzo basso di cemento armato. Era un panorama anemico che ricordava le costruzioni realizzate da Gabriele con i suoi cubi di legno.

«Signora Bernabei?»

Anna si voltò di scatto e camminò veloce, con i tacchi degli stivaletti che battevano sul pavimento. La maestra le indicò una porta adiacente all'aula e lei entrò. Si accomodarono vicino a una scrivania, la donna aveva una coda di cavallo castana che si portò su un lato, si spinse verso Anna e disse: «Ho saputo di suo padre, mi dispiace».

«Grazie.» Aveva accavallato le gambe, per darsi un contegno. Era come se la maestra aspettasse qualche parola in più sull'argomento, ma lei tacque e rimase in attesa.

«Dunque, Anna, Gabriele è un bambino buonissimo, obbediente, assolutamente capace di relazionarsi con gli altri, si muove bene nello spazio, ed è discretamente ricettivo. Non è particolarmente incline al confronto. A questa età, come lei sa, i bambini possono essere aggressivi, e diciamo che quando Gabri si trova di fronte a questi fenomeni tende a non reagire.»

Anna si mise sulla difensiva, incrociò le braccia: «E cosa dovrebbe fare, picchiare gli altri?».

La maestra si protese con il busto, era come se cercasse di accorciare le distanze; la sua voce si fece ancora più morbida: «Assolutamente no, ci mancherebbe. Ma noi siamo tenute a rilevare i dati comportamentali. L'asilo in fondo è questo, uno studio del bambino in età prescolare. Gabriele evita il conflitto. È giusto che non picchi gli altri bambini, ma ricordiamoci che nel mondo animale se uno colpisce l'altro è normale che si instauri un meccanismo di difesa...».

«Non siamo animali!»

«Grazie a Dio, no. Ma a quest'età le emozioni sono nette. Non so se sono riuscita a spiegarmi...»

Anna rimase in silenzio, il discorso non la preoccupava affatto, Gabriele era un bambino dolce e remissivo, non c'era altro da aggiungere.

«Ultimamente ha avuto qualche fenomeno di enuresi diurna, ma lo riteniamo nella norma...» La maestra prese una cartellina rossa e tirò fuori dei disegni. «Questi li ha fatti nel primo trimestre.»

Erano soprattutto alberi, un tronco e una chioma riccia. Gabriele usava quasi sempre i colori a cera, i preferiti erano il verde e il giallo; poi cominciavano ad apparire delle figure umane, una riga cui si attaccavano altre righe come fossero degli arti, e un sorriso. Niente occhi.

«Questi sono gli ultimi...»

La maestra li dispose sul tavolo, erano sette in tutto. Il nero era il colore prevalente. Si riconoscevano ancora figure umane stilizzate, sempre in coppia, più o meno della stessa grandezza; la bocca non sorrideva più, era una stecca triste. In un paio di disegni c'era un sole al posto della testa, con i raggi che arrivavano fino ai bordi del foglio. In un altro una figura sottile e lunga con i capelli e altre due figure minuscole sul lato sinistro; qui il sole era in cielo, una palla grande, nera.

«Non sono una psicologa, però sono dell'idea che questi disegni siano un po' cupi, non le pare?»

Anna si arrese: «Sì, sono tristissimi...».

«Forse ha risentito della morte del nonno? Era malato da tempo?»

«No, è stata una cosa improvvisa, un infarto.»

«Capisco...»

Anna si chiese se la maestra sapesse dello scandalo, se avrebbe dovuto confidarle che le cose tra lei e Guido non andavano bene.

«Comunque, senz'altro qualcosa ha respirato. I bambini sono come spugne, lo sa. Teniamolo d'occhio. È un momento di passaggio. E lavoriamo anche sul confronto, mettiamo Gabriele nella posizione di esprimersi liberamente, anche l'eventuale aggressività... È un sentimento molto importante, soprattutto a quest'età. Non va represso.»

Anna provò invidia nei confronti della maestra, le sembrava così pacata e risolta, centrata, una donna completamente assorbita dal suo lavoro, conciliata con il tempo. Sembrava conoscere Gabriele molto meglio di lei.

La donna raccolse i fogli nella cartellina e li porse ad Anna. «Questi li può tenere.»

Poi aprì la porta e fece passare per prima lei, che dopo aver ringraziato uscì.

Quando nel corridoio vide Javier, sorrise senza trattenersi. Lui rispose con un sorriso quasi invisibile, era bloccato; se ne stava con la schiena poggiata al muro, e la guardava di sottecchi. Anna riconobbe l'imbarazzo, conosceva a memoria la sua mimica facciale. Il corpo rimbalzò dal muro e lui puntò gli occhi a destra. Anna inseguì la traiettoria del suo sguardo: Maya era lì che spogliava Galy, la liberava dalla sciarpa.

«Anna, allora io la saluto, per qualsiasi cosa sono qui.»

Maya stava legando i capelli alla figlia e le sorrideva, poi con i polpastrelli le sfiorò le orecchie e disse qualcosa d'incomprensibile. Galy fece segno di sì con la testa.

«Buongiorno signorina» l'accolse la maestra, la bambina la salutò e poi puntò gli occhi verso Anna, le si avvicinò e lo fece ancora, mosse la mano e le disse: «Ciao».

«Ciao» replicò Anna, cercando di sembrare più naturale possibile. Si accorse che Galy portava un apparecchio acustico, appena lo mise a fuoco istintivamente tornò con gli occhi a Javier, che la stava osservando. Aveva sempre la sensazione che riuscissero a comunicare senza le parole. Le sembrava che in quel momento stessero parlando di Galy, finalmente avevano capito da cosa dipendesse il suo ritardo; lei aveva pensato da subito che potesse essere un problema di udito. Glielo aveva detto? Questo non lo ricordava. La bambina entrò nell'aula e lui mosse verso la moglie.

La maestra disse: «Prego, accomodatevi».

Maya aspettò Javier, aveva i capelli tirati indietro con una fascia verde smeraldo, era completamente diversa dalla donna che Anna aveva incrociato quel giorno in cortile. Indossava dei leggings e una giacca tecnica, delle scarpe da ginnastica bianche, immacolate, era piccola piccola ma incredibilmente proporzionata, e aveva qualcosa negli occhi, un brillio, una luce incandescente.

Anna immaginò che la scoperta della sordità di Galy dovesse essere stata un sollievo per loro. Javier aveva paura che potesse trattarsi di qualcosa di molto più serio e compromettente. Anna si chiese se questo lo avesse riavvicinato alla moglie, ammesso che avessero dovuto riavvicinarsi. Riusciva a leggere negli occhi di Javier, eppure il rapporto tra lui e la moglie le rimaneva del tutto oscuro. L'unica volta che ne avevano parlato, lui era stato categorico, ma questo non significava assolutamente nulla.

Anna vide Maya avvicinarsi al marito, a cui si strinse: insieme entrarono nella stanza del ricevimento. Rimase ferma, lo spazio circostante le parve che si stesse dissolvendo, perse i confini, si chiese cosa stesse facendo. Non lì, in quel momento, ma nella sua vita. Era come se avesse perso lucidità, e insieme alla lucidità il controllo. Era in balia degli eventi. Della valanga.

Dopo una vertigine, ebbe la sensazione di tornare radicata al suolo. Fece un passo indietro e osservò il corridoio, tutti i cappotti dei bambini in fila, i cappelli e i cestini per la merenda. Vide la sua figura oblunga riflessa sulle mattonelle tirate a lucido della scuola e ripensò ai disegni stilizzati di Gabriele. Le apparve lo sguardo di suo figlio, a casa, in macchina, sotto la doccia, al funerale: aveva sempre quell'espressione mesta e vuota. I suoi disegni gli somigliavano; anche se non avevano gli occhi, l'espressione delle labbra raccontava perfettamente il suo stato d'animo. Quel sole grande e nero incombeva sulla sua testa, raccontava dell'assenza di luce e di gioia nella sua vita. Le si strinse il cuore.

Fece per muoversi verso l'uscita e la porta si aprì. La maestra indicò il bagno a Maya, e le passò di nuovo davanti, totalmente ignara della sua presenza.

Anna la guardò ondeggiare nel corridoio, ebbe la sensazione che fosse felice: la camminata leggera, lo sguardo distratto. Una donna totalmente inconsapevole di ciò che le accadeva intorno. Una donna come lei.

20

Quando Anna salì le scale di casa la sensazione di confusione era sparita. Le sembrava di essere tornata in sé, il disordine mentale era evanescente, come il dolore: andava e veniva. Arrivata sul pianerottolo vide una figura di schiena davanti alla porta, portava una mantella col cappuccio e disegni che ricordavano le griglie di Mondrian. «Salve» disse.

La donna si voltò di soprassalto, lasciandosi sfuggire un sussulto. Era Maria Sole. «Sono venuta per... Devo parlare con Guido, ho qui dei documenti importanti» spiegò. Reggeva una cartellina.

Anna non disse nulla, infilò la chiave nella toppa e aprì. Maria Sole entrò dietro di lei e rimase immobile. Era elegantissima. Pantaloni neri aderenti e scarpe décolleté color sabbia.

Quando la porta si chiuse, la voce di Guido le raggiunse dalla camera da letto: «Amore, sei tornata?».

Anna appese la cappa e rispose: «Sì, sono qui». Si voltò verso l'altra, che bianca come un lenzuolo stringeva la cartellina al petto. «Vuole darmi la mantella?»

«No, grazie» rispose, inespressiva come un burattino.

«Vado a chiamarle Guido.»

«Sì…»

Ma lui uscì dalla stanza in maglietta e boxer, lo sguardo assonnato, i polpacci scorticati. Anna rabbrividì, non aveva immaginato che potesse essere così grave. Guido rimbalzò appena vide Maria Sole. Non la salutò, non salutò neanche Anna, il suo sguardo strisciò a terra come una biscia. Disse solo: «Mi è salita di nuovo la febbre».

Maria Sole si liberò dal cappuccio e scrollò i capelli sulla schiena, un'enorme massa bionda che emanava profumo di shampoo alla frutta.

«Che ci fai qui?» Lui aveva alzato gli occhi su di lei, era accigliato.

«Scusami, ho provato a chiamarti ma sei sempre staccato. Dovremmo discutere di certe cose…» Sollevò la cartellina dal petto. «È piuttosto urgente.»

«Un attimo soltanto… Mi metto qualcosa addosso.» E sparì nella camera.

«Posso chiederle un tè?» disse Maria Sole rivolta ad Anna, poi si mosse verso il centro del salone: i suoi occhi cominciarono a perlustrare la stanza, come fosse in un museo. Lo sguardo camminò sul divano, il tappeto, l'abat-jour, le finestre, la grande libreria di acero piena della loro vita: libri, dvd, cd, foto, il televisore, lo stereo, le casse, l'amplificatore. Si avvicinò al mobile e si fermò davanti alla foto del loro matrimonio incorniciata nell'argento; Anna si aspettava che dicesse qualcosa, e invece riprese a camminare per la stanza silenziosa come un gatto. Il suo punto vita era minuscolo, il sedere come un ukulele. Aveva un corpo perfetto racchiuso in una magrezza assoluta che le conferiva qualcosa di regale.

Maria Sole passò in rassegna tutte le immagini della famiglia, le foto in Grecia, il penultimo Natale, Gabriele appena nato; davanti a quella del battesimo di Natalia si paralizzò.

Anna disse: «Vado in cucina a mettere l'acqua sul fuoco».

Maria Sole continuava a fissare la foto, spostandosi con movimenti calibrati e lenti. Poco dopo si voltò, aveva gli occhi grandi e continuava a stringere la cartellina al petto. «Sì» rispose. «Va bene...» Si guardò le scarpe e chiese: «Me le devo levare?».

«No... assolutamente no.»

Gli occhi si muovevano al rallentatore, indugiavano su ogni dettaglio. Il suo corpo sembrava galleggiare in un acquario.

«Si accomodi.» Anna indicò il divano e andò in cucina. Prese il bollitore da mettere sulla fiamma. Cercò una ciotola dove sistemare le varie infusioni, ma Maria Sole entrò silenziosa e si mise accanto alla finestra, la sua immagine in controluce era una linea scura.

«Se devo aspettare, allora mi leverei la mantella.» Posò la cartellina sul tavolo e Anna la vide sfilarsi la cappa. Sotto indossava una maglietta nera e una sfilza di bracciali di giada. Si appoggiò con la schiena al muro e si toccò il ventre. «Mi è dispiaciuto molto per suo padre.» Anna non disse nulla. Per la prima volta le condoglianze non le sfiorarono il cuore. «Però, se può consolarla, sono lieta che non abbia sofferto... Penso che un arresto cardiaco sia il minore dei mali, meglio un infarto che morire divorati da una malattia.»

Anna si voltò per guardarla. Aveva detto così perché anche lei sapeva che Attilio aveva un tumore, o era tanto per fare un esempio? Ora i suoi occhi non erano spersi, ma precisi e invadenti. «Latte o limone?»

«Niente, grazie.»

Le mise davanti lo zucchero, il miele, la tazza. Maria Sole accarezzò il manico della teiera, chiese: «Questo è un servizio Bone China?».

Anna alzò le spalle.

«È fatto di ceramica e cenere di osso di mucca» insistette.

«Davvero?» Non le importava nulla, era a disagio, voleva andare a chiamare Guido.

«Sì, pure mia madre ne aveva uno. Anche mia madre è morta, e anche mio padre. Siamo tutte e due orfane... *noi*.»

Non sapeva quale delle ultime due parole la facesse rabbrividire di più.

Cora entrò nella stanza, aveva Natalia in braccio e gli auricolari nelle orecchie. Maria Sole scattò in piedi: «Chi c'è qui? La mia bambina...». Tese le braccia e Natalia fece lo stesso, Cora si avvicinò e la piccola scivolò sulle sue ginocchia. «Ciao Mini, come stai?» Natalia la osservò. Il suo viso splendeva, un'espressione gioconda. «Come stai? Come stai? Come stai?» Elettrizzata da tanta enfasi, la bambina le si appese ai capelli, le tirò una ciocca, con violenza. «Ahia!» gridò Maria Sole guardandola in modo severo. La sua bocca, aperta in uno splendido sorriso fino a un momento prima, si chiuse nel rimprovero. «Quante volte te l'ho detto che non mi devi tirare i capelli?» Natalia trattenne il fiato.

Quante volte.

«Quando avrò il mio bambino o la mia bambina, la prima cosa che gli insegnerò sarà il rispetto» aggiunse poi rivolta ad Anna, che prese Natalia in braccio e le annusò la cute. Il suo odore angelico. La consistenza della flanella. Natalia batté la testa sulla sua clavicola, e poi lo fece anche con la madre, le si appese ai capelli: «Piano amore, fai male...» La bimba sorrise e tirò di nuovo.

«Eccomi» disse finalmente Guido sulla porta della cucina. Aveva un aspetto completamente diverso, in un attimo era riuscito a cancellare tutto. L'abbraccio di quella notte era svanito, la sua premura verso Anna dissolta, sembrava avesse sciacquato via anche la febbre. Bastava che si lavasse il viso e si trasformava in un altro uomo.

Maria Sole lo soppesò. Si scambiarono uno sguardo lungo, come due avversari. Lei disse: «Stavo giusto dicendo ad Anna che abbiamo delle cose in comune...».

Anna non l'aveva mai sentita pronunciare il suo nome, le fece una brutta impressione. A Guido scappò un verso, poi diede un colpo di tosse. «Andiamo?»

«Dove?» Ora Maria Sole aveva un'aria innocente, cambiava espressioni alla velocità della luce.

«Nello studio, a parlare.»

«Volentieri» rispose lei, ma non si mosse. Anna notò che portava un bracciale d'oro cui erano appesi decine di ninnoli. Croci, coccinelle, campane: c'era anche una sterlina. *Quella* sterlina. Si diresse di nuovo ai fornelli e mise il caffè sul fuoco. «Lo vuoi?» chiese a Guido, e lui si affrettò a rispondere: «No no».

«Mi dispiace per la febbre» disse Maria Sole. «Gira una terribile influenza.»

«In effetti non mi sento bene. Meglio se parliamo subito, così poi mi rimetto a letto.»

«A letto» sospirò lei, girando per l'ennesima volta il cucchiaino da quando aveva preso la tazza.

Anna e Guido si scambiarono uno sguardo, lei era interrogativa, lui lievemente sudato; aveva perso il suo aplomb, era nervoso.

«Andiamo.» La cadenza era perentoria.

«Va bene» rispose Maria Sole lasciando il tè. Si passò le mani sulla maglietta e sui fianchi, impacciata.

Guido indicò il corridoio: «Per di qua». Maria Sole gli scivolò davanti e lui studiò il suo corpo di giunco.

Cora passò uno straccio sul tavolo. «Signora, se sta lei con la bambina, faccio la camera.» Poi avvistò la tazza di tè quasi piena e disse: «Che faccio, la porto di là alla signora Maria Sole?».

Anna la guardò. «Come fai a sapere il suo nome?» Cora alzò le spalle. «È la prima volta che la vedi, giusto?»

«No...» Muoveva lo straccio sul tavolo compiendo

dei cerchi. «L'altro giorno... è venuta a trovare il signor Guido.»

«Quando?»

«Dopo il funerale.»

«E cosa hanno fatto?»

Cora si bloccò, anche se non aveva finito. «Non lo so, signora, io stavo in camera con i bambini...»

Si spostò verso lo studio, voleva origliare. Aveva ancora Natalia in braccio, che rideva. La portò in camera e la mise nel box. Appena la lasciò, la bambina si lamentò tendendo le braccia. Anna cercò Lucilla, il suo pupazzo, ma non era né sotto al cuscino né nella cesta dei giochi, così le diede il libro con le pecore, i gingilli a campanella e un flauto. Natalia aveva imparato a soffiarci dentro e le note la divertivano. Non in quel momento, però. Si mise a piangere.

Anna andò in cucina, preparò un biberon di camomilla e lo scaldò nel microonde, quaranta secondi durante i quali Natalia singhiozzò senza riprendere fiato. Lo sguardo le cadde sulla cartellina rossa, con i documenti che Maria Sole avrebbe dovuto mostrare a Guido; afferrandola, si accorse che pesava come una foglia; la aprì: era vuota.

Tornò da sua figlia, le diede il biberon. Natalia tirava forte con le guance scheggiate dal pianto, osservandola con un'espressione incerta. A un tratto Anna avvistò il pupazzo in un angolo della stanza. Si alzò per prenderlo, mentre Natalia la seguiva con lo sguardo. Glielo porse sorridendo e scivolò nel corridoio, ma avvicinandosi allo studio sentì il tono di voce di Guido impennarsi, era alterato, mentre Maria Sole ribatteva stizzita; Anna non riuscì a distinguere le parole, ma l'ultima fu chiara, lui gridò: «Non posso!». Rimase bloccata e poi sentì dei passi, arretrò e tornò in cucina. Si mise al lavello, aprì il rubinetto, attese l'acqua calda. Le parve di sentire dei passi avvicinarsi ma non era certa. Chiuse tutto, si asciugò. Ora c'era uno strano silenzio, inquieto e pesante. Scivolò sul pavimento e fece capolino. In salotto, Maria Sole era vicina alla porta. Guido era sull'uscio.

«Un attimo» disse Anna, recuperò la cartellina e li raggiunse. La porse a Maria Sole.

«Oh, grazie» rispose lei. Aveva la voce bassa e rotta. Osservò Anna e aggiunse: «Complimenti, la sua camicia è bellissima». Gettò un'occhiata a Guido. Si passò le mani sulle tasche: «Devo aver scordato il cellulare, scusate...».

«In cucina» suggerì Anna.

«No, nello studio.» Si mosse veloce, la vide allontanarsi con quell'andatura decisa, la stessa della prima volta. Il suono dei tacchi svanì nel corridoio.

«Cristo santo» sibilò Guido.

«Che succede?»

«Non c'è un attimo di pace» gracchiò lui.

«Problemi?»

«Niente di importante.»

«Ne vuoi parlare?»

«Vorrei solo prendere un'aspirina e andare a letto» fiatò con indolenza.

Il suono dei passi tornò verso di loro. Si fecero trovare l'uno di fianco all'altra come statuine di un presepe, Anna addirittura sorrise.

Maria Sole mostrò il telefono e Guido aprì la porta prima ancora che l'avesse raggiunta. Lei si infilò la mantella velocemente e, mentre la sua testa era avvolta nella stoffa, Guido alzò gli occhi al cielo. «Arrivederci» disse, non era rivolto a nessuno dei due, scavalcò l'uscio come se uscisse da un negozio. Lui si appoggiò con la schiena alla porta, sospirò e il suo corpo perse consistenza: un palloncino che sfiata elio.

«Perché è venuta qui?»

Lui strinse gli occhi: «Ha paura, è terrorizzata per la denuncia, teme che il suo nome salti fuori, mi dà il tormento». Sembrava che stesse per svenire, barcollò come se non avesse il centro.

Anna si avvicinò. «Guido, stai bene?»

Lui la strinse a sé, una stretta anonima, con qualcosa di cameratesco. «Sono solo...»

Improvvisamente il pianto di Natalia li raggiunse come un fuoco d'artificio che esplode. Anna si liberò dalle braccia del marito e corse verso la stanza, il corridoio lungo e stretto – per un attimo – le parve duplicarsi; le grida della bimba erano diverse, un pianto secco e urlato, dopo attimi di apnea. Anche Cora era accorsa. Natalia era in piedi nel suo lettino, aggrappata alle sbarre, con le labbra schiuse nel dolore. Anna la prese in braccio, la tenne a distanza come fosse un pupazzo; la osservò per capire se si fosse fatta male. Natalia piangeva guardandola dritta negli occhi. La portò sul fasciatoio e le toccò le braccia e le gambe, sotto il collo. Il corpo era reattivo; le infilò un dito nella bocca, e questo non fece che irritarla di più, pianse con una foga che non era umana. Allora se la portò al petto, camminò nella stanza dondolandola, come quando era una neonata. Saltò sui passi, marciò veloce, compiendo un'ellissi in un perimetro piccolo che sembrava un labirinto. I primi giri furono quasi ginnici, eppure quel movimento, che non aveva nulla di docile e aggraziato, placò le grida. I loro cuori surriscaldati cominciarono a rallentare insieme quando Anna smise di agitarsi.

«Shhh... shhh...» le sussurrava tenendole la nuca con il palmo della mano. «Shhh...» E lei, piano piano, si spense. Quando emise l'ultimo suono gutturale, Anna era sfiancata accanto al lettino. Dondolava sul posto: prima un piede, poi l'altro. Si sedette sul pavimento, attenta a farlo come se fosse naturale, una torre che crolla al suolo, al rallentatore. Natalia rimase adagiata al suo petto e Anna allentò la presa. Immobile rimase in penombra a respirare con sua figlia. Si rese conto che per la prima volta da giorni non aveva pensato a nulla, l'azione l'aveva sradicata dal suo dolore interiore, era *solo* impegnata a spegnere l'incendio. Le braccia le dolevano, l'acido lattico aveva presentato il conto all'istante. Avanzò con il busto e la piccola testa si inclinò all'indietro, erano sudate tutte e due e le palpebre di Natalia scivolavano verso il sonno per lo sforzo. Era sonno? Se lo chiese. La adagiò sul tappeto, il piccolo corpo si abbandonò a terra, la bocca aperta, gli occhi pesanti. Le fece delle carezze, era ancora in cerca di qualcosa; poi infilò le mani tra le sbarre del lettino per prendere il ciuccio, ma non lo vide. Si sporse con il busto verso il materasso e si accorse che Lucilla, il suo pupazzo, non aveva più gli occhi. Il suo orsetto infeltrito, schiacciato dal peso leggero di tutti i suoi sonni e con le orecchie lise, sembrava un pezzo di pongo informe senza sguardo. Ecco da dove veniva quel pianto, non era un dolore fisico. Si voltò per dirle che non era successo nulla, le avrebbe ricucito gli occhi, l'avrebbe aggiustato, fatto resuscitare; ma Natalia si era addormentata, proprio come in quella foto che le aveva mandato Guido quella sera, le braccia e le gambe distanti, abbandonate al suolo: sembrava una stella.

21

Anna mandò Cora a prendere Gabriele, Guido si era addormentato. Cucì gli occhi del pupazzo e aspettò che la bambina si svegliasse; non lo faceva mai, amava il sonno dei suoi figli, soprattutto quello pomeridiano. Invece ora attendeva e quando Natalia si mosse – una, due volte – le sfiorò la fronte e le disse: «Amore, guarda!». Le mise l'orsetto all'altezza degli occhi, Natalia stropicciò i suoi e poi sorrise. Anna la portò in cucina e le disse che avrebbero preparato una torta; la mise seduta sul tavolo di marmo, fece una montagna di farina e schiuse le uova in cima; la bimba affondò le dita nella neve e cominciò a impastare. Aggiunse lo zucchero, il lievito, la scorza di limone e il burro, in uno stato di trance.

Ripensò a Javier e a Maya, loro di spalle nel corridoio, e poi rivedeva l'apparecchio acustico di Galy, un verme trasparente inserito nel suo orecchio. Lo modellò anche con un pezzo di frolla, lo mise in un angolo del tavolo, mentre sua figlia si leccava le dita e batteva i palmi per l'eccitazione: sua madre le stava dedicando del tempo.

Quando Gabriele tornò, la prima cosa che chiese fu dov'era il padre.

«Dorme» gli spiegò Anna, «ha la febbre.» Lui le diede le spalle e spalancò la porta della camera da letto, lei gli corse dietro per sincerarsi che non facesse troppo rumore, e lo vide immobile davanti alla sagoma addormentata di Guido. Sorrise. Sorrise anche quando entrò in cucina e inspirò l'aroma della torta, vide la sorella cosparsa di farina seduta a terra a infilare cerchi di legno in un bastone. Si ignoravano, i bambini, eppure sapevano sempre dove erano. Come animali selvatici.

«Che buon odore... Ciambellone?» chiese Guido. Lo aveva svegliato. Gabriele si incollò alla sua gamba.

«Sì» confermò Anna. «Come ti senti?»

«Rinato.» Prese Natalia tra le braccia. «Ho due proposte incredibili. Siete pronti?»

Gabriele salì sulle punte. Anna strinse gli occhi: «Sentiamo...».

«La prima: domani andiamo a sciare?»

«Sìììì!»

«Allo Scoiattolo?»

«Sìììì!»

«Anna?»

Aveva appuntamento con Javier. Rabbrividì. Era stata una volta sola in montagna, mentre era incinta di Natalia. La località era vicinissima alla città, due ore di macchina, dopo curve e tornanti si scorgeva la vetta, un pandoro irrorato di neve artificiale e incorniciato da una boscaglia fitta e ripida. C'era un buon ristorante sulle piste, e moltissimi bambini, ma l'albergo lo detestava. Era di quelli per famiglie, animazione non stop, pasti per l'infanzia: spaghetti in bianco, patatine e cotolette. Una costruzione anni Settanta con le maioliche rosa corallo nei bagni, i letti in ferro rosso a castello, la moquette ispessita, le docce con la tenda di plastica. Ricordava ancora quel weekend come un inferno: Guido a sciare e lei in albergo a custodire la seconda gravidanza e a guardare Gabriele seduto su un tappeto che sorrideva a un clown, mentre il *Pulcino Pio* suonava a nastro. Aveva avuto la sensazione che quello fosse un luogo dove liberarsi dei bambini; non che lei deprecasse le strutture che lasciavano spazio ai genitori e intrattenevano i piccoli, ma lì, alla Casa dello Scoiattolo, qualcosa le aveva dato fastidio, forse l'agilità con cui i figli venivano lasciati, tra spifferi e porte girevoli, mentre i genitori si affannavano, tutti in fila, per una pista del resto trascurabile. Le era sembrato un luogo di replicanti, aveva respirato i ritmi dell'omologazione, i genitori con gli occhiali a specchio su cui si rifletteva la montagna bassa, i bambini che battevano le mani per vecchi suonatori di piano bar con il naso rosso, le cameriere vestite da campagnole, con i fazzoletti in testa e il sorriso prefabbricato. E poi aveva un sospetto, che tutti quei weekend in cui Guido andava lì, in realtà non fosse solo. Aveva sospettato di Maria Sole, ma ora non lo sapeva più. Era certa che avesse avuto un'amante. Un uomo come Guido non poteva resistere tutto quel tempo senza sesso, era un appuntamento settimanale, proprio come lo sci, faceva parte dell'esercizio fisico, della salute mentale.

«No» disse Anna con la voce calma. «Io non me la sento di venire.»

«Va bene, okay... E se andassi io con i bimbi? Solo una notte? Dai dai dai!»

Natalia batté i palmi: «Da'!».

«Hai appena avuto la febbre.» Perché voleva partire, non era stanco? No, la neve lo rigenerava, era come un anabolizzante, un concentrato proteico.

«Ho bisogno di staccare un attimo.»

«Va bene, vai.»

Lui le prese il viso. Un gancio. E le baciò la bocca. Per la prima volta Anna sentì il senso di colpa aggredirla; perché la sua mente era volata a lui, il suo ragazzo andaluso, e si era immaginata perfettamente i loro corpi incollati, le bocche sazie: mentre suo marito cercava di ristabilire la quiete familiare.

«Seconda proposta: pronti?» I bambini erano euforici. «Ci prendiamo un pezzo di torta e ci guardiamo *Peter Pan* abbracciati sul divano?»

«Ma Cora ha preparato l'arrosto» protestò Anna.

«Lo mangeremo stasera...» Aveva un tono da giocoliere, presentatore, domatore di leoni.

«Okay» sorrise Anna.

«Mamma ha detto *ochèi*!»

Li prese tutti e due, gongolò verso il salone, mentre Anna tagliò la torta. Quando li raggiunse, l'enorme schermo proiettava una luce ultravioletta, Peter Pan guardava verso il muro incredulo: aveva perso la sua ombra. Guido la tirò a sé e portò il braccio intorno alla spalla, Anna poggiò la testa sul suo petto e si abbandonò a quel pomeriggio invernale, loro davanti alla televisione con i bambini: non l'avevano mai fatto. Guido fece scivolare la mano e infilò il dito dove iniziavano le natiche di sua moglie. La musica melodica, il silenzio dei bambini, la quiete domestica, piano piano si addormentò.

Si svegliò di soprassalto, un rumore brusco la fece sobbalzare. La tv era ancora accesa ma il film era finito. Si alzò e andò a vedere i bambini: erano con Cora nella stanza. Allora cercò lui: era steso sul letto, le gambe incrociate, leggeva dei documenti.

«Buongiorno, Wendy!»

«Sei di buonumore.»

Guido le fece segno di sedere accanto a lui, batté sul copriletto, ma Anna si sedette ai piedi.

«Che fai?»

«Leggo delle carte, la storia delle protesi...»

«Ho incontrato Marina Borgogna» annunciò Anna.

«Cosa?» Si tirò su di scatto. Il giullare era sparito. «Quando?»

«Ieri mattina.»

«Dove?»

«A casa sua.»

«E cosa ti ha detto?»

«Che vuole ritirare la denuncia ma a una condizione.» Fece una pausa. «Maria Sole dovrà essere licenziata.»

Guido incrociò le gambe, gli occhi roteavano: «Davvero?».

«Sì.»

«Maria Sole... E perché?»

«Pensa che la responsabilità della faccenda sia sua. Pensa che Attilio una cosa del genere non l'avrebbe mai fatta.»

Guido sorrise. «Sul serio ha detto così?»

«Sul serio...»

Si grattò sul polpaccio destro dove la psoriasi aveva camminato come un incendio. Una zona di pelle era ispessita, l'altra piena di piccole croste simili a una costellazione zodiacale. Ne staccò una, piano. E poi un'altra.

«Sostiene che la Meli produceva delle analisi false per frodare le assicurazioni, lo sapevi?»

Rispose di sì con gli occhi.

Anna si tirò su, si strinse le braccia intorno alla vita: «Gesù, Guido, ma questo è davvero troppo!».

«Lo so, hai ragione. Ma è stato tuo padre, te l'ho detto che era fuori controllo.»

«Papà ha avuto questa idea?»

«No, è stata Maria Sole, è lei che si occupa di tutto, che gestisce i falsi e le relazioni con le clienti. Anche i guadagni sono suoi, ma Attilio di contro aveva la certezza di poter rifilare le protesi scadute a chi accettava.»

«E perché la Meli ha proposto una cosa del genere alla figlia di Marina?»

«È stato uno stupido errore... Una leggerezza. La Meli non sapeva chi fosse, e Attilio non si è premurato di avvertirla...»

Guido si era accanito sulla gamba.

«Smettila!» lo sgridò Anna.

«E fammi capire... come mai adesso ha cambiato idea, e vuole ritirare la denuncia?»

«Per me.»

«Per te? Ma se neanche la conoscevi...»

«Lei sostiene che se tu vieni formalmente indagato, a farne le spese sarei io... Se papà fosse stato ancora vivo, sarebbe stato diverso. Senza di te la clinica chiuderebbe. A quanto pare, Attilio le stava parecchio a cuore, e io di conseguenza.»

«Hai un angelo custode, Anna...»

«Sono certa che abbia avuto una storia con papà, una storia abbastanza importante. Tu ne sapevi nulla?»

Si strinse nelle spalle. «Lo sanno tutti...»

«Penso che papà abbia avuto una relazione anche con Gigliola.»

«Possibile...»

«E che mi dici di Maria Sole?»

«Maria Sole? In che senso?»

«La Borgogna sostiene che, visto l'errore che ha commesso, Attilio avrebbe dovuto licenziarla.»

«Ma figurati!»

«Be', io invece lo capisco. È un errore imperdonabile... Forse tra loro c'era qualcosa.»

Guido rimbalzò indietro. «Lo escludo nella maniera più assoluta. Come ti viene in mente? Poteva essere sua figlia.»

«...»

Continuava a passare la mano sulla coperta, un semicerchio perfetto disegnato dalle dita.

«Maria Sole... no, impossibile» continuò Guido, ma era come se lo stesse dicendo più a se stesso.

«Eppure sia la Borgogna che Gigliola lo suppongono...»

«Davvero?»

«Sì, pare anche che papà le abbia pagato un corso di formazione a Londra, vitto e alloggio, un'esagerazione. Su questo concordo con Gigliola, è una figura professionale abbastanza semplice da trovare oggi, non c'era bisogno di formare lei, no? Di affidarle un nuovo reparto...»

Guido si staccò un'altra crosticina, questa volta una piccola stilla di sangue guizzò dal foro. «Mi strapperei la gamba...»

«Non pensi che abbia investito esageratamente su quella donna?»

«Be', devi considerare che la storia delle assicurazioni è un'arma a doppio taglio... Io credo che la Borgogna abbia aspettato Attilio tutta la vita. Era arrabbiata, e forse non a torto: e denunciare me, in qualche modo, è stato un modo per punirlo.»

«Sai, una volta li ho visti.»

«Chi?»

«Mio padre e Maria Sole...»

«Dove?»

Anna si alzò e prese il plaid dal letto, lo piegò in quattro con ossessiva, geometrica precisione.

«A un semaforo» decise dopo averci ragionato. «Erano in macchina, guidava lei. Discutevano. Anzi no, lei discuteva, solo lei.»

«Be', erano abbastanza in confidenza.»

«Sembravano una coppia...»

«...»

«Lui le ha fatto una carezza.»

«Una carezza?»

«Sì.»

«E poi?»

«Poi» disse Anna in modo categorico, «è scattato il semaforo...»

Guido si alzò e mosse qualche passo. Poi prese il bicchiere dell'acqua dal comodino e, anche se era vuoto, se lo portò alla bocca, scolando le ultime gocce.

«E poi, quand'è venuta qui, ho notato che aveva un braccialetto con una sterlina.»

«E allora?»

«Papà era pieno di sterline. Anche la Borgogna, aveva un braccialetto tempestato di sterline...»

Guido rimase in silenzio. Il volto oscuro, l'espressione seria.

«A che pensi?» gli chiese Anna.

«A quello che hai appena detto.» Fece ancora qualche passo e poi tirò dritto verso il bagno, non chiuse la porta, l'acqua del rubinetto scorreva, forse beveva. Anna si lasciò cadere sul letto, alzò le braccia. E respirò. Le parve ormai indubitabile che Maria Sole avesse avuto una storia con suo padre; ripensò all'episodio del parco, cercò di ricordare se quel giorno Attilio fosse dovuto andare con i bambini, forse lei era lì per incontrare lui. E poi quella forcina sul comodino. Il pensiero che suo padre avesse una storia con lei cominciava a sembrarle normale. Così come la Borgogna. E chissà quante altre. Suo padre era un uomo come un altro: cuore, cartilagini e impulsi.

Sentì dei rumori provenire dal bagno, Guido sputò, tossì, tirò lo sciacquone due volte. Vomitava. Anna si alzò di scatto e gli chiese: «Tutto bene?».

Era accasciato sulla tazza, alzò il braccio come per bloccarla.

Anna si ritrasse, attese dietro l'uscio, l'acqua scorreva di nuovo, forse adesso si stava lavando i denti. Quando rientrò nella camera, l'incarnato era cereo e gli occhi lievemente arrossati. «Mi sa che hai un'influenza intestinale.»

«Ho preso un'aspirina a stomaco vuoto... Non dovrei, con quella cazzo di gastrite...»

«Ora va un po' meglio?»

«Così così.» Sorrise. Si mise davanti alla finestra con le braccia incrociate a osservare il cielo. C'era ancora un bagliore leggero prima del tramonto. Guido non batteva le palpebre, non si muoveva.

Gabriele entrò nella stanza, guardò i suoi genitori e poi salì sul letto, afferrò il gomito di Anna: «Mamma, vieni?».

«Dove?»

«Vieni...» Camminò a piccoli passi verso la porta, si voltò ancora verso la madre: «Vieni?».

Anna si alzò e lui l'attese, la prese e la portò con sé. «Guido, ti faccio una camomilla...»

Proseguì verso la cucina e suo figlio le indicò la dispensa. Voleva mangiare. «Vuoi un cracker?» gli domandò Anna. Lui annuì. Quando gli diede il pacchetto, lui sorrise deliziato. Aspettò che la madre mettesse l'acqua nel bollitore, e poi la prese ancora e la portò nella sua stanza. Natalia era nel box, si stropicciava gli occhi. Gabriele si lasciò cadere seduto (un gesto possibile solo a quell'età) e attese Anna, la monitorava. Lei incrociò le gambe e rimase accanto a lui: mangiava frantumando il cracker in mille briciole.

«Attento» gli disse raccogliendone alcune con le dita. Lui scoppiò a ridere, e anche la sorella, contagiata dal suono dell'allegria, prese a ridere nella sua prigione di rete. Anna si sdraiò sul tappetto e si godette la gioia dei figli. Una gioia senza senso con un sottofondo di follia. Gabriele si mise a quattro zampe e le salì sopra. Posò la testa sul suo petto e sussurrò: «Mamma...».

Lei lo strinse a sé.

Cora entrò nella stanza e cominciò a raccogliere i giochi, per riporli poi in una cesta di vimini. «Dai, Gabri, aiutami...»

Il bambino scivolò via dal corpo della madre e diligentemente prese a ordinare.

«Gli facciamo il bagno» decise Anna.

«Sì signora» rispose Cora assorta.

Preparò la camomilla per Guido, con una generosa dose di limone. Quando lo raggiunse lo trovò nella stessa posizione: in piedi davanti alla finestra. Nel frattempo il cielo si era spento, era rimasto immobile nel buio.

Anna accese l'abat-jour e lui si voltò di scatto.

«Tutto bene?»

Sembrò destarsi da un'ipnosi. Si mosse lentamente nella penombra e poi si levò la maglietta, i suoi capezzoli erano come acini d'uva bruni. Si avvicinò ad Anna, la spinse sul letto e salì su di lei a quattro zampe (lo stesso movimento che aveva compiuto Gabriele cinque minuti prima). Aveva un odore acido: era la febbre. E anche la bocca era guasta. «È stato bello l'altra notte...» le sussurrò nell'orecchio. «Sei cambiata, Anna.»

Lei avvertì un brivido fatuo, impalpabile.

«Riproviamo» le disse. E le baciò il collo.

Chiuse gli occhi per abbandonarsi e le vennero in mente di nuovo Maya e Javier nel corridoio della scuola. Come erano prossimi.

«Rimettiamo insieme i pezzi. Assumerò un nuovo chirurgo, lavorerò di meno, stiamo insieme, io, te, i bambini.» Le aprì i primi bottoni della camicetta. La baciò con calma.

«Piano, piano... andiamo piano.» Anna fissava il soffitto: «Non voglio frodi, impicci, nulla di tutto questo...».

«Nulla amore, nulla... Queste erano decisioni di tuo padre, non mie... Forse è vero, forse aveva una storia con

Maria Sole, forse lei l'ha coinvolto: spingevano le clienti a frodare l'assicurazione, si proteggevano. Lei è molto brava in questo. È una bella donna, è furba, è vero che lui aveva un debole...»

«E tu, tu non hai un debole per lei?» gli chiese Anna.

Lui rimase immobile sul suo addome, trenta secondi in cui il suo respiro denso le riempì l'ombelico, poi la baciò ancora, sempre piano.

«Come ti viene in mente... Io e tu padre con la stessa donna?»

Anna alzò la testa e tese gli addominali, lo prese per le ascelle, e lui cadde accanto a lei. «Allora chi?» Lo fissava negli occhi. «Le clienti?»

«Le clienti non si toccano... E tu invece?»

Anna sentì un sottile godimento: inatteso. La gelosia era come la brace, e un vento sconosciuto l'aveva riaccesa, ma invece di atterrirla la eccitava. Batté le palpebre: «Io cosa?».

«Tu niente?»

«No...»

Le baciò la fronte. E le passò un dito su un sopracciglio. Non l'aveva mai guardata così.

«Non posso credere che in tutto questo tempo... Se vogliamo riprovare dobbiamo essere sinceri» insistette lei.

Suo marito le sibilò nell'orecchio: «Una volta un'infermiera...».

Gli prese il mento e gli chiese: «E com'era? Bella?».

Guido riconobbe all'istante l'intensità della domanda, era come se avesse un radar: oltre il tono, decifrò le pupille dilatate, sentì il battito cardiaco di Anna fremere, le gambe stringersi; si era aperto uno scenario inesplorato, al quale entrambi, un tempo, mai avrebbero pensato di accedere. Si sdraiò accanto ad Anna e incrociò le braccia dietro al capo: «Bionda, stupida, con un seno molto grande».

«Come Marilyn Monroe?» Il fiato corto.

«Esatto... come Marilyn Monroe» disse Guido, accompagnandole la nuca con la mano.

22

Preparò il trolley dei bambini in meno di un'ora. Quella mattina trovava tutto: le maglie di filanca, le calze di lana, i pile bluette, i cappellini, gli antiscivolo; le uniche cose che non trovava erano il burro di cacao e Lucilla, l'orsetto di Natalia. Poi si ricordò che il burro era nella tasca interna della pelliccia sintetica.

«Pipì!» disse Natalia.

«Pipì» ripeté Anna sovrappensiero. Non si era accorta che sua figlia era riuscita a dire per la prima volta quella parola. Era ansiosa e spaesata. Li stava lasciando andare da soli per rivedere Javier; sapeva di dover mettere un punto a quella storia, eppure non voleva, le sembrava che il suo cuore fosse diviso da una linea orizzontale: sopra c'erano *loro*, la famiglia, e sotto lui, Javier. Si era resa conto che da quando era morto Attilio qualcosa si era schiuso; non riusciva a capire se la sua nuova indole avesse a che fare con le rivelazioni sul padre, oppure con la sua assenza. Sembrava che la morte, oltre al dolore, rappresentasse una liberazione. Sentiva che la sua morale si era sgranchita, non comandava più il senso del dovere, l'istinto aveva lo stesso peso. Stava tornando con Guido perché era la cosa giusta da fare, per loro, per i bambini, perché annusava una rinascita coniugale, e perché voleva che la clinica avesse un futuro e sapeva che senza di lui non ce l'avrebbe fatta, ma questo piano, questo progetto, questo desiderio non sopiva l'altro: amare Javier incondizionatamente nei giorni dispari.

Guido era andato a gonfiare gli pneumatici e lei continuava a vagare per la casa. L'angoscia divenne più spessa e robusta quando vide suo figlio sempre più vicino al televisore, come la bambina di *Poltergeist*.

Pensò che forse sarebbe dovuta andare in montagna, che avrebbe dovuto chiudere con Javier per telefono, cambiare scuola a Gabriele, cancellare quella nota stonata dalla sua vita; come avrebbe potuto continuare e incontrarlo tutti i giorni?

Vide il cellulare vibrare. Era Gigliola.

«Come stai?» disse Anna.

«Un po' scossa...» La voce era incerta.

«Che succede?»

«Ho parlato con la Meli... L'ho licenziata.»

«Cosa?»

«Guido mi ha chiamato stamattina, sul presto. Mi ha dato l'incarico. Mi ha anche chiesto se secondo me Attilio e la Meli avessero una storia... Era agitato. Non avresti dovuto dirglielo, Anna.»

«Perché?»

«Intanto è una supposizione, e poi non voglio rovinare il ricordo di Attilio. Non voglio che la gente pensi...»

«Guido non è *la gente*.»

«No, certo, ma...»

«E come ha reagito la Meli?»

«Male, parecchio male.»

«Che ha detto?»

«Be', prima mi ha insultato, parole pesanti, parecchio pesanti. Non sembrava più l'angelo biondo con le manine giunte, piuttosto uno scaricatore di porto...»

Anna sorrise.

«Ma insomma, che non era un agnellino l'avevamo capito, il punto è che a un certo punto ha iniziato a minacciare, a dire che non la potevamo trattare così, che Attilio non l'avrebbe mai permesso, che stavamo prendendo un granchio, che ce la farà pagare...»

«...»

«Non vorrei che avesse informazioni su *quella* faccenda. Troppe informazioni, intendo.»

«Uhm...»

«Guido è lì con te? Ho provato a chiamarlo ma non risponde.»

«No, è andato a gonfiare le ruote della macchina.»

«Partite?»

«Sì, un weekend in montagna.» Non era una bugia, ma quasi.

«Sono contenta, vi farà bene.»

«...»

«Allora riproverò, oppure digli tu di chiamarmi.»

Si salutarono. Anna andò in cucina e bevve un bicchiere d'acqua, poi raggiunse Gabriele risucchiato dal televisore.

«Ehi, amore...»

Non le rispose. Aveva esagerato, gli aveva permesso troppe ore alla tv, troppi giochini sul telefono, doveva rientrare nei ranghi, tornare ai puzzle, ai Lego, al disegno. Premette il telecomando e lo schermo divenne nero, Gabriele si voltò di scatto e scoppiò a piangere. «No mamma, no!»

«Amore» lo prese per le spalle, «ti devi preparare, papà ti sta venendo a prendere, ricordi che andate in montagna?»

«Tu?» Il pianto era cessato alla stessa velocità con la quale era sopraggiunto, ora c'era la delusione.

«Io non vengo, l'abbiamo detto ieri. Vai con papà e Nati, io vi aspetto qui.»

«Tu...» La tristezza si impresse nei suoi occhi, ad Anna parve che s'espandesse come un ematoma.

Il citofono suonò. Anna si guardò intorno, non aveva ancora chiuso la valigia, aveva promesso a Guido che sarebbe scesa con loro e i bagagli, si era già lamentato che era tardi. Si era svegliato all'alba, come sempre, era tornato ai suoi ritmi routinari mentre lei era rimasta tra le lenzuola per mezz'ora, come faceva dal giorno della morte di Attilio, a piangere – quella mattina aveva avuto la sensazione di sforzarsi ma il pensiero era quello di svuotare un vaso, rovesciare la caraffa tutta insieme perché non perdesse durante il giorno. Presa dal panico, andò a chiudere la valigia: aveva scordato gli spazzolini e il dentifricio e lo shampoo e i cerotti e...

Il citofono suonò di nuovo.

«Scusa, sali, non sono pronta...» Era certa che si sarebbe innervosito. Vide Gabriele accasciato sul divano. Si accovacciò accanto a lui. «Amore, ti divertirai tantissimo, c'è la neve, è una giornata stupenda!» Indicò fuori dalla finestra. «Potrai prendere il bob, fare i pupazzi... Ci sono i clown, si gioca e si balla, e si disegna...»

«No!»

«Sì, amore, io sarò qui, non mi muovo, ti aspetto e ti telefono. Facciamo così?» Pensò a quello che desiderava, a quanto fosse distante da ciò che stava promettendo al figlio. Gli prese le mani tra le sue e gliele baciò. «Amore, ti divertirai.»

Gli occhi di Gabriele si incresparono, per poi inondarsi di lacrime; si piegò sulle ginocchia, lasciò le sue mani e le arpionò le cosce. Poi avanzò con il viso verso le sue gambe e la morse. Un morso deciso. Anna ingurgitò il dolore, gli strinse la testa e la sollevò: «Gabri, ascolta, non fare così, ti devi fidare di me».

«Mamma...» Ora piangeva con la bocca triste e le lacrime tonde che gli strisciavano le guance. Si accasciò sul divano, muoveva solo la testa, faceva segno di no, con gli occhi chiusi, il corpo inerme.

«Gabri, senti, apri gli occhi, guardami...»

Il campanello. Anna pensò fosse un bene l'arrivo di Guido. Aprì la porta piano. «Ehi, ma che succede?» Aveva gli occhiali specchiati sulla testa.

Lei non rispose, indietreggiò e guardò il figlio, le sembrava che bastasse quell'immagine per giustificare l'attesa. Guido si avvicinò: «Ehi, campione, sei pronto? Si va in montagna!». Il bambino non si mosse; il padre gli passò una mano sulla testa e gli scompigliò i capelli. «Allora, sei pronto o no?» Gabriele si tirò su, rigido come un Playmobil, fece segno di sì. «Grande!» sorrise Guido. Natalia uscì dalla stanza saltellando, perse l'equilibrio per un attimo, ma sorrise. «Sei pronta, Nanà?» Poi, rivolto ad Anna, che sedeva in pizzo su un bracciolo del divano chiese: «Dove sono le giacche?».

Anna si avvicinò all'appendiabiti e prese i piumini. Guido lo infilò a Gabriele, lei a Natalia; le mise le scarpe e il berretto, le girò la sciarpa intorno al collo, e le baciò una guancia. «Divertiti, tesoro.» La bambina sorrise, con gli occhi illuminati.

«Ha chiamato Gigliola, ha detto che...»

«L'ho sentita, non ti preoccupare, è tutto sotto controllo. Dov'è la valigia?»

«Non pensi che potrebbe...»

«Ehi, non è il momento, ti ho detto che va tutto bene, adesso mi voglio muovere o facciamo tardi.»

Quel tono. Gli occhi. Erano di nuovo quelli di una volta.

Andò in camera e chiuse la valigia, il beauty case l'aveva scordato. Trascinò il trolley, li abbracciò a uno a uno, sussurrò promesse di attesa. Uscì sul pianerottolo e li osservò mentre scendevano le scale. Vide le manine dei suoi figli sorreggersi al corrimano fino al pianoterra. Gabriele alzò gli occhi, lei schioccò un bacio e lo soffiò dal palmo, ma lui lo ignorò: il bacio che fino al quel giorno s'infilava in tasca.

23

Si cambiò: un abito fiorato di seta con sfondo nero; era leggero, troppo leggero eppure i palmi le sudavano, e i piedi nelle ballerine scamosciate; si pettinò a testa in giù, si truccò e non mise il mascara, avrebbe pianto.

Chiuse la mantella e la casa, scese in strada a piccoli passi, c'era un vento basso che fischiava, lo stesso che tirava il giorno in cui Guido l'aveva lasciata. Era lì, pensò, a spazzare via il dolore. Le aveva dato appuntamento in un bar del centro, un vecchio caffè che era il vanto della città, lo frequentavano solo i turisti. Prese un taxi, non aveva voglia di camminare: i varchi erano attivi, e poi sperava che Javier la riaccompagnasse, che il commiato durasse di più.

Il tassista era un vecchio calvo, che guidava piano e ascoltava Murolo, piegava la testa quando curvava. Non prese la corsia preferenziale che gli permetteva di andare dritto verso il centro, Anna protestò: «Così non arriviamo mai...».

«C'è una manifestazione, signora.»

Pensò che mentisse, sentiva una frenesia addosso, un'inquietudine mai provata prima, lo stato d'animo di una notte prima degli esami. I palmi delle mani erano fradici. Quando arrivarono davanti al caffè tirò fuori il bancomat.

«Solo contanti» gracchiò il tassista. «C'è una banca lì, è fortunata...» Indicò uno sportello a pochi metri dal bar. Scese di corsa e infilò la carta. Codice di sicurezza: 23656. Codice errato. 23565. Codice errato. Si voltò come se potesse trovare la combinazione dei numeri in mezzo alla strada.

E lo vide.

Con una giacca da marinaio blu, il bavero sempre alzato, i suoi pantaloni di fustagno bianco. Camminava volando, con la sua andatura andalusa, gli occhi piantati a terra.

«Javier!» Alzò la testa di scatto e quando la vide sorrise, allungò il passo, fu da lei subito. La investì con il corpo, le loro guance si toccarono e rimasero prossimi, Anna sentì l'odore e la consistenza della sua pelle, l'erezione, l'adrenalina sprigionarsi dalle aorte.

«Anna...» Si sorrisero. Poi un colpo di clacson interruppe l'incanto, lei trasalì.

«Hai dodici euro?»

«*Claro!*» Tirò fuori il portafogli e glielo mostrò ridendo. Poi le diede i soldi. Anna riprese la carta e indicò il taxi. Pagarono ed entrarono nel caffè, lui la teneva per la vita; fu come rinascere. Quasi che per giorni e giorni il corpo fosse rimasto contratto e i polmoni si fossero fatti piccoli e secchi, non permettendole di ricevere aria sufficiente. Sentì gli arti ammorbidirsi, mentre il respiro si faceva ampio, e pensò che l'amore era un turbamento senza confini. Ebbe la sensazione di scivolare tra le sue braccia, di diventare acqua.

«Mi sei mancata» le mormorò. La trascinò verso un tavolo da due, c'era un divanetto a semicerchio rosso, di velluto, un piccolo lumino che gettava un'ombra tonda sul tavolo; poggiarono le schiene al muro, con i cappotti addosso, lui le afferrò un polso.

«Come stai, *mi amor*, mio povero, piccolo *pájaro*...»

«Bene» disse lei, ma sentì il pianto che saliva e pensò che era la stessa sensazione della montata lattea, qualcosa cui non si comanda. Ma non voleva piangere, tutt'altro. Eppure il suo viso si rigò di lacrime.

«*¿Que pasó a tu padre?*»

«Un infarto.»

«*¿Cuantos años tenía?*»

«Settantanove.»

«Mi dispiace, Anna.»

Le aveva preso l'anulare tra le dita e giocava con la sua fede, che ormai le era grande. Una cameriera giovane, con uno chignon raccolto in una retina e un grembiule merlato bianco, prese l'ordinazione.

Javier disse: «*Dos Martinis*...».

La ragazza spostò gli occhi su Anna. «Due Martini, grazie.» Non ne aveva mai bevuto uno.

«E tu? Ho visto che Galy ha l'apparecchio acustico...»

«Sì...» Sorrise, mentre passava l'indice nelle fughe del legno.

«Sei contento?»

«*Vale, me alegro de que no sea nada serio.*»

«Be', sì, avevi ipotizzato un ritardo della crescita...»

«*Yo no, pero Maya sí.*»

«E lei...» chiese Anna, abbassando gli occhi, «lei è contenta?»

«Sì» soffiò Javier, stringendole la mano, «lei sì.»

La cameriera arrivò con i cocktail, li poggiò davanti a loro, facendo cadere una goccia di Martini vicino ad Anna. «Mi perdoni, signora.»

«Non è nulla, non si preoccupi.»

Rimasero in silenzio per qualche secondo, aspettando che la ragazza si allontanasse, la loro conversazione era fragile e vulnerabile.

«*Ahora quiere volver a Madrid.*»

Anna prese l'oliva con lo stecchino e la fece roteare. «Maya?»

«*Sí, encontrò un especialista para Galy.*»

Il Martini era dolce, le fece pensare al sapore di una melassa. Passò in rassegna tutte le cose che non aveva mai fatto; non aveva mai fatto il bagno di notte, non aveva mai fumato uno spinello, partecipato a una manifestazione, non era mai andata da una cartomante, mai assaggiato il pistacchio, mai bevuto un Martini. Perché non si fanno mai certe cose? Perché non rientrano nelle abitudini, nei rituali. Ora che Javier sarebbe partito, la novità sarebbe appassita con la sua assenza, tutto sarebbe tornato dello stesso colore. Stesse strade, ritmi, odori, scadenze e rintocchi. E giorni. Gli sconvolgimenti nella vita di Anna erano stati le nascite e le morti, il resto era un cammino diritto in una strada con lo stesso orizzonte.

«Anna?»

«Sì, scusami, sono qui...»

Javier bevve il suo Martini d'un fiato: quanto all'oliva, non la toccò, rimase sul piattino. «*Estoy desesperado...*»

Non lo aveva mai visto così, sembrava che il suo volto fosse aggredito dalla forza di gravità, gli occhi piangenti, la bocca in una smorfia simile a una marionetta. Si passò le mani sulla fronte e si liberò della giacca. Era sudato anche lui.

«Perché?» gli chiese sorridendo.

«*Para nosotros...*»

Anna incrociò le braccia sul tavolo, attenta a rimanere confinata nello spazio consentito dalla loro immagine pubblica. La schiena dritta, gli occhi lucidi.

«Non vedo soluzioni» chiosò lei.

«No?»

«No.»

«*Entonces...*» Si lasciò cadere sul divanetto, e cercò la ragazza con lo sguardo, poi fece un gesto e un sorriso. Un altro Martini era in arrivo.

«Abbiamo dei figli, delle responsabilità.»

Rimase zitto ad attendere il suo bicchiere. Lo scolò come il primo. D'un fiato. Poi disse: «*Vida de mierda...*».

E guardò una donna passare davanti a loro, una bionda, avvolta in un ermellino. Una russa, forse.

Anna rabbrividì. Se ora con Guido la gelosia premeva il pulsante dell'eccitazione, con Javier era una sensazione di dolore accecante.

Anna si protese in avanti. «Mi dispiace, Javier.»

«*Parece que no*, Anna.»

«...»

Rimbalzò di nuovo in avanti e la guardò negli occhi con una precisione spiazzante: «*Quiero estar contigo*, Anna. Tu... tu no?».

Le dita di lei lo cercarono di nuovo sul divano, lui le afferrò subito.

«Ascoltami, la morte di mio padre ha scombinato un bel po' le carte...» «Scombinato? *No te entiendo*.»

«Sono cambiate delle cose: io e mio marito, la clinica, i bambini...»

«*¿Que?*»

«E poi ti ho visto l'altro giorno con Maya e ho pensato...» Le venne il singhiozzo, il primo singulto fu violento e improvviso. Non riusciva a organizzare un discorso, non riusciva a spiegare i ragionamenti: perché i suoi pensieri erano contraddittori, come i desideri e gli impulsi. «Ho pensato che eravate felici, ecco.» Il diaframma le si era chiuso, il singhiozzo era ravvicinato.

Javier la vide annaspare e si alzò di scatto, prese un bicchiere d'acqua e si accucciò accanto a lei, mentre beveva.

Quando smise, si voltò verso di lui e scoppiò a piangere, non aveva nessuna forma di pudore o contegno: «Credo di dover tornare con mio marito, per i miei figli e per la clinica, e perché lui me l'ha chiesto... Ma ti penso sempre, ti sogno, ti penso sempre, ti penso...».

Lui tirò fuori un fazzoletto dalla tasca e glielo porse.

«*Perdoname por el restaurante...*»

«Cosa?» chiese Anna sorpresa.

«*Estaba avergonzado. No tenía suficiente dinero para la cuenta. Y me escapé...*»

Lei emise un altro singulto: «Lascia perdere, non ci pensare, è l'ultimo dei nostri problemi...».

Si tirò su e si risedette al suo posto.

«*Es esto el problema... Solo esto.*»

«Il ristorante?» Sorrise e bevve ancora a piccoli sorsi.

«*El dinero. Todo gira en torno al dinero.*»

«Non mi importa nulla dei soldi, Javier.»

«*No? No es así...*»

«Io penso che il vero problema siano i bambini. Non si può distruggere una famiglia solo per i propri bisogni, è una forma di egoismo...»

«*Te quiero*» sussurrò lui, con il fiato frammentato e i denti che brillavano nel sorriso spontaneo.

«Usciamo di qui» decise lei. Il singhiozzo non passava e un lieve senso di claustrofobia l'aveva assalita; Javier con le sue ammissioni stava sconvolgendo i suoi piani, incrinando i buoni propositi.

Pagarono alla cassa e furono fuori. La strada pullulava di gente, le vetrine scintillavano, ad Anna sembrò che tutti fossero felici, imbevuti nello shopping del finesettimana, le teste leggere, le tasche piene, gli occhi gonfi di desideri futili. Javier le prese la mano e la infilò nella sua tasca, camminarono spediti con le teste basse in controcorrente; avevano lo stesso passo, la medesima inquietudine.

Quando furono fuori dal centro, lui imboccò la discesa verso il fiume, gli argini erano alti, centinaia di buste di plastica erano rimaste sui bordi, impigliate ai rami, sembrava un'installazione di Christo; invece di placarsi, di rallentare, continuarono spediti, come se quella corsa forzata li potesse aiutare a trovare un po' di pace, controvento, la mano nella mano. Anna osservò Javier che camminava con la testa china, lacrimava. Per il freddo? Per loro? Macinarono tre, quattro chilometri, la testa per un attimo si spense, le parve di non pensare più a nulla, di sentire solo il corpo sotto sforzo, il sudore che non era generato dalla tensione ma dall'esercizio. Quando arrivarono ai piedi della salita che li avrebbe riportati vicini al suo quartiere, Javier si fermò e la inchiodò al ciglio della strada.

«*Te espero si lo quieres*, va bene?»

Anna scosse il capo e con la voce rotta gli disse: «Non posso, Javier, non posso».

«Shhh...» La strinse a sé; poteva sentire il suo cuore accelerato, il collo madido, il profumo di sandalo. La spinse contro il muro, le aprì la mantella che li contenne come il recinto di una casa. Fecero l'amore dentro quel pezzo di lana mentre Anna teneva gli occhi aperti su quel panorama color ruggine e antracite. Javier le stava entrando nelle ossa.

24

Salì le scale piano come se si trascinasse, le serrande erano abbassate, la luce debole. Si tolse le scarpe e il vestito fiorato. Si struccò, portò via il rossetto con un batuffolo di cotone e si sciacquò il viso. Aveva perso un orecchino. Si mise un golf lungo e a piedi nudi andò in bagno, cercò tra i medicinali qualcosa che la facesse dormire. Voleva andare via da quel giorno, dall'addio con Javier, dal malessere profuso che la perseguitava. Trovò solo del Minias ma non ebbe il coraggio di prenderlo. Non conosceva la posologia. Allora prese la bottiglia di vodka dal freezer e si sdraiò sul divano, davanti alla libreria. Dopo tre sorsate, quella parete piena dei ricordi di famiglia sembrava le stesse per cadere addosso. Si trascinò nella stanza di Natalia e Gabriele, si sdraiò sul suo piccolo letto, in posizione fetale. Annusò la coperta: odore di borotalco e olio Johnson's.

Si voltò verso il soffitto e fissò il lampadario di carta di riso, ripensò ai disegni di Gabriele, la testa a forma di sole, nero.

Suo figlio era stato una vittima muta del suo tradimento, aveva incassato gli ultimi mesi e ingurgitato la solitudine, la separazione: era a lui che doveva pensare, e a Natalia; la nostalgia sarebbe svanita. Ci voleva tempo: tutto passa.

Si trascinò in cucina e mangiò delle arachidi mischiate alla frutta secca, i piedi nudi sul pavimento ghiacciato: la sera stava scendendo, il cielo svaniva nell'oscurità. Mise su l'acqua per il tè e andò in camera a prendere un paio di calzini, il suo cellulare squillava nella borsa. Era silenziato, sentì la vibrazione che aveva la stessa voce del vento. Era una chiamata da un numero sconosciuto. Si sedette sul letto a gambe incrociate e rispose.

«Pronto?»

«Sono io.» Una voce di donna, squillante come un Si diesis.

«Chi parla?» Anna allontanò il cellulare dall'orecchio.

«Sono io...»

«Io chi?»

«Eh già, certo... Io per te non esisto, vero?»

«Chi parla?» ripeté spazientita. Guardò il numero sul telefono, non aveva idea di chi fosse.

«Sono io, cazzo!» La voce era alterata e strisciante.

«Maria Sole?» Anna era seccata, pensò che si sarebbe lamentata del licenziamento, la storia della clinica le stava crollando addosso come una valanga.

«BASTA!»

«Basta cosa?»

«Basta cosa, gne gne gne...» le fece il verso. «Ho appena cominciato. Chi è andata a raccontare a Guido che avevo una storia con Attilio?»

«Ascolti, Maria Sole...»

«No, ora sei tu che ascolti me, non ne posso più!»

«Voglio solo dire...»

«Zitta! Ora ti schiarisco le idee, CHIARO?»

«Abbassa la voce, non c'è bisogno di...»

«Sì che c'è bisogno... Maledetta stronza, con quell'aria da santarellina. Te lo sei ripreso, vero? Sei contenta?»

«Ehi, ma di che parli?»

«Di Guido! DI GUIDO!» Stava camminando: il fiato corto, i suoi passi avevano un suono che Anna non riusciva a decifrare, un rumore sordo e ovattato. «Se tu non fossi andata a raccontargli di Attilio, forse non mi avrebbe mai lasciata...»

«...»

Lasciata.

«Voi pensate che sia tutto vostro, vero?»

«Voi chi?»

«Voi Martani... Come le difendeva le sue cose, eh?»

«Quali cose?» Non riusciva a seguirla.

«Lui mi ha assunta solo per farselo succhiare!»

«...»

«Attilio... Quanto gli piaceva. Ma non gli bastava mai, lo sai?»

«Senti, se sei stata con mio padre non lo voglio sapere, queste cose mi danno il voltastomaco.»

«Oh certo, la principessa non parla di pompini, tu non li fai, vero? Tu te ne stai nel tuo castello del cazzo e neanche scopi, per questo tuo marito è venuto da me!»

Anna guardò fuori, il vento faceva oscillare i lampioni in strada.

«Quando mi sono messa con Guido e ho detto ad Attilio che volevo darci un taglio, tuo padre non me l'ha permesso, mi ha detto che mi avrebbe sbattuta fuori dalla clinica. Mi avrebbe rovinata. Avrebbe fatto il mio nome se veniva fuori la storia delle protesi. E io me la sono fatta sotto.»

«...»

«Sai cosa? Io gli servivo... Mi usava per quel giochetto dell'assicurazione... Gli faceva comodo che fossi io a proporre quella roba. Dove la trovava un'altra come me?»

Anna udì un pianto piccolo e lontano, non era il suo. Le girò la testa, la stanza ruotava. «Quando è iniziata la storia con Guido?» chiese.

«Quando sei rimasta incinta di Natalia. È venuto lui. Io neanche me lo sognavo di avvicinarmi, Attilio mi tartassava. Il guaio è che mi sono innamorata...» Maria Sole scoppiò a piangere, sembrava latrasse. Ci mise un po' prima di ritrovare la voce. «Sono rimasta incinta subito... Subito...»

«Cosaaa?» Anna non credeva alle sue orecchie.

«Una bambina... Guido mi ha detto che gli serviva tempo, che tu avevi appena partorito, che se ti avesse lasciata avremmo rovinato tutto. Se Attilio avesse scoperto che avevamo una storia... Non potevamo dire niente. Allora mi sono inventata il corso a Londra, e sono partita.»

«Una bambina?» Anna continuava a fissare un punto.

«È morta! Un parto prematuro alla fine del sesto mese... È rimasta viva per meno di dieci secondi, non ce l'ha fatta... Adele, la mia bambina...» Piangeva come se qualcuno la stesse pugnalando.

Adele.

Aveva chiamato così Natalia quel giorno alla clinica.

«Sono tornata qui e Guido era così buono, così premuroso... Mi portava in montagna quasi tutti i weekend. Ma tuo padre, tuo padre mi dava il tormento!»

Li rivide davanti alla scuola, lei che gesticolava, Attilio che voleva carezzarla. Cercava di mettere a fuoco il volto di suo padre eppure svaniva, non riusciva a ricordare i suoi occhi. Vedeva solo il morso senza denti.

«Me l'ha detto Guido di proporre la storia dell'assicurazione alla figlia della Borgogna, ha deciso lui di impiantargli le protesi scadute... Erano anche fallate. Era sicuro che avrebbero provocato un'infezione, e che Marina si sarebbe vendicata di Attilio, lo odiava, dopo tutto quello che le ha fatto passare. Ma lei invece se l'è presa con Guido e tutto è precipitato... Se avesse denunciato Attilio, se avessero indagato lui, Guido avrebbe preso il timone...» La voce era un sibilo, parlava tutto d'un fiato, senza respirare. E poi un rumore costante e meccanico la sovrastava. «Zitta, stai zitta!» Maria Sole alzò la voce.

Anna non capì, non aveva fiatato.

«Stava andando tutto bene, lui ti aveva lasciato, noi stavamo ricominciando... e poi Attilio, Attilio è morto!»

«...»

«E quella puttana se l'è presa con Guido!»

«Senti...»

«Adesso dice che mi odia, che non mi vuole più. Non ha avuto neanche le palle di licenziarmi, mi ha fatto chiamare da Gigliola. Dice che mi trascinerà nella merda. Mi sta trattando come un cane... Come ha fatto tuo padre. Ma io non sono stupida, non sono un'idiota. Vuole farmi credere che è disgustato da me, ma io lo so cosa sta succedendo, è tornato con te... Solo per la clinica, lui pensa solo alla clinica. L'ho visto l'altra mattina, avevate dormito insieme, lo sapevo... Per questo sono venuta. È dal giorno del funerale che non mi parla! DAL GIORNO DEL FUNERALE!» La voce alle volte si affievoliva e poi impennava. «Attilio non gli ha lasciato un cazzo, vero?»

Ad Anna salirono le lacrime agli occhi, con un filo di voce disse: «Oddio...».

Sentì ancora quella voce piccola, lontana, indistinta.

«Quale Dio?» Scoppiò a ridere. «Zitta, ti ho detto!» Diede un colpo di tosse. «Tu non hai la benché minima idea di quanto ho sofferto. Non sai quello che mi hanno fatto. Hai capito, vero, cosa mi è successo? Ero sola a Londra, sola... Lo capisci cosa significa? Sei una donna anche tu, no?»

La voce di Maria Sole per un attimo la impietosì.

«Usala quella testa, cazzo!»

Anna sentì ancora quello strano rumore, un suono che non riusciva a riconoscere, come fosse una macchina, un trattore che sovrastò la voce di Maria Sole che continuava a parlare, in un delirio ossessivo, a insultarla.

«Hai capito?» le urlò.

«Non ti sento...»

«Non sai come mi ha trattato ora, neanche mi guardava negli occhi. Ha detto che mi rovinerà, mi denuncerà, scaricherà tutta la colpa su di me... Lo capisci cosa mi sta facendo? Dimmi che lo capisci! È venuto qui perché non mi voleva vedere, voleva scappare. Lui fa così, sparisce per un paio di giorni e pensa di avere risolto... Mica avrai pensato davvero che voleva farsi un weekend con i bambini?»

«Ma dove sei?» disse Anna. Faticava a seguire le sue parole.

«Lo sai cosa dice Guido di te? Che sei una madre di merda, sempre a pensare ai cazzi tuoi. In albergo nessuno ha fatto un fiato, erano tutti convinti che fossi io la madre.»

«Cos'hai detto?»

«Hai capito benissimo...»

«Sei in montagna?»

«Non mi ha dato neanche la possibilità di parlare, di dire niente, continua a ripetere che io stavo con Attilio, stavo con Attilio...»

«Dove sono i bambini?»

«Li ho presi io. Stiamo andando a fare una passeggiata. Un po' di aria fresca ci farà bene... Il freddo tempra, lo diceva anche tuo padre.»

Anna si tirò su: «Maria Sole, ascoltami».

«Stai zitta, ti prego...»

«Sto zitta, va bene, parla tu. Dimmi esattamente dove sei.»

«Non parlo con te, ce l'ho con tua figlia che non la smette di piangere!»

Anna si infilò i jeans e le ballerine, la mantella, prese le chiavi della macchina, ma rimase ferma dov'era, per le scale la linea sarebbe caduta. Cercò di allentare la voce, ma invece le parole le uscirono con un tono distorto: «Non ti muovere, Maria Sole... Resta dove sei. Dove sei?».

«All'inferno!» le disse con la voce spezzata dalla disperazione.

E attaccò.

25

Erano le due di notte quando un carabiniere con il walkie-talkie annunciò che avevano trovato una donna, svenuta e assiderata, a circa quattro chilometri da un rifugio, a est delle piste. Dei bambini non c'era traccia. Anna era seduta nella camionetta, Guido era salito su uno spazzaneve. Avevano detto a entrambi di non muoversi, di restare nella jeep dei carabinieri, giù alle pendici del monte. Gli avevano dato pile, cappelli, coperte isotermiche. Resistere al gelo non era semplice, era una guerra con il corpo, una sottomissione alla resistenza.

Anna batteva i denti, mentre una donna in divisa le spiegava che quando avrebbero trovato i bambini la sua presenza sarebbe stata fondamentale; non doveva stancarsi. Si chiamava Rosalba, una poliziotta piccola di statura, con i lineamenti duri, le gote rubizze e due occhi di velluto nero che non la lasciavano mai. Indossava la divisa, un giubbotto catarifrangente e un cappello di lana foderato da un tessuto impermeabile. Le aveva dato subito del tu; era stata lei a spiegarle la dinamica dei fatti.

Quando l'aveva vista arrivare, Guido le era andato incontro e l'aveva stretta forte, sussurrandole in un orecchio: «Li troviamo, non può succedere a noi».

A noi.

Anna non aveva proferito parola.

Lui poi era corso dietro a un carabiniere e lei non l'aveva più visto.

Rosalba si era fatta raccontare da Anna la telefonata, cosa le aveva detto esattamente Maria Sole e cosa aveva sentito. Capirono che il rumore che aveva udito Anna probabilmente era lo skilift. Rosalba le aveva riferito che Maria Sole aveva preso i bambini al baby parking. La ragazza che lavorava come animatrice non aveva avuto nessun dubbio, non era la prima volta che vedeva la donna in albergo, lei si era presentata come la madre e i bambini non avevano protestato, le erano andati incontro felici di vederla, soprattutto Natalia. Poi si erano diretti verso gli impianti. Guido stava riposando in camera. A valle c'era un solo skilift, da lì era partita la telefonata. Poi Maria Sole aveva affittato due slittini, uno per Gabriele e uno per Natalia, subito dopo era sparita. Il cellulare era stato ritrovato vicino agli impianti. Lo aveva abbandonato subito dopo aver parlato con Anna. Presumibilmente.

Si era mobilitato tutto il paese, oltre alle forze dell'ordine; un elicottero sorvegliava la zona da circa sette ore, volava rado sulla montagna illuminando i boschi, che erano come buchi neri. Decine di uomini erano saliti al gelo in cerca della donna e dei bambini. Si erano ricordati di Maria Sole, in ordine: la signorina della reception, l'animatrice, il ragazzo che le aveva affittato gli slittini e quello che aveva consegnato a lei, Natalia e Gabriele i braccialetti per riprendere lo skilift. Erano stati visti salire una sola volta. Poi erano svaniti. Verso le sette aveva iniziato a nevicare, dei fiocchi stellati e poderosi avevano preso a cadere sulla montagna cancellando le possibili tracce dei tre dispersi e rallentando le ricerche; la neve fresca era già arrivata a trenta centimetri di altezza.

Rosalba era positiva. Non usava un "se" o un "ma", continuava a parlare ad Anna rassicurandola: avrebbe riabbracciato i suoi bambini. Si riferiva esclusivamente a loro, mai alla donna. Più volte le aveva afferrato il viso quando gli occhi di Anna si perdevano tra la luna e la montagna, astraendosi in quelle forme elementari; le frizionava le spalle, le prendeva le mani tra le sue, la chiamava sempre per nome. Nessuno le aveva fatto domande sui suoi rapporti con Guido. Nessuno, parlando di Maria Sole, aveva usato espressioni come "l'amica", "la tata", "l'amante". Almeno, non in presenza di Anna. Lei non aveva detto nulla; l'unica cosa che aveva chiesto a Rosalba era quanti gradi ci fossero. Glielo domandava a ritmi regolari, ogni quarto d'ora. «Meno due» rispondeva lei. «Meno uno.»

Paralizzata nel suo angolo, batteva le gambe, si sgranchiva il collo, scrocchiava le dita; immaginava i suoi bambini abbandonati nella neve, bianchi come il marmo, le vene azzurre in superficie che disegnavano la morte sui volti. E sentiva il corpo svanire. Rosalba lo capiva, era come se sapesse perfettamente cosa le passava per la testa. Allora la toccava, le diceva: «Anna, mi senti? Va tutto bene, li troviamo».

Doveva avere delle informazioni, Rosalba: quando il carabiniere le aveva detto che era stato appena ritrovato il corpo di una donna, lei non aveva esultato, si era protesa per racimolare più notizie possibili e poi era tornata con gli occhi ad Anna, seria e concentrata. «Hai sentito? L'hanno trovata.»

«Chiedi come sta» aveva detto Anna, che voleva parlare solo con lei. Il mondo si era trasformato nel nemico, non si fidava più di nessuno. Alla notizia del ritrovamento, il sangue le era andato alla testa, improvvisamente aveva avuto caldo. Non pensava più ai bambini, era invasa dall'odio.

Rosalba scese dalla jeep e fece ritorno dopo due minuti, aveva lasciato gli sportelli aperti, la luce gialla dell'ambulanza girava colpendo il volto della donna. «Ancora non si sa nulla» le disse.

«E se li avesse uccisi? Chissà dove li ha lasciati...»

Rosalba rimontò in macchina e chiuse gli sportelli, le si sedette accanto e senza guadarla le disse a voce bassa: «Anna, non dobbiamo perdere la speranza».

«Perché?» domandò lei, e diede un colpo di reni, si alzò, spinse lo sportello e in un attimo fu fuori dalla macchina. Il gelo le tolse il fiato, era intorpidita, le formicolavano le dita dei piedi.

Centinaia di persone erano in attesa. Soprattutto donne e ragazzini, fermi dietro una transenna con i telefoni puntati. Anna ebbe la sensazione di riconoscere chi era lì per misericordia e chi per rubare una foto. Si sentiva lucida, consapevole dei fatti. Era l'unica a sapere cosa fosse realmente successo, e questa percezione le faceva mantenere il controllo. Chiusa nel suo silenzio, era in attesa del verdetto.

Rosalba le si avvicinò, saltellava sul posto, non le levava gli occhi di dosso. La temperatura era talmente bassa che il fiato si materializzava all'istante. Guido era seduto accanto al guidatore dello spazzaneve. Le rivolse uno sguardo, scese e andò dal capo della Protezione civile. Anna li vide parlare fitto fitto, Guido gesticolava, si passò più volte i guanti sulla testa calcando il cappello. Dopo un po' raggiunse Anna e Rosalba e disse solo: «Io vado».

«Dove?» Anna aveva una voce cavernosa.

«La portano a un paio di chilometri da qui, dove può atterrare l'elicottero.»

«Vengo con te» aggiunse Anna.

«Non è necessario, anzi sarebbe meglio restare qui, nel caso...»

«Vengo con te» ripeté secca.

Guido non rispose e Rosalba la prese sottobraccio, sostenendola. Salirono a bordo di una jeep corazzata, lì dentro il clima era quasi mite. La jeep si mosse lenta, dal vetro piccolo e oscurato Anna vide i volti della gente che li seguivano. Il carabiniere seduto accanto a Guido aveva baffi sottili e un accento del Sud. «L'hanno trovata a est» disse, «a dieci chilometri dalle pendici del paese. È in ipotermia.» Guido si tolse i guanti, si passò le dita sugli occhi, si asciugò le lacrime. «Purtroppo in questo momento non è vigile, quindi non abbiamo ancora informazioni sui bambini...»

Rosalba chiese: «Non avete trovato nulla intorno?».

«No, e la nevicata non aiuta: le tracce vengono coperte in poco tempo. Ma siamo ottimisti, la zona non è così vasta, e con l'arrivo degli altri uomini della Protezione civile dovremmo coprirla tutta.» Si rivolse ad Anna: «Li troviamo senz'altro, signora».

«Vivi?» Aveva gli occhi chiusi quando lo disse.

Rosalba, Guido e il carabiniere a quella domanda ebbero tutti e tre un impercettibile sussulto, come se arretrassero all'unisono.

Guido si sporse verso Anna: «Non dire così...».

Lei rimbalzò indietro e incrociò le braccia. «Non ti azzardare a toccarmi...» Perse l'equilibrio, la jeep era salita sopra qualcosa. Dal walkie-talkie una voce metallica annunciò: «Noi ci siamo». Il carabiniere si sporse verso l'autista, che rispose: «Un minuto». «Un minuto» ripeté l'uomo nell'apparecchio.

Rosalba si tirò la giacca su fino alla bocca, il viso spariva ma gli occhi non lasciavano mai Anna. La jeep si fermò, scesero e proseguirono in fila. Dei pini altissimi e sottili, che in controluce sembravano ancora più prossimi gli uni agli altri, incombevano su di loro. Se i bambini davvero si trovavano dentro quegli addensamenti di verde, sarebbe stato impossibile localizzarli. Aveva smesso di nevicare, l'aria era secca, tagliente, la luna cadeva a piombo. L'elicottero era a cinquanta metri, le pale roteavano provocando un frastuono; c'erano una decina di uomini e quattro ragazze della Croce Rossa.

Anna ci mise un po' ad avvistarla, Guido invece la vide subito: era stata adagiata su una barella da neve, una specie di slittino più lungo sorretto da delle rotelle; si vedeva solo la testa, che sbucava da una coperta argentata. Anna allungò il passo, per sopravanzare Guido, ma lui corse più veloce grazie agli scarponcini. Lo vide accostarsi alla barella e sfiorare la fronte di Maria Sole. Era dello stesso colore della neve, il capo inclinato a sinistra, gli occhi chiusi, la bocca di un tale pallore che sembrava appartenere a una morta; ma respirava. L'infermiera, dietro un paio d'occhiali da vista stretti e neri, disse: «È rinvenuta per un attimo quando l'abbiamo tirata su, poi ha di nuovo perso i sensi. Ha aperto gli occhi due volte».

Guido era il ritratto della paura. «Cos'ha detto?»

«Frasi senza senso, è in stato confusionale.»

«Non ha fatto riferimento ai bambini?» chiese Anna.

Rosalba si era insediata tra loro.

«Non siamo riusciti a capire» sospirò la ragazza. «Ha detto cose sconnesse.»

Guido le teneva il palmo sulla fronte. «Ha la febbre alta» disse.

«Sì, trentanove e due» confermò l'infermiera. «Dobbiamo andare.»

Guido si avvicinò alla ragazza e mormorò: «Mi ha detto di essere incinta...». L'infermiera annuì e Rosalba si voltò verso Anna. Anche la ragazza, d'istinto, le puntò gli occhi addosso. Furono quegli sguardi che la fecero impazzire, quel muro di solidarietà femminile e l'idea che quell'ammissione dicesse tutto. Scattò in avanti e afferrò Maria Sole per il collo, le infilò le unghie nella pelle, la donna si contrasse in una smorfia di dolore, mosse il capo. Fu Guido a bloccarla, le afferrò i polsi e si piantonò tra lei e la barella. «Che fai, sei impazzita?»

Anna si portò le mani alla testa come se volesse strapparsi i capelli, emise un grido lancinante che sovrastò il rumore delle pale, la sua voce riecheggiò nella valle come il lamento di una bestia. I due portantini afferrarono la barella e si avviarono, seguiti dall'infermiera, verso l'elicottero.

Guido era arretrato di qualche metro, aveva alzato le braccia in segno di resa, mentre lei, piegata sulle ginocchia, piangeva come una forsennata. Rosalba le era rimasta accanto, la vide disperarsi accasciata sui talloni, poi con molta cautela si abbassò, e con voce controllata disse: «Anna, ascoltami, ti devi alzare. Lo so che sei sconvolta, che hai paura, ma devi reggere. Torniamo sulla jeep. Andiamo dove eravamo prima, è il punto migliore da cui muoversi. Se li ritrovano, da lì...».

Anna le si avvicinò, aveva gli occhi rossi ed era completamente afona. «Tu non capisci. Ho il terrore che li abbia uccisi.»

Rosalba la sorresse per le spalle. «Anna, vieni qui, alzati.» Era concentrata su di lei, sembrava non ci fosse nessun altro lì intorno, tranne loro due. Anna continuava a piangere e a scuotere il capo.

Rosalba si voltò a guardare Guido, in piedi con gli occhi verso nord.

«Dobbiamo andare» disse lui.

«Un attimo» rispose lei con un tono duro.

Il carabiniere che li aveva accompagnati si avvicinò. «Signora...» disse.

Quando Anna sentì quella voce si tirò su. L'uomo tremava dal freddo. «Hanno trovato un guanto da bambino» dichiarò. «Una moffola rossa con una stella di Natale.»

«È di Gabriele!» confermò Anna.

«Dov'era?» chiese Guido. «Vicino a dove avete trovato Maria Sole?»

«Nossignore, a sei chilometri dagli impianti...»

Anna e Rosalba si guardarono negli occhi.

«Siamo vicini» sospirò il carabiniere. «Sono piccoli, non possono essere andati tanto lontano.»

Un'affermazione che le fece gelare il sangue. Poteva significare qualunque cosa.

26

Rosalba aveva insistito perché mangiasse qualcosa. Si erano fermati in un albergo a un chilometro dalle piste, era sceso anche il carabiniere. La voce che proveniva dal walkie-talkie ripeteva a intervalli regolari che non avevano *ancora* trovato nulla.

Li ricevette una cameriera con un accento dell'Est, polacca, o forse rumena. Li condusse nella sala ristorante, una stanza già apparecchiata con i coperti della colazione, le luci al neon, le tazze a testa in giù su tovaglie sintetiche color senape. Delle finestre ampie davano sulla valle. Aveva smesso di nevicare e il cielo all'orizzonte iniziava a schiarire. La direttrice dell'albergo scese dalle scale avvolta nella vestaglia, con un paio di UGG ai piedi, si avvicinò ad Anna e disse: «Signora, se vuole una stanza... Magari ha bisogno di stendersi qualche minuto, se possiamo fare qualcosa per lei, qualsiasi cosa...».

«Grazie» sussurrò Anna.

«Possiamo avere qualcosa di caldo, un tè, magari dei dolci?» Rosalba alzò la voce: «Sante, vuoi un caffè?».

Il carabiniere era rimasto in piedi sull'uscio della sala. «Volentieri, grazie.»

Guido era andato in bagno e, quando tornò, salutò la direttrice, le fece un sorriso tipico dei suoi, di circostanza.

«Le posso offrire qualcosa, professor Bernabei?»

«Una cosa salata qualsiasi... Grazie, signora.»

«Danuta!» chiamò. Ma la ragazza non apparve. «Scusate» disse la direttrice, e avanzò verso la cucina zoppicando.

Si erano seduti a un tavolo ad angolo, vicino alla finestra. Anna si tolse gli scarponi e mise i piedi sul termosifone. «Mi cerchi una coperta? Faccio asciugare anche il giaccone» disse a Rosalba.

«Certo.»

Anna la vide allontanarsi, pensò che quella donna in un lampo le era diventata familiare, le dava un senso di stabilità, eppure non l'aveva mai vista senza il cappello. Si voltò verso Guido, che armeggiava con il cellulare. «Qui c'è campo» le disse.

«Che cosa è successo?» chiese Anna.

Guido sollevò gli occhi dal telefono, aveva un'espressione interrogativa, si sfilò il guanto sinistro. La cameriera arrivò con il tè, il formaggio, dei pasticcini e una bottiglia d'acqua minerale. Anna allontanò le tazze per farle spazio.

Rosalba tornò con la coperta, l'aiutò a sfilarsi il giaccone, e coprendola disse: «Sono là con Sante, per qualsiasi cosa...».

Guido si avventò sul formaggio, un pezzo spesso che aveva ancora la crosta, lo morse al centro, due volte, senza masticare. Anna si portò il tè alla bocca, era bollente. «Mi fai schifo» gli disse, dopo che il calore si era espanso nello stomaco. «Dimmi cos'è successo.» Lo soppesò con disgusto.

Guido ingoiò a fatica, prese il tovagliolo, si pulì la bocca e lo rimise sulle gambe. «È venuta qui. Non so come ha fatto a scoprire che eravamo partiti. Ha perso la testa quando Gigliola l'ha licenziata» rispose dopo qualche istante, abbassando lo sguardo.

Anna vide Rosalba dalla parte opposta della sala che prendeva il caffè senza levarle gli occhi di dosso.

«Mi ha aggredito, era fuori di testa. Straparlava. Ha detto che era incinta...» aggiunse lui.

Anna strinse i pugni; questo non lo sapeva. Poi con voce fredda disse: «E non è la prima volta. L'hai messa incinta mentre aspettavo Natalia, e te la sei anche presa in clinica... Hai fatto tutto per bene, hai aspettato di diventare primario e poi mi hai lasciato...». Puntò il dito sul tavolo.

Guido era spaesato, lontano. Parlava, ma senza rivolgersi a lei: «Non ci credo che è incinta, l'ha detto solo perché era spaventata... Perché ha capito che non volevo più stare con lei».

«E perché non volevi stare più con lei?»

«Perché noi ci siamo ritrovati. Non avevo capito niente di Maria Sole...» Tornò con lo sguardo a lei: «La storia di tuo padre, ti rendi conto? E se fosse suo il bambino?».

Anna sconvolta sentenziò: «Ma che dici, sei pazzo?».

«Lei si scopava Attilio, Anna, mi ha raccontato tutto!»

«Guido, io non ci posso credere» gli disse a voce bassa. «E soprattutto non riesco a capacitarmi del fatto che tu non abbia pensato ai bambini...»

Lui guardò fuori dalla finestra, poi si voltò e con un filo di voce le disse: «No, neanche per un istante. Ho avuto paura che si facesse male lei, questo sì. Ma ai bambini non ho pensato, è vero...».

«Ma lo senti quello che dici? Avevi paura che si suicidasse e l'hai lasciata andare...»

«Tu non hai idea di quello che ho passato. Sono mesi che non vivo, ingoiato dentro questa storia... Non ne posso più.»

«Di cosa?» La bocca le si era riempita di saliva, avrebbe voluto sputare a terra.

«Delle denunce, delle minacce, sono quasi due mesi che vivo sotto assedio...»

Guido rimbalzò indietro e piantò i gomiti sulle ginocchia, fissava il pavimento. «Capisco che in questo momento sia difficile per te capire in che situazione mi sono trovato ma...»

«Io non ho parole, tu sei un mostro... Un falso, un bugiardo, un serpente! E, per inciso, anche un ingenuo. Ti sei fatto abbindolare per bene, non hai capito niente di lei...»

Guido cambiò espressione: «Lo sai cosa mi ha detto Maria Sole la prima volta che ti ha visto? Alla festa, in clinica...».

Lei intervenne per correggerlo: «Non era la prima volta. Mi ha seguita al parco, mesi prima».

«La prima volta che ti ha visto, mi ha detto: "Tua moglie ha una storia. Non ti degna di uno sguardo, te ne sei accorto?".»

«Davvero?» Anna sorrise con distacco.

«Credi che io sia un cretino? Sono quasi due mesi che ti faccio seguire. Scopi con quel ragazzino spagnolo davanti alla scuola. Ti sei anche fatta vedere da Gabriele... Sei andata a fare il picnic, giusto? Gli offri le cene... Gli passi anche dei soldi? Quello si fa mantenere dalla moglie, per la cronaca.»

«Ma che dici...»

«Cosa dico io? E tu, Anna? Non fare l'angelo con me. Ho tutto: foto, messaggi WhatsApp... Non hai neppure fiatato quando ti ho lasciato, non hai alzato un dito... A chi vorresti fare la morale, eh?»

Anna roteò gli occhi. L'aveva fatta seguire, certo. Per questo le controllava il telefono. Strinse i pugni sul tavolo, era travolta dalla rabbia, avrebbe voluto scagliarsi su di lui.

«Okay, non sono perfetta, non sono integerrima ma io non ho messo in pericolo i miei figli. Non ho mentito deliberatamente. Non ho pensato di fare una famiglia con un altro... Ho solo una relazione, e lo sai perché è iniziata? Perché tu non c'eri mai!»

«Senti, Anna, lo so che adesso ti sembra tutto incredibile, e anche per me è così... Ma io ho solo avuto un'avventura. È vero, lei è rimasta incinta, e io ero terrorizzato. Non ne voleva sapere di abortire, e quando ha perso il bambino ho tirato un sospiro di sollievo. Non sono riuscito a togliermela di dosso e tuo padre non ne voleva sapere di licenziarla.»

«Sono *due anni* che te la scopi...»

Sante e Rosalba si voltarono.

«Abbassa la voce, cazzo!»

Anna si alzò improvvisamente e afferrò il tavolo, lo sollevò e lo sbatté, le due tazzine scivolarono in terra e la bottiglia dell'acqua si rovesciò su Guido, che si spinse via con la sedia. Anna riprese il tavolo e lo sbatté un'altra volta. «Basta, cazzo, basta!» urlò.

Rosalba scattò velocissima, attraversò la sala e si avvicinò a Guido, che respirava a stento. «Va bene, diamoci una calmata. Adesso dobbiamo pensare solo ai bambini. Non serve a nulla litigare.»

«Ha pensato che sarebbe andata a suicidarsi.» Gli puntò il dito contro: «Non gli è passato per l'anticamera del cervello che potesse prendere i nostri figli!».

«Ma perché avrei dovuto pensare una cosa del genere? È sempre stata buona con loro, è sempre stata...»

«Quella donna è malata, è malata! È stata lei a staccare gli occhi a Lucilla... E io... io...»

Rosalba la trattenne per le spalle. Le si avvicinò: «Anna, calmati... Calma».

«Io non mi sono accorta di niente. Di niente...» Ora parlava solo con Rosalba. «Dov'ero io?»

Sante li raggiunse, le passò un tovagliolo, si era bagnata. «Signora, andiamo?»

«Dove?» chiese Anna con le lacrime agli occhi.

«Giù al campo. Dovrebbe riconoscere il guanto.»

«Muoviamoci.» Rosalba porse la giacca ad Anna e uscirono dalla stanza. La direttrice apparve dietro il bancone all'ingresso. Rosalba alzò il braccio. «Grazie infinite, Paola.»

«In bocca al lupo, di cuore.» Gli occhi sfiorarono Anna, la donna stringeva un fazzoletto al petto.

Fuori il freddo sembrava essersi fatto più ispido. Il cielo si era schiarito, la montagna aveva preso altre sembianze, non era più un triangolo nero ma un terreno mosso: neve, boschi e roccia. Risalirono sulla jeep e in pochi minuti furono alla transenna. C'era meno gente, adesso, molti si erano rifugiati in auto. Erano arrivate due ambulanze. Anna sentì le gambe cedere. Rosalba le disse: «Sono qui, per sicurezza...».

Appena si accorsero di loro, due uomini corpulenti, bardati in giacche scure con una linea catarifrangente disegnata sopra, si avvicinarono. Avevano la moffola. Guido non disse nulla, Anna annuì. «Sì, è di Gabriele.»

«Abbiamo trovato anche questo» annunciò il più alto dei due: era un bottone di plastica bianco, un bottone come ce ne sono tanti. Anna si strinse nelle spalle e le lacrime le gelarono le guance; Guido le mise una mano sulla spalla e lei non ebbe la forza di protestare. Rimasero l'uno accanto all'altra all'ombra di quella sagoma immensa che aveva fatto prigionieri i loro figli. Il sole stava sorgendo, la neve scintillava. Quel manto bianco li aveva seppelliti.

Dalla seconda ambulanza uscì un ragazzo riccio, vestito di arancione, parlava nel walkie-talkie; accelerò il passo, si avvicinò a entrambi. «Ho in linea il medico che ha ricoverato la signora. Ci sono novità.»

Rosalba prese la ricevente. «Come si chiama?» domandò al giovane.

«Anselmi» disse l'infermiere.

La donna spinse il pulsante laterale. «Dottor Anselmi, sono Rosalba Aimone, Corpo soccorso alpino. Sono qui con i coniugi Bernabei, mi sente?»

«Sì, forte e chiaro.»

«Bene. L'ascoltiamo» dichiarò.

«La signora è in stato confusionale. Il racconto è frammentario, dice che, d'accordo con il professor Bernabei, ha portato i bambini a fare una passeggiata.»

Anna spalancò gli occhi e Guido fece segno di no con la testa, guardava a terra.

«Sostiene di essere uscita fuori pista per seguire la bambina più grande, che è scivolata all'esterno con lo slittino.»

Anna si affrettò a dire: «Natalia non è più grande, è più piccola!».

«Shhh.» Rosalba si portò l'indice alla bocca. «L'ascolto, Anselmi, vada avanti.»

«Ha perso l'orientamento, ha provato a trascinare i bambini con lo slittino, ma si è rotta la corda e quindi hanno proseguito a piedi.» La linea gracchiò. Rosalba spinse due volte il pulsante laterale. «Non sa dire con precisione quanto tempo sia passato» proseguì il dottore, «né riesce a fornire una posizione. Sostiene di aver attraversato un boschetto in discesa e di esserne uscita. Dice che circa un'ora dopo, quando si è fatto buio, ha deciso di proseguire da sola. I bambini non riuscivano più a camminare, così li ha lasciati sotto un masso...»

«Un masso?» chiese Rosalba.

«Un masso, una lastra sporgente. Gli ha detto di non muoversi, di rimanere abbracciati, che sarebbe tornata. Ha seguito le luci verso il paese, per circa mezz'ora, ma su questo punto si è contraddetta in più occasioni. Sostiene di essere caduta, forse ha perso conoscenza una prima volta. È riuscita a rialzarsi e a proseguire, ma poi non ricorda più nulla...»

«Cosa ha visto mentre scendeva? È uscita fuori pista dal lato destro o da quello sinistro? Ha incontrato altri tratti di boscaglia? C'era solo neve? Cosa ha detto?»

«Nulla di più di quello che le ho riferito. È in stato di shock. Le abbiamo dato un calmante, un antipiretico e un antidolorifico. Ha una costola incrinata. Le è anche salita la pressione. La stiamo tenendo al caldo, dobbiamo aspettare ancora per avere un confronto più chiaro e attendibile.»

Rosalba incontrò lo sguardo di Anna e Guido, lui allungò il braccio e lei gli passò il walkie-talkie.

«Anselmi, buonasera, sono il professor Bernabei.»

«Professore, salve.»

«Pensa che potrei parlare con la signora?»

«Non in questo momento. Voglio aspettare che si calmi, ha la minima a centodieci.»

Guido guardò Anna e poi Rosalba. Schiacciò il pulsante e disse: «Le hanno detto che la signora è in stato interessante? Mi può dare qualche notizia del bambino?».

«Professore, abbiamo fatto un'ecografia...»

«Il battito è regolare?»

«Professore, la signora non è incinta.»

«Ha perso il bambino?» Allargò gli occhi, che intercettarono quelli di Anna.

«No, non c'è embrione, l'endometrio è perfetto, è in ovulazione.»

«Anselmi...» Gli tremava la voce.

«Professore, quando verrà le mostrerò l'ecografia. La signora non è in stato interessante, glielo posso assicurare.»

Guido lasciò il pulsante e Rosalba riprese il walkie-talkie, allontanandosi. Lui cercò Anna con gli occhi ma lei lo ignorò: vagò con lo sguardo sugli orli della montagna, fece come per voltarsi di scatto ma poi riprese la sua postura, tirò su con il naso. «Lo sapevo...» Aveva lo sguardo di un bambino. Anna lo lasciò lì e si mosse verso Rosalba, che insieme a Sante e agli altri uomini della Protezione civile studiava una cartina geografica. Era quasi l'alba.

«Ci sono due zone rocciose importanti» spiegò Rosalba, «è presumibile che quella di nostro interesse sia questa» e indicò un puntò sulla mappa. «È preceduta da un addensamento di verde, è la più vicina agli impianti. Quanto possono aver camminato due bambini così piccoli?»

«Mente» sospirò Anna. «Sta cercando di depistarci.»

«Dobbiamo provare» rispose Rosalba.

Lasciò la mappa a Sante e la prese sottobraccio, la trascinò verso la jeep. Guido era immobile, con le braccia lungo i fianchi. Quattro uomini della Protezione civile partirono con le motoslitte.

«Lo so di cosa hai paura: non può averli uccisi.» Rosalba sbatté gli occhi due volte.

«Perché?»

«Perché non avrebbe fornito tutti questi dettagli. È furba, molto più furba di quanto credi.»

«Mi ha minacciato…»

«Ha detto che avrebbe fatto del male ai tuoi bambini?»

«No» sospirò Anna.

«Non li ha toccati.»

«Lei mi ha telefonato, Rosalba…»

«Sono certa che tutto quello che mi hai raccontato corrisponda alla verità, ma ricordati che questa è la *tua* versione dei fatti.»

«Che significa?»

«Che è la sua parola contro la tua, e contro quella di tuo marito. Hai sentito: sostiene che lui sapeva che li avrebbe portati a fare una passeggiata.»

«Questo non può essere vero. È la mia unica certezza.»

Rosalba sospirò: «È sveglia, sa esattamente quello che sta facendo. Finge di averli portati a fare una passeggiata, era d'accordo con Guido. Non li ha toccati, li ha solo persi… È andata a cercare soccorsi, capisci? La sua versione ha una logica…»

«Non è vero!» Piangeva.

«Certo che non è vero. Ma questa versione attesta un fatto: non li ha toccati con un dito!»

Anna scosse il capo. Rosalba tirò fuori un cioccolatino dalla tasca, lo scartò aiutandosi con i denti e glielo mise vicino alla bocca. Anna schiuse le labbra. Era duro come una pietra e non sapeva di nulla.

«Ti devi fidare.»

«Sono passate più di sedici ore.»

«I bambini hanno una temperatura corporea più alta della nostra.»

«Ha nevicato tutta la notte.»

«Senti, io sono cresciuta in montagna, conosco il freddo più di ogni altra cosa al mondo, e conosco la resistenza e le risorse del corpo umano. Morire non è facile.» Le sorrise e raggiunse di nuovo Sante.

Anna si rese conto che anche l'elicottero era sparito. L'ultima volta che lo aveva visto era in albergo. Lo avevano usato solo con il buio.

Doveva andare in bagno, non riusciva più a trattenersi. Un goccio di urina le bagnò le mutandine, era bollente. Si affrettò. Avanzando vide Rosalba parlare in modo concitato con alcuni carabinieri appena arrivati sul posto. C'erano due persone davanti al bagno chimico, una donna sulla sessantina le chiese: «Lei è la mamma dei bambini?».

«Sì...»

«Prego, signora, si accomodi. Voglio dire, quando si libera.»

«Grazie» rispose Anna, infilando il naso nella sciarpa.

«Non è la prima volta che si perdono, sa.» La donna aveva la fronte percorsa da una ruga orizzontale, profonda e scura. «È una piccola montagna, ma le piste non sono segnate a dovere. Dovrebbe fare causa alla Protezione civile... o, insomma, a chi si occupa di queste cose.» Diede un colpo di tosse cavernoso.

Anna annuì.

«Una bambina di otto anni, nel 2010, povera figlia...» La donna si portò un fazzoletto alla bocca e si pulì. «Mi scusi, non avrei dovuto dirlo. Sono sicura che li troveranno sani e salvi, i suoi bambini.»

«Ma lei perché è qui?» Anna voleva attaccarla, non poteva credere che le avesse detto una cosa del genere, la sua rabbia era così grande che si sarebbe scagliata contro un muro.

«Ho il turno in funivia.»

La porta del bagno chimico si aprì e Anna s'infilò dentro, c'era un tanfo fortissimo, la neve tinta di grigio sembrava aver assorbito quell'odore nauseabondo. Anna fece pipì, le salirono dei conati di vomito alla bocca. Quando uscì, la donna le sorrise.

Anna provò un odio disumano. Odio che si aggiungeva ad angoscia. Era come una matrioska, c'era un nocciolo sempre più piccolo e duro dentro ogni paura.

I suoi occhi compirono una ronda circolare, Anna ebbe la sensazione che stesse succedendo qualcosa. Carabinieri, polizia, Protezione civile, nessuno era più fermo sul posto, tutti a sgranchirsi le gambe e a scongiurare il freddo, tutti si muovevano, i walkie-talkie gracchiavano, le parole salivano e scendevano dalla montagna. Veloci e precise.

Si avvicinò alla macchina e aprì lo sportello: Guido era nel posto laterale, i gomiti sulle ginocchia, la testa china, piangeva senza prendere aria, con la schiena che sussultava e i piedi che si muovevano freneticamente. Non lo aveva mai visto in quello stato. Era rattrappito nei suoi spasmi. Pronunciava delle parole incomprensibili, come se latrasse. «Ehi, respira» gli disse Anna.

Poi tutt'a un tratto sentì le sirene delle ambulanze, si sporse e vide che avevano azionato anche i lampeggianti, il riverbero colpiva tutto, l'alone si estendeva. Cercò Rosalba con gli occhi e la vide correre verso di lei, il walkie-talkie oscillava. Si era tolta il cappello, aveva i capelli cortissimi; Anna riconobbe una nuova fisionomia. Rosalba si portò la mano al petto prima di parlare, il fiato corto. «Li hanno localizzati» disse senza espressione.

Anna alzò gli occhi sulla montagna. Il sole era alto. Era una giornata perfetta. *Morire non è facile.*

27

Rosalba le comunicò che sarebbero saliti con gli spazzaneve, i bambini erano a nove chilometri, dentro un boschetto. Dovevano sbrigarsi. Raggiunsero il camion militare, lo guidava un uomo con un caschetto di plastica blu e la pelle martoriata dal gelo, sorreggeva il cambio alto che vibrava. Non disse nulla, aspettò che lo sportello si chiudesse.

Partirono alzando zolle di neve, sobbalzarono sul sedile, Anna si aggrappò alla maniglia della portiera; non sentiva la punta delle dita e provava un dolore feroce al collo, non riusciva più a piegarlo. Guido guardava avanti come l'uomo al volante, erano falchi attenti. Il sole si era alzato e batteva sulla distesa di neve immacolata, sembrava una torta nuziale, attraversarla fu facile. La mente le fece un brutto scherzo perché si disse che era un bene averli trovati di giorno, e poi subito dopo pensò alla notte, a quei boschi fitti e scuri che aveva visto alle prime luci dell'alba, tombe verdi dai fusti lunghi. Osservò le motoslitte che salivano seguendo una serpentina immaginaria, in fila indiana. In alto, sulla sinistra, vide il bosco. Era scosceso, ripido; intorno la neve alta. Si voltò verso Guido, lui cercò di aiutarla ma lei si ritrasse.

«Eccoci» annunciò l'uomo, fermando lo spazzaneve su un pendio. Aprì la portiera e scivolò a terra. Guido fece lo stesso e atterrò nella neve che gli sfiorava le ginocchia. Rosalba era già arrivata, con Sante e gli altri uomini della Protezione civile, al principio del bosco; un elicottero della Croce Rossa, snello e sottile, stava atterrando a qualche centinaio di metri. Il silenzio dalla montagna era rotto da un concerto di suoni contrastanti: le pale, le grida, l'abbaiare persistente di due terranova al guinzaglio di un ufficiale dei carabinieri. Erano schierati come un esercito su un pendio della montagna. Anna aveva una paura folle dei cani, appena li vide sussurrò: «Oddio, i cani no...».

«Li avranno trovati loro, sono fondamentali» la rassicurò Guido.

Anna sentì che la neve la stava divorando, erano talmente corrosi dal freddo che rimanere immobili significava congelarsi. I cani erano accucciati accanto all'uomo, uno nero dal pelo lungo e lucido e l'altro fulvo; annusavano la neve, affondavano il muso come se lì sotto fossero sepolte arterie di odori, piste decifrabili.

Guido le porse la mano per la seconda volta e lei l'afferrò. «Andiamo Anna, muoviti...» Era ancora saldo ma gli occhi apparivano spenti, lo stesso tipo di sguardo che aveva macchiato il volto di Gabriele negli ultimi mesi. Quegli occhi mesti con i quali la lasciava andar via la mattina di fronte alla scuola. Anna ripensò a come l'aveva rassicurato al momento della partenza per la montagna. *Amore, ti divertirai.* Glielo aveva ripetuto fino allo sfinimento, pur di liberarsi e raggiungere Javier. Pensò a tutte le bugie che gli aveva raccontato, bugie innocue che erano il tappeto di quell'educazione sentimentale che metteva a tacere i bambini, quasi non esistessero. Non si era fermata a ragionare un solo istante davanti a quegli occhi pervasi di malinconia, aveva inseguito i suoi bisogni e desideri. Non era stata attenta. Aveva la sensazione precisa di aver fuggito costantemente i propri figli, come se la giornata fosse un appuntamento continuo, tanto poi la sera le bastava saperli nei loro letti, al sicuro e addormentati, muti, senza richieste.

«Anna, avanti...» Lei mise un piede davanti all'altro, Guido la trascinò nel punto in cui Rosalba le venne incontro con le mani nude e il fiato corto.

«Hanno trovato Natalia, la stanno portando su. Ancora nessuna traccia di Gabriele...»

«Avevi detto che avevano localizzato tutti e due...»

Sul viso di Rosalba apparve un sorriso inconsistente. «Avevano detto così, sì, ma evidentemente...»

«Cosa?» insistette Anna.

Guido la teneva: «Adesso lo troviamo...».

Anna tirò indietro il braccio con un gesto brusco, si slacciò da lui. «Adesso quando?»

Il terranova nero schiacciò il muso a terra e avanzò verso di lei, seguì un semicerchio attorno i suoi piedi, poi salì sugli scarponi, con la lingua che gli pendeva dalla bocca come un frutto maturo. Anna non riusciva a muovere un solo arto, le sembrava la nemesi: dover cercare suo figlio con l'essere che più la spaventava al mondo. Un cane; un cane nero con gli occhi di lava.

«Fagli annusare il guanto» disse Rosalba.

Anna teneva le braccia leggermente alzate in segno di resa, mentre il cane si era seduto e aspettava paziente. Rosalba le offrì il palmo aperto ma Anna fece scivolare il guanto fuori dalla tasca e lo porse al cane. Chiuse gli occhi quando il terranova infilò il suo naso bagnato come una spugna nella moffola di Gabriele. Anna si sentiva il respiro dell'animale addosso, strinse le mandibole, immaginò che la divorasse. Il cane alzò il muso, per poi riabbassarlo sulla neve, prese a tirare il guinzaglio, voleva scendere verso il bosco.

«Io vado» disse Rosalba.

«Vengo con te» replicò Anna.

«Stanno portando su Natalia, forse è meglio se aspetti qui.»

«Vengo con te» ribadì lei. Era da Gabriele che doveva andare: il figlio debole era lui, il bambino triste e silenzioso, il disperso. «Guido aspetterà Natalia...» Gli fece scivolare gli occhi addosso e lui assentì. La somma degli errori, le colpe, la responsabilità avevano allargato il campo, Anna aveva più diritti.

«Va bene» decretò Rosalba, «andiamo.»

Le seguirono due uomini, uno dei quali teneva il cane nero al guinzaglio. Aveva il cappello, il passamontagna e gli occhiali plastificati, era una figura in movimento senza lineamenti. Un gruppo stava scendendo nella direzione opposta con il cane fulvo. Rosalba consegnò due bastoncini ad Anna, sia lei che gli uomini avevano delle corde legate in vita con dei moschettoni. Seguirono il terranova che si era mosso lento e determinato.

La neve scricchiolava sotto i loro passi, era un crepitare di sassolini ghiacciati che scintillavano sotto i raggi biondi di un sole di primo mattino. Fino a quando non cominciarono a scendere nel bosco: lì era più buio, la luce si fermava a dieci metri di altezza, come se non riuscisse a propagarsi a causa degli alberi, così fitti. Rami secchi e nodosi, una discesa incredibilmente ripida. Anna immaginò Maria Sole trascinarli fin lì e abbandonarli in quel labirinto perfetto per morire. Rivide il bacio che aveva timbrato sulle labbra di sua figlia.

Rosalba camminava avanti e puntava i bastoncini a terra, la neve fresca nascondeva massi e crepe. Procedettero spediti per una cinquantina di metri, il cane scivolò due volte guaendo e rialzandosi, poi tornò indietro, circumnavigando una parte più ripida, alla fine infilò il muso sotto un masso e guaì. Batteva le zampe anteriori sul posto. Rosalba piantò i bastoncini, guardò Anna e disse: «Dobbiamo scavare».

Scavare?

Anna sentì le gambe cedere e cadde in ginocchio, accanto al terranova che alitava nebbia e puzzava di umido. Infilò le mani nella neve, non riusciva neanche a piangere. Rosalba la sorresse. «Anna, spostati...»

L'uomo col passamontagna tirò fuori dallo zaino delle cazzuole corte, tonde e larghe e le passò agli altri. Si inginocchiarono e cominciarono a spalare. Rosalba tirò su Anna. «Vieni» le suggerì.

«Dove?»

La prese per le spalle e la fece voltare, il viso verso il monte, la schiena a valle. «Guarda!» le disse con la voce rotta.

«Cosa?» Anna distinse solo il braccio alzato di Rosalba. Aveva gli occhi pieni di lacrime. Pensò che fosse solo uno stupido stratagemma per tenerla lontana dal ritrovamento del corpo del figlio. Proprio come si fa con i bambini. "Guarda, guarda l'uccellino!" Una soluzione per farli smettere di piangere. Un'altra bugia.

Rimasero così, con le spalle dritte. Il walkie-talkie si animò, era la voce di Sante. «Mi ricevete?»

«Sì» rispose Rosalba, osservando Anna, che immobile tremava come una foglia.

«Abbiamo buone notizie, la bambina sta bene!»

Anna fissava la cima della montagna, sentì l'intestino contrarsi, il dolore si propagò e le gambe si fecero molli, sudava freddo.

La voce di Guido la raggiunse, all'improvviso: «Amore, è arrivata sana e salva... Forse ha una caviglia rotta, ma sta bene, sta bene! Ci vuoi parlare?».

Amore.

Anna annuì, aveva il pianto in gola. Sentiva gli uomini dietro di lei che lavoravano, il rumore delle pale che si conficcavano nella neve, il fiato del terranova che riposava dopo lo sforzo, le sembrava le alitasse sul cuore. Lo spasmo era passato, sentiva di nuovo freddo.

«Mamma...» La voce era piccola e stanca, eppure precisa. La colpì come un proiettile. Prese la ricevente dalle mani di Rosalba con uno slancio che non credeva di avere.

«Tesoro, sono qui. Eccomi. Bentornata amore mio, sto arrivando...»

«Mamma» ripeté Natalia. Ora piangeva anche lei. Non poteva dire nient'altro che "mamma", non aveva le parole. Non avrebbe ricordato. Anna non ricordava nulla. Sapeva solo di avere una cicatrice sul cuore.

«Nati, va tutto bene, non vedo l'ora di abbracciarti, amore mio, ti voglio coprire di baci... Quanto mi sei mancata!»

«Mamma, mamma...»

Rosalba si passò il polso sugli occhi, per la prima volta dava l'idea di non sapere come comportarsi. Anna lesse nei suoi occhi lo sgomento, poi la vide voltare la testa, sopraffatta dalla commozione.

«La portiamo giù con l'elicottero» disse Guido. «È congelata... Che succede lì?»

«Per ora niente» si limitò a rispondere Rosalba. «Andiamo avanti.»

«Bene» disse Guido. «Bene.»

Anna lo immaginò stringere Natalia, sentiva l'entusiasmo nella sua voce, il brio, quello slancio di positività con cui aggrediva l'avvenire e che Anna ormai detestava. Lei era nel bosco, e la prima cosa che pensò fu che se Gabriele fosse morto lei sarebbe dovuta rimanere viva. Per Natalia.

Si voltò e vide il terranova annusare il suolo vicino all'uomo con il passamontagna, che chino sulle ginocchia cercava di scansarlo. Si tirò su e spostò il cane con un braccio, lo allontanò con forza e poi si sedette sui talloni. Un moon boot rosso spuntò dalla neve, grande come un palmo di mano. Era di Gabriele. Rosalba la trattenne per le spalle mentre cercava di avventarsi sullo stivale. L'uomo la guardò e il cane guaì ancora, scuotendo il muso a destra e a sinistra, poi fu più veloce dell'uomo e afferrò lo stivale con la bocca. Si scollò da terra volando, era leggero e fradicio. Fu una sorpresa per tutti. Gabriele non era là sotto, c'era solo la scarpa. Il cane era pronto a ripartire, ma gli uomini continuarono a scavare, per assicurarsi che non ci fosse altro.

«Non c'è.»

«No...» Anna era sicuro che fosse sepolto lì. Una madre certe cose le sente.

«Avanti, andiamo» insisté Rosalba. Le era tornata quella faccia da soldato che Anna aveva registrato dodici ore prima, nella notte, quando la sua determinazione era intatta.

Lasciarono libero il cane, che avanzava spedito verso il dirupo con lo stivale in bocca, e si incamminarono con i bastoncini seguendo le impronte del terranova. Era lì, adesso, piantato su una roccia, la coda bassa, che li aspettava. Anna era stremata, tallonava Rosalba, la testa china; quando alzò gli occhi vide brillare la luce tra le fronde, era mattino inoltrato ormai. Pensò al suo bambino scalzo, tese le orecchie, risentì il suono della voce di Natalia. E allora si bloccò e urlò: «Gabriiii!». Tutti si voltarono a guardarla.

«Gabriiii!» gridò con tutta la voce che aveva in corpo, mentre il cane abbaiava. Il suo urlo e il guaito caddero nel vuoto, si allontanarono rimbalzando giù dalla montagna.

Rimasero in attesa di un segnale ma non avvertirono nulla, solo i movimenti della foresta: un cumulo di neve che cadeva, il volo rado e violento di un uccello lontano. Ripresero a camminare e raggiunsero il cane, che scodinzolava. Da lì non si vedeva nulla di nuovo, solo alberi, neve e pezzi di terra color carbone. Il terranova scese più velocemente e con maggior agilità, non alzava mai il muso. Mai. Compì tre curve e si fermò, poi tirò dritto e improvvisamente sparì. Era precipitato. Sentirono un tonfo sordo e nient'altro.

«Cazzo!» sibilò l'uomo.

Si guardarono senza dire nulla, avanzarono cauti, infilando i bastoni nella terra per saggiarne la consistenza. Giunti al punto in cui il cane era svanito gettarono lo sguardo in fondo a un fosso largo ma incredibilmente profondo. Sdraiato su un fianco, immobile, con la bocca spalancata, c'era il terranova. L'uomo si tolse gli occhiali e li gettò a terra, scoprì la bocca, era un ragazzo giovane con un corpo massiccio, un naso perfetto e piccolo, la peluria cenere, ricordava James Spader.

«Greta!» esclamò. Aveva gli occhi azzurri sbarrati.

Anna non aveva pensato neanche per un secondo che il cane potesse essere una femmina.

«Io non la lasciò qui» concluse il giovane scuotendo il capo.

«È morta» gli disse Rosalba. Non aveva nessuna espressione, era imperturbabile.

«Non la lascio qui!»

«C'è un bambino disperso in questo bosco...»

Il ragazzo scosse il capo.

Rosalba lo tirò per un braccio. «La veniamo a prendere dopo...»

«No!»

Morire non è facile.

Per un attimo Anna rivide il cane nel ragazzo, avevano gli stessi occhi all'ingiù, buoni e tondi. Era un segugio anche lui.

«Stiamo lavorando, Alessandro, ti ricordo che...»

«Non mi muovo, andate avanti senza di me.» Aveva le braccia lungo i fianchi e i pugni stretti, gli occhi nel fosso.

Anna la prese per un braccio. «Lascialo stare.»

«Non ha senso che resti qui, dobbiamo andare avanti. E poi, come cazzo la riprende?»

Anna guardò il cane in fondo al fosso, la carcassa immobile, la vita che scivola via dal corpo, il rigore della morte. Come tutto in un instante perde senso.

«Adesso ci muoviamo, andiamo avanti.» Rosalba parlava senza dare peso alle parole, era fiaccata. Anna puntò i bastoncini a terra e prese a scendere, ma non come prima, li appoggiava appena. Voleva correre, farla finita. «Anna!» gridò Rosalba. Lei avanzò veloce scivolando sulla neve, non sentiva il gelo. Muoversi era così faticoso che il corpo si surriscaldava subito.

Cadde l'ultima volta che sentì la voce di Rosalba. Non faceva che pensare a Gabriele, al fatto che un piede fosse scalzo, che diciotto ore in quelle condizioni erano troppo tempo per chiunque.

Morire non è facile.

Rosalba la raggiunse, la tirò su, era sola. Non disse nulla. Avevano il fiato corto. Si guardarono intorno, a destra il bosco confinava con la neve fresca e la luce. Anna disse: «Vado di là...». Riprese a marciare. «Gabri!» gridava. «Gabri!» Le urla la squassavano, le levavano quelle poche forze che sentiva di avere.

Puntò verso il sole e quando fu prossima alla frontiera con la neve vide il corpo di Gabriele. La sua figura di fianco, la testa reclinata sul gelo, le braccia abbandonate, le gambe divaricate, un moon boot solo.

Avanzò disperata ma arrivata a due metri da lui si fermò. Si voltò indietro verso Rosalba – in alto, lontana – e fece un gesto ampio con il braccio, che lei le restituì. Poi tornò a Gabriele, cercò un movimento del corpo, lesse il respiro. Il torace si muoveva. La prima cosa che fece fu sollevargli una gamba, poi gli sfilò il calzino e strofinò il piede tra le mani. Le dita erano nere. Si aprì istintivamente la giacca e si mise il piedino sotto al golf, sulla pancia, il punto più caldo del suo corpo. Una stalattite sul ventre. Gli prese la testa, il respiro era una certezza, anche se lento e fiacco. Gli alitò sul collo e gli baciò le guance, la fronte, lo strinse a sé. Gli sussurrò all'orecchio: «Amore, sono qui, perdonami, apri gli occhi...».

La bocca era schiusa, abbandonata, era inerme ma vivo. Ancora vivo.

«Gabri, ascoltami, sono qui, sono io... Mi senti? Apri gli occhi, apri gli occhi...»

Vide Rosalba scendere a valle, si muoveva veloce in perpendicolare.

Mise la sua bocca su quella di Gabriele, e lo fece ancora, alitò sul suo volto freddo, sul collo, le orecchie. Gli passò le mani dappertutto, sulle braccia, il petto, i fianchi, come se potesse accendere un fuoco. Il piede di Gabriele era ancora sul suo ventre. Strinse il volto con delicatezza, poggiando il naso sul suo. Le lacrime si scioglievano sul viso, sentiva la saliva scenderle dalla bocca. Lo ripeté ancora nel suo orecchio sinistro. La voce era cauta, disperata e calda. «Gabri, ti supplico, apri gli occhi.»

E lui lo fece. Li aprì.

La luce nitida, l'aria fresca delle sette e quarantacinque. Anna teneva il manubrio saldo, Natalia era tra le sue braccia, Gabriele dietro le cingeva la vita con una presa salda. Era uno dei momenti che le piaceva di più, il giro mattutino in bici mentre attraversavano il centro di quella piccola città termale che aveva la dimensione di un villaggio. Percorreva il lungomare sgombro – senza traffico, senza smog – con un'andatura lieve, sullo sfondo il brusio del mare che lambiva le spiagge pettinate su cui affacciavano piccoli stabilimenti balneari, bianchi e blu, bianchi e azzurri, bianchi e turchesi. La gente sorrideva al passaggio di quella giovane donna che traghettava i figli alle prime luci del mattino su una bicicletta argentata; le persone di quel posto non "chiacchieravano" di loro, nessun mormorio seguiva il loro passaggio, nessuna congettura.

Anna mise la bici sul cavalletto e fece scendere Natalia, poi prese in braccio Gabriele, di fianco. Salì i tre scalini e attraversò le porte girevoli, nel centro l'aria era calda e si respirava un profumo chimico di cedro.

«Buongiorno, Anna.»

Flavia le venne incontro come ogni mattina, era una ragazza di appena trent'anni, i capelli color cenere e le sopracciglia folte e spesse, la coda di cavallo alta. Raggiunsero insieme lo spogliatoio, a quell'ora ancora deserto. Natalia le stava accanto come un'ombra, la lasciava libera solo quando si occupavano del fratello.

«Gabri, oggi lavoriamo in piscina, sei contento?» sorrise Flavia.

«Uhm...»

Gli sfilò la scarpa da ginnastica, la sinistra, e prese la caviglia, poi massaggiò vicino al punto in cui mancavano il quarto e quinto dito. Flavia li aveva chiamati il "mellino" e il "pondulo"; Anna ignorava quei nomi, prima dell'incidente era convinta che le dita del piede avessero lo stesso nome di quelle della mano.

Natalia fissava il piede del fratello con un'espressione anonima, sembrava che quell'amputazione non le facesse paura; neanche quando era ancora tumefatto, con le arterie ingrigite che salivano verso il metatarso, simili a ragnatele, era parsa spaventata.

Flavia massaggiò l'estremità, che era tornata rosea, e Gabriele voltò il capo verso i bagni: lui invece, il suo piede, non lo guardava mai.

«Hai avuto prurito stanotte?»

«No.»

«Abbiamo fatto l'impacco con gli asciugamani caldi prima di andare a letto» disse Anna.

«Bene, molto bene» annuì Flavia mentre sgusciava fuori dall'accappatoio di tela che indossava come fosse un camice.

Natalia sorrise, le piaceva la fisioterapista e lo dimostrava con gli occhi, la osservava per ore lavorare con il fratello, in silenzio, alle volte si prendeva il piede tra le mani e lo massaggiava come faceva lei con quello di Gabriele, partiva dal centro e poi si allungava sulle dita e le contava. Senza voce. Interiormente. Uno, due, tre, quattro, cinque e interrogava con lo sguardo la madre, stupefatta. Lei aveva *ancora* cinque dita, com'era possibile?

Flavia portò la sedia a rotelle e Anna aiutò Gabriele a salire. In fila indiana si diressero verso la piscina, la prima corsia era già occupata da alcune signore anziane, donne che facevano una ginnastica dolce, movimenti precisi che stimolavano la circolazione, rafforzavano la muscolatura. Gabriele era l'unico minore del centro riabilitativo, erano stati attenti a non mischiarlo con i pazienti gravi. Le donne erano quattro, una indossava una cuffia verde con margherite arancioni, le altre costumi neri olimpici, nuotavano a rana con le teste fuori, i movimenti lenti eppure eleganti, a distanza di mezzo metro l'una dall'altra. C'era anche un uomo – in un'altra corsia –, un novantenne così magro da sembrare una statua lignea, con il volto ossuto e la cuffia bianca: non nuotava, era appeso a un girello; aveva una lunga cicatrice sul femore destro, spessa e dentellata dai punti in rilievo. Avanzava adagio.

La temperatura sfiorava i ventisei gradi, l'acqua era di un azzurro cristallino quasi trasparente; per osservare meglio il lavoro che facevano gli arti, le aveva spiegato Flavia.

Anna tolse l'accappatoio a Gabriele e lo aiutò a sedersi sul bordo. Un ragazzo bruno, con il costume acetato nero, entrò con passo rapido, i quadricipiti di un gladiatore, le spalle grandi, i muscoli d'acciaio. Passò davanti al vecchio e recuperò delle palle mediche, gli raccomandò: «Giovanni, vacci piano!». L'uomo non alzò neanche lo sguardo, avanzava meticolosamente isolato nel suo sforzo.

Gabriele si sostenne al bordo e scivolò nell'acqua, le sue piccole braccia erano diventate incredibilmente forti in una manciata di mesi.

«Ce la fai, Gabri?»

«Sì, mamma.»

Le si rivolgeva dicendo sempre "mamma". "No, mamma." "Ho fame, mamma." "Aspetta, mamma." Non solo le braccia si erano rafforzate, anche il linguaggio aveva incamerato tanti vocaboli nuovi, sorprendenti per un bambino di quell'età.

Quella parola, "mamma", ripetuta dopo ogni asserzione, domanda, desiderio o capriccio era un modo per definire la presenza della madre; glielo aveva spiegato la psicoterapeuta che li stava assistendo: «Vuole sentire che lei c'è».

Mentre Natalia continuava ad abitare un mondo silenzioso e a cercarla nella prossimità, Gabriele aveva un bisogno disperato di sancire la sua presenza e quella del padre.

Guido. Era la parte più delicata della faccenda.

«Lei deve cercare di contenere ogni forma di aggressività» le aveva detto la psicoterapeuta la prima volta che si erano incontrate. «Mai parlare male del padre, presentarsi regolarmente ai colloqui, mantenere l'equilibrio. L'idea di allontanarsi per la riabilitazione è stata ottima, questo ci permette di giustificare l'assenza di suo marito, prendere tempo. Ma deve stare attenta e non parlarne male, non incrinare la figura paterna.»

Era una donna fisicamente imponente, emanava un sapore antico (le perle ai lobi, i golf girocollo, la gonna al ginocchio; le aveva ricordato la sua professoressa del liceo), era assertiva, guardava Anna negli occhi senza lasciarle scampo e, se lei distoglieva lo sguardo, faceva ticchettare la punta delle lunghe unghie sul tavolo, come una scala di note, così da richiamare la sua attenzione. «Mi segue, Anna?»

La sentenza relativa alla clinica aveva stabilito in primo grado una pena di tre anni – ai domiciliari – per Guido, più una multa di centoventimila euro. Maria Sole invece avrebbe dovuto scontare cinque anni. Erano stati accusati entrambi di frode per la faccenda delle protesi. La condanna di lei era gravata dalla questione delle assicurazioni: erano anni che prendeva tangenti, defraudava i clienti (aveva iniziato in una piccola clinica convenzionata, al Nord). Adesso stava scontando la sua pena in una residenza sanitaria. I due processi avevano finito per sovrapporsi. Da una parte la clinica, dall'altra l'accusa per sottrazione di minori e omissione di soccorso.

«Anna, a cosa sta pensando?»

«A quello che ha detto l'avvocato difensore della Meli.»

«Non possiamo non prendere in considerazione l'inanellarsi di una serie di esperienze traumatiche. L'aborto terapeutico, la relazione con Attilio Martani, Guido Bernabei, il licenziamento... È evidente, nella Meli, l'incapacità di gestire le emozioni. In più, lo psicologo che l'ha avuta in cura nel periodo 2014-2015 dichiara che la signora soffriva di un grave disturbo alimentare e forti sbalzi d'umore: momenti di onnipotenza seguiti da ampie fasi depressive. La perizia psichiatrica la dichiara incapace di intendere e di volere.»

Anna era certa che quando Maria Sole le aveva telefonato sapesse esattamente cosa stava facendo, nessuno poteva toglierle dalla testa che volesse lucidamente sottrarle i figli e ucciderli.

«Non riesco a capacitarmi che una donna venga giudicata e condannata per aver frodato dei pazienti e, al tempo stesso, venga considerata incapace di intendere e di volere quando viene accusata di aver rapito due bambini.»

«Anna, ascolti, ne abbiamo già parlato: noi ci occupiamo del benessere dei suoi figli e del suo. Quanto alla Meli e a suo marito, stanno pagando per quello che hanno fatto, c'è la giustizia per questo. Mettiamola così: è acqua passata. Noi dobbiamo concentrarci sul presente, ed è necessario che lei capisca che l'amputazione delle dita ha anche un significato simbolico profondo... Non permettiamo che Gabriele pensi che assieme a una parte del piede abbia perso anche suo padre. Finirebbe per colpevolizzarsi. Lavoriamo sulla consapevolezza. Trasformiamo questa brutta esperienza in una possibilità di rinascita. Questa è una chance anche per lei.»

«Mi perdoni se insisto, ma lei si rende conto, vero, che una donna che ha avuto l'astuzia di organizzare una frode come quella non può essere...»

«Anna, non è stata lei a raccontarmi che all'inizio della sua relazione con Javier sentiva due spinte opposte: da una parte quella di rimanere con la sua famiglia, dall'altra quella di... com'è che ha detto? Eclissarsi, perdersi... dimenticandosi di tutto e tutti? È possibile che stati d'animo distinti convivano nella stessa persona.»

«Non vorrà paragonare i miei sentimenti a quelli...»

«No, certo... certo che no. Voglio solo farla avvicinare al pensiero che le contraddizioni esistono, come gli errori, gli stati d'animo distinti, le paure immotivate. Lei passa dalla colpevolizzazione verso se stessa, perché ritiene di non essere stata abbastanza attenta, all'accusa feroce verso la Meli... E sembra che dentro di lei ci sia una ricerca continua *alla* colpa, come se fosse un pallone che sta in una metà del campo o nell'altra... E questo può creare confusione...»

«È vero... sono arrabbiata con me stessa perché se avessi tenuto gli occhi aperti, tutto questo non sarebbe accaduto.»

«Io credo che lei sia passata dall'essere figlia all'essere madre molto repentinamente. La storia con Javier deve averla messa in contatto con una parte che era rimasta sepolta e che lei ha semplicemente seguito.»

«A discapito dei miei figli...»

«Inoltre non possiamo dimenticare che la morte di suo padre in questa situazione può aver agito come detonante.»

«Mio padre...» E lasciò la frase in sospeso.

«Cosa?»

«Sono così arrabbiata anche con lui... Eppure mi manca.»

«Appunto. Vede che viene a me? Sono sentimenti contraddittori eppure coesistenti. La vita non è bianca o nera, le persone non sono buone o cattive, le sensazioni non sono limpide, piuttosto imperfette.»

«...»

«Perché sorride?»

«Mio marito chiamava... chiama le signore che vanno a operarsi da lui "le imperfette". Mio padre diceva che tutte le donne sono imperfette, ma lo diceva con un'accezione positiva, come se nel sentimento dell'imperfezione ci fosse una ricerca al miglioramento...»

«Be', dico una cosa forse pleonastica ma queste visioni, anche se diverse, mi sembrano molto maschili... anche un po' misogine. Non sono le donne a essere imperfette, ma le persone, gli esseri umani... E lei dovrebbe essere più clemente con se stessa, accogliere le sue imperfezioni invece di demonizzarle.»

«Davvero?»

«Anna, è arrivato il momento di immergersi nella realtà. È uno sforzo enorme, lo capisco. Gestire l'aggressività, guardarsi dentro, non fuggire tra le braccia di Javier. Ora solo lei rappresenta una possibilità di equilibrio per i suoi figli. È questo che stiamo cercando, e per raggiungerlo dobbiamo sgombrare il campo. Ripartire da qui.»

L'equilibrio.

La corsia di Gabriele, separata dalle altre, era in pendenza: nella parte più alta la profondità si attestava sugli ottanta centimetri, suo figlio la percorreva facendosi sorreggere da Flavia, adagio, ma finendo per bloccarsi sempre poco prima della fine, dove il livello dell'acqua segnava i quaranta centimetri. Non c'era verso di superare quel punto, al quale erano arrivati con un esercizio lento e pedissequo. Flavia insisteva che Gabriele avrebbe potuto farcela anche senza la piccola protesi di silicone che gli veniva applicata di giorno. Lei, come la psicoterapeuta, voleva "ricostituire" un corpo saldo.

«Avanti, Gabri» disse la ragazza.

Il bambino cercò gli occhi della madre. Anna, seduta accanto alla vetrata insieme a Natalia, strinse i pugni, quei progressi nell'acqua erano anche i suoi. Ma sorrise mentre sentiva lo sforzo di suo figlio abbaiarle nel cuore. Gabriele cadde, Flavia lo sostenne.

E lui pianse. Senza lamenti, osservava la madre con le lacrime che gli scendevano dagli occhi. Anche il vecchio si voltò a guardarlo, da sotto le sue enormi sopracciglia bianche, ricordava Attilio, aveva gli stessi occhi severi.

«Gabri, guarda avanti, guarda me» lo sollecitò Flavia.

Lui rimase incerto, tirava su con il naso, fissando la madre. «No» grugnì.

«Ma sì...»

Gabriele arretrò e tornò nel punto in cui l'acqua gli permetteva di stare in piedi da solo. Gli arrivava sotto le ascelle. Anna conosceva quella sensazione, era la stessa che provava lei davanti ai cani. Si alzò con una certa energia e si avvicinò al bordo, richiamò l'attenzione di Flavia con un gesto. La ragazza la raggiunse.

«Fammi entrare in acqua, fammi provare.»

La fisioterapista ci pensò un attimo, poi disse: «Nello spogliatoio c'è una sacca rossa dell'Adidas, trovi un costume nero nuovo e una cuffia».

Anna fece sì con il capo. Si tirò su come una recluta, si mise sull'attenti. Alzò la voce verso la figlia: «Amore, mi aspetti qui? Torno in un attimo».

Ma la bambina le fu subito dietro con la sua piccola sagoma. Anna la spinse in avanti e raggiunsero lo spogliatoio velocemente. L'idea di aiutare Gabriele le diede un piccolo impeto di gioia.

Trovò la sacca di Flavia, il costume; si spogliò in fretta, tolse la maglietta e il golf contemporaneamente, aprì la borsa per prendere l'elastico e guardò l'ora sul cellulare. Aveva ancora venticinque minuti di tempo per lavorare con suo figlio. Sul telefono compariva un messaggio di Javier – "Buongiorno" – accompagnato da un cuore; glielo mandava ogni due ore, poi la sera, quando i bambini erano a letto, si concedevano la loro telefonata. Il suo italiano migliorava, nonostante fosse tornato a Madrid per seguire Galy. La distanza li aveva avvicinati. Lontani, impegnati nel recupero dei figli, avevano cominciato a parlare, a trovarsi nelle parole. All'inizio era stata *solo* una storia di corpi. Prima il sesso e poi la conoscenza. Il bisogno di raccontarsi. Una relazione all'incontrario.

C'era anche un messaggio di Rosalba. Da quella notte non l'aveva più abbandonata. Aveva accudito Natalia durante la terapia intensiva di Gabriele; testimoniato al processo; era stata lei a parlarle del centro di recupero. Presente e solida. «Una risorsa, un premio, un dono. Se Rosalba fosse una carta della Cabala, rappresenterebbe la fiducia»: così si era espressa la psicoterapeuta. Aggiungendo: «La fiducia, Anna, è tutto se sappiamo a chi consegnarla».

Anna le inviò uno smiley sorridente. Si tirò su i capelli e fece per legarseli, ma poi si bloccò; prese l'elastico e lo fissò intorno alle dita del piede, quelle che mancavano a Gabriele; non le toglieva certo l'equilibrio, solo le dava fastidio. Le ricordava l'assenza. Natalia indicò l'elastico e rise.

Quando tornò in piscina, le donne erano assiepate a destra, dove l'acqua era bassa: la pelle pendeva dalle braccia, gli occhi erano opachi come fossero coperti da un velo, le schiene curve, i ventri molli e abbondanti; il vecchio era sempre poggiato al girello, seguì con lo sguardo Anna che entrava in piscina e per un attimo perse l'equilibrio.

«Attento!» lo riprese Flavia.

Non appena mise il piede dentro, Anna sentì il cloro pizzicarle la pelle.

«Cos'ha fatto?» chiese alla ragazza, sussurrando.

«È caduto da solo, si è rotto il femore, un classico. Ma ha avuto un problema con la protesi, hanno dovuto rioperarlo, poveretto. Però non molla eh!»

Anna rabbrividì al suono di quella parola. Immaginò l'uomo in una stanza della casa di suo padre, il tinello, una camera dove non andavano mai, sepolta dal passato; lo vide alzarsi dal piccolo tavolo di legno ovale, voltarsi verso la finestra e crollare a terra. Aveva il volto di Attilio mentre precipitava. Scosse il capo per allontanare quell'immagine e vide Natalia che disegnava accanto alla portafinestra.

«Prendigli le mani» le disse Flavia.

Anna si sistemò di fronte al figlio, le braccia allungate, tra loro un piccolo lago di distanza che Gabriele provò subito a colmare lasciandosi cadere verso di lei.

«No, Gabri, avanti» lo incalzò l'altra.

«Avanti.» Anna lo aiutò a tirarsi su.

«Mamma...» piagnucolò lui.

Entrambi raddrizzarono il busto, come due ballerini di valzer. Anna lo sorresse mentre Gabriele avanzava con gli occhi bassi.

«Guardami... Concentrati.»

Il bambino serrò le labbra e fece due passi decisi verso di lei. Troppo decisi. Anna guardò il fondo della piscina, si era mosso sul tallone.

«Appoggia la pianta, Gabri... Tutto il piede, ti tengo io, non ti lascio!»

Venne avanti, uno, due passi. Anna allentò la presa e lui la riafferrò. Abbassò gli occhi.

«Guardami.»

Suo figlio continuava ad avere *quello sguardo*; era la cosa che le faceva più male al mondo: gli ricordava quelle mattine in cui lo lasciava all'asilo con il sentimento di volersi liberare di lui, quell'urgenza di andarsene, correre da Javier. Era più penoso quello sguardo che la vista del suo piede.

Si voltò e notò il vecchio: sembrava che la stesse aspettando perché, lentissimamente, lasciò andare il girello e si abbandonò, scivolando all'indietro, sulla schiena. Un gesto cauto, calibrato. Il suo corpo affiorò in superficie senza nessuno sforzo, le gambe e le braccia divaricate. Era altissimo, leggero, la bocca schiusa nella resa dolce.

Allora Anna allargò il palmo dietro la schiena del figlio. «Sdraiati» gli suggerì.

Gabriele non se lo fece ripetere, abbandonò il corpo alla madre e rimase a galleggiare, senza peso e gravità, i suoi capelli fluttuarono nell'acqua, ora il suo volto era diverso, disteso. Lo traghettò dove l'acqua era più profonda, lui si guardava intorno senza voltare il capo. Anna sentì il battito del cuore tra le piccole scapole. Alle volte il pensiero di quello che era accaduto la raggiungeva come un'epifania; i suoi figli erano ancora con lei, la vita era piena di luminose speranze. Lo fece girare muovendosi piano, avanzando lentamente, poi, aiutata dalla piccola spinta, allontanò la mano dalla schiena; Gabriele rimase a galla. Anna ebbe la sensazione che non se ne fosse neanche accorto.

L'uomo procedeva a dorso nella corsia, come un vecchio delfino supino, i piedi scheletrici battevano l'acqua, un gesto minimo che gli permetteva di avanzare. Lento, inesorabile. In quel momento le gambe di Gabriele scivolarono in basso e lui si rimise in piedi, con un movimento naturale e fluido. Anna respirò. Un respiro ampio, che veniva dal diaframma. Anche Gabriele ci provò ma finì per trattenerlo. La guardò in apnea. Uno, due, tre passi.

«Eccoci!» gli disse. Aveva un tono soave e leggero. Lo stesso che usava Rosalba ogni volta che la sentiva vacillare.

Il vecchio era quasi giunto in fondo alla corsia. Batté il capo sulla sponda e si voltò un po' spaesato, poi afferrò il bordo, attento a non cadere. Si toccò smarrito, aveva perso la cuffia. Era calvo. Voltò la testa un paio di volte e si riposizionò. Guardando il fondo della piscina sussurrò qualcosa tra sé e sé, aprì le spalle e con le dita tremanti, adagio, lasciò il bordo. Era in piedi. Sorrise da solo.

Mentre lo osservava, senza rendersene conto Gabriele staccò le dita di mezzo centimetro da quelle di Anna. Espirò e provò a mettere un piede davanti all'altro, un passo imperfetto e fiducioso verso sua madre che lo aspettava.

Ringraziamenti

Devo ringraziare innanzitutto la casa editrice per la grande occasione che mi ha concesso e i giurati del Premio DeA Planeta: Pietro Boroli, Claudio Giunta, Rosaria Renna, Simona Sparaco e Manuela Stefanelli.

Grazie a Giulia, per il titolo.

A Paolo Gasperoni, chirurgo plastico della clinica Quisisana di Roma, per avermi illustrato gli aspetti relativi alle protesi mammarie affrontati nel libro.

A Valentina, per un grande consiglio; Francesca, preziosa spalla che ha ragionato con me, circa le innumerevoli versioni di questo romanzo.

A Lucrezia, amore santo.

A mio padre e a mio fratello Roberto per le letture e le suggestioni.

A Gaia Light, con cui ho atteso l'esito del premio: Roma-Miami; grazie per essere stata con me, per le mappature astrali e soprattutto per la carta numero due.

Ringrazio Leïla Slimani, che con il suo romanzo *Ninna nanna* ha acceso in me il desiderio di affrontare certe tematiche. Questo libro è stato pensato e scritto grazie all'aiuto di Massimiliano Catoni, cui va la mia devozione per avermi sostenuto nella scrittura e la mia gratitudine per l'ascolto e la tenacia con cui mi tiene testa.

Stefano Izzo, che mi ha aiutata nella stretta finale.

Olivia e Diego, che condividono con me i giorni delle idee, quelli della scrittura e delle attese. E il mio Luiji, che tiene insieme tutto con il suo sguardo luminoso.

Grazie agli strepitosi ragazzi dell'agenzia, senza i quali nulla di tutto questo sarebbe stato possibile: Renata Petrusheva, Claudio Ripamonti, Simone Marchi e in assoluto la fantasmagorica Monica Malatesta.

Questo volume è stato realizzato nel rispetto dell'ambiente,
utilizzando carte che impiegano cellulosa
proveniente da foreste gestite in modo ecosostenibile.

Finito di stampare
nel mese di maggio 2020
presso PuntoWeb s.r.l. - Ariccia (Roma)